杨 遥

杨遥，原名杨全喜，山西代县人，中国作家协会会员。在《人民文学》《十月》《当代》《收获》等刊物发表小说百万余字，部分作品选入《21世纪文学大系》《小说选刊十年选》等选本和各类年选、选刊。出版短篇小说集《二弟的碉堡》《硬起来的刀子》《我们迅速老去》，文化散文集《脊梁上的行走》。曾获2007—2009年度赵树理文学奖、第九届《十月》文学奖、第十届《上海文学》奖和《山西文学》《黄河》等刊物的优秀作品奖。

柔软的佛光

杨遥 著

安徽文艺出版社

图书在版编目（CIP）数据

柔软的佛光/杨遥著.—合肥：安徽文艺出版社，2018.10
（中坚代书系）
ISBN 978-7-5396-6357-9

Ⅰ.①柔… Ⅱ.①杨… Ⅲ.①短篇小说-小说集-中国-当代 Ⅳ.①I247.7

中国版本图书馆CIP数据核字(2018)第108457号

出 版 人：朱寒冬
责任编辑：汪爱武　　　　装帧设计：观止堂_未氓　孔舒琴

出版发行：时代出版传媒股份有限公司　www.press-mart.com
　　　　　安徽文艺出版社　　www.awpub.com
地　　址：合肥市翡翠路1118号　邮政编码：230071
营 销 部：(0551)63533889
印　　制：安徽新华印刷股份有限公司　(0551)65859551

开本：880×1230　1/32　印张：10.625　字数：220千字
版次：2018年10月第1版　2018年10月第1次印刷
定价：38.00元

(如发现印装质量问题，影响阅读，请与出版社联系调换)
版权所有，侵权必究

目录

CONTENTS

白马记	001
闪亮的铁轨	022
二弟的碉堡	037
唐强的仇人	051
铁砧子	064
弟弟带刀出门	082
匠人	111
柔软的佛光	133
树上的宫殿	155
黑色伞	181

张晓薇，我爱你　　　　　200

抬着担架的父亲　　　　　239

黑蚂蚁　　　　　　　　　260

硬起来的刀子　　　　　　285

大风雪　　　　　　　　　303

你到底在巴黎待过没有　　322

白马记

流浪汉闯进小镇的时候，是一个慵懒的午后。钉鞋匠赵七背靠码头眯着眼睛晒太阳，面前摆着几只玲珑的高跟鞋，它们的主人仿佛袅袅婷婷站在上面进入钉鞋人的梦乡。卖饼子的铺子弥漫着一股甜腻的糖、油味儿，几只苍蝇在空中不停地打转。一群人围在旧电影院的台阶上打扑克。一条歪歪扭扭的古街，一眼只能看到这么几个人。小镇的街道太短了，二里不到。流浪汉骑着一匹白马，披着黑斗篷掠过小镇街道，像一组剪辑错了的电影镜头，然后眨眼间他又跑回来。这下人们都抬起头来，望着这个奇怪的人。他跑出小镇，没有再回来。

不一会儿，从河边过来的人说，有个奇怪的人，带着一大堆东西，在河边不知道干什么。

又一会儿，从河边过来的人说，有个奇怪的人，在河边吹着笛子耍蛇。

小镇上每年都会来些跑江湖的艺人,可是从来没有人吹着笛子耍蛇。人们呼啦啦拥向河边。

一个彪悍的男人留着黑蓬蓬的胡子,盘腿坐在地上吹笛子。身边堆着一堆东西,他的白马不知道哪里去了,那件黑斗篷放在一堆东西最上面。两条眼镜蛇随着他古怪的曲子头一伸一缩,神奇极了。

流浪汉!有人喊。

人们越围越多,有人往场子中间扔硬币和纸币,有人吹口哨,寂寥的小镇因为这个奇怪的人热闹了。卖糖葫芦、瓜子、冰棍的也推着小车来到河边。紧接着,卖廉价裤衩、袜子的扛着大包来到河滩上。后来,卖电器的也派了两个小姐拿着一摞广告来河边散发。

可是,那两条可怕的眼镜蛇似乎只会头一伸一缩这么几下。大人们看得渐渐没有兴趣了,慢慢散去。卖糖葫芦的架子上还剩两串,不愿离去,离流浪汉远远的,仿佛怕他那两条蛇猛一下蹿过来。孩子们却依然兴致很高,他们围在蛇的周围,议论它们的毒牙拔了没有,议论眼镜蛇是不是世界上最毒的蛇。其中一个胆大的孩子折了一根柳条逗那两条蛇,其中一条闪电一般顺着柳条扑过来,孩子吓得呆住了。蛇在他手上咬了一口,孩子哇哇大哭起来,周围的孩子们也吓坏了。流浪汉的笛子忽然停了,孩子们瞪大眼睛看着他。被蛇咬的孩子可怜巴巴地说,我会死吗？流浪汉脸色发青，猛地捉住咬人的那条蛇，塞进一个竹筒里，然后吹了吹笛子，另一条蛇爬过来，他捉住，也放进竹筒里。接着他从怀里掏出一包药，用嘴嚼了嚼，抹在孩子手上，拿一块布条包起来。

流浪汉往起站的时候，孩子们才看见他的一条腿是瘸的。他用一只手吃力地撑着地，胳膊上毛茸茸的，露出小蛇一样的青筋。他站起来后，孩子们都站在他前面，仰着脸望着他，盼他说出"你没事"这句话。

他对被咬的孩子说，你待着别动，观察观察。你们给我找些树枝、绳子去。孩子们愣了一下，马上开始行动。不一会儿，在流浪汉的指挥下，一个简陋的帐篷搭起来了。然后，他们又在流浪汉的指挥下，提来水，生起了一堆火。暮色开始降临，孩子们心中的恐惧还没有散去，但被咬的孩子没有死去，也没有再喊疼。流浪汉把给他包手的布条解开，手没有肿起来，只有两个白色的牙印。他朝上面吹了一口气，说，没事了。孩子感觉手上凉丝丝的，舒服极了，他又哭了。

流浪汉说，你们回家吧。他吹了一声长长的口哨。孩子们看见在越来越黑的天色中跑出一匹马，到了近前，能看见马的颜色是白的。流浪汉吃力地跨上马，朝镇子奔去。孩子们觉得这个人真神。他们不愿意回家去，想看看这个人干啥去了。过了一会儿，流浪汉回来，拎着一个沉甸甸的袋子，递给附近的一个孩子，孩子帮他拎到帐篷里去。他下了马，拍了拍马的脖子，大声吆喝一声,马抖了抖鬃毛,奔跑起来,像来时那样神秘地消失在已经黑下来的夜色中。

孩子们在回家的路上猜测,这个神秘的人到底是干什么的?他的马去哪儿了?藏在哪里呢?有人想拜他为师。

第二天,有几个孩子没去上学,他们相约一起来找流浪汉。早晨,河边有一层淡淡的雾岚,和村中的炊烟混合在一起,模糊了村子和河的界线。孩子们踏着青草中的露水,草棵中蹦出的每一只小虫都让他们兴奋而又忐忑不安。他们希望看到那匹毛色雪白的马,看到那两条恐怖的眼镜蛇。流浪汉在干什么呢?是不是在练铁砂掌、铁布衫?

太阳从山头上探出半边脸,照在水面上,整条河都波光粼粼。帐篷在晨曦中,美丽而柔和。昨天晚上燃烧的那堆火已经变成了灰烬,围住它的几块石头被烧得发焦,空气中似乎还有烤野味的味道。河边充满了神秘的气息。

孩子们来到帐篷前,那匹白马不在。晨岚已经散开,他们四处张望,一直望到远处的大山,也没有看到马的影子。帐篷里静悄悄的,他们谁也不敢先进,怕那两条眼镜蛇猛一下扑出来。

孩子们嘀咕了几句,一排齐齐跪在帐篷前,等流浪汉出来。草扎得他们痒痒的,小虫子在他们身边蹦啊蹦,太阳越来越高,晃花了他们的眼。他们觉得自己正在成为武林高手。

帐篷掀开的时候,孩子们的心咚咚乱跳。流浪汉架着一个粗大的拐杖走得地动山摇。他没有看眼前跪着的这些孩子,而是吹了一声长长的口哨。孩子们感觉到一阵风扑面而来,白马就到了眼前,他跨上马朝镇子奔去。孩子们争论马从哪儿来,有人说看见从山后面跑下来的,有人说它从太阳中跑出来的。孩子们还在争论的时候,流浪汉回来了。他们看见流浪汉手中拿着一个还滴着墨汁的牌子,上面写着"美容整容"。不等吩咐,孩子们抢过流浪汉手中的牌子挂在帐篷门上。流浪汉拍了拍马的脖子,大声吆喝一声,马迎着光跑起来,一眨眼就不见了。

孩子们啧啧称赞,他们觉得流浪汉神秘莫测。可是他们也想,镇上、县里的美容院都越开越好,他们进都不敢进去,这个简陋的小棚子能挣钱吗?而且开在偏僻的河滩。但这些事情他们只是想想罢了,重要的是能拜流浪汉为师,学会真正的功夫。

孩子们提出自己的要求。流浪汉用拐杖撑住半边身体,像赶鸭子一样让他们快回学校去。孩子们不走,他们要用自己的诚意感动流浪汉,让他收他们为徒。但过了一会儿,老师来了。孩子们像蚂蚱一样四处乱蹦躲老师。老师像如来佛那样手一伸一翻,孩子们都在他的掌握之中了。

孩子们被赶回学校后,河滩上只剩下流浪汉和那顶孤零零的帐篷。太阳越升越高,河中不时冒一两个气泡,碎了泛着沫子顺流而下。草丛中有许多一动一动的影子,像蜿蜒的蛇前进,是水汽在袅袅上升。

突然,摩托马达的轰鸣声打破了这种寂静。一群人出现在河滩上。他们迈着懒散的步子,手中反捏烟头。走到近前,可以看到走在最前面的是王二,跟在后面总差半步远的是孙三。

这两个恶人臭名昭著,纠集起一帮人,打架、抢东西,是小镇方圆几十里的恶霸。孙三自幼桀骜不驯,喜欢打架,经常血淋淋地出现在人们面前。随着年龄的增长,变成他经常把别人打得血淋淋的,后来用把菜刀把闯进他家抢东西的一个杀人通缉犯砍翻在地,在江湖上一战成名。王二却总是软不拉叽的样子,但是江湖上谁有名气他就找谁单挑。他和孙三整整打了一个月的架。第一次找到孙三的时候,几个回合就被孙三打倒。他爬起来再打,又被打倒。那天这样的动作一直重复,直到他再也爬不起来了,他望着扬长而去的孙三说,我一能爬起来就去找你。果然,他在家里养了两天伤,就肿着脸瘸着腿又去找孙三。这次,孙三几乎一拳就把他打倒。接下来的半个月,孙三陷入了一场噩梦中,一睁开眼看到的就是王二,把他打倒,王二像一条虫子一样蠕动一会儿爬起来再和他打。打得爬不起来了,他走了,不知道王二什么时候就摇摇晃晃站在他身后,手里举着半块砖头。王二像一块粘在手上的鼻涕,甩也甩不掉。孙三烦透,想把王二杀掉。可是谁都知道王二每天和他打架,杀掉王二他也跑不了,他简直要崩溃。一天,王二再次找到孙三的时候,孙三说,不打了,我打架不行。

王二问,不打了?

孙三说,不打了。

王二掏出一把匕首,嗖一下插进孙三肚子里。王二杀人的消息很快传遍小镇,谁也想不到把杀人通缉犯砍翻的孙三被王二捅了。孙三住院期间,王二端屎倒尿孙子一样服侍他。孙三一出院,王二把匕首摔在他前面,说,你杀了我报仇吧。孙三摇摇头,怎样也不捡那把匕首。

他们走到帐篷前,眼睛瞄一下"美容整容"那几个字,叽叽嘎嘎尖笑起来。流浪汉仿佛没有看见他们,眼睛觑着太阳,响亮地打了一个喷嚏。

孙三站出来,大声说,我整容,你给我头顶上文一只鹰。说完,他用手抚摸着光光的头顶,好像一只毛茸茸的雏鹰正站在他头顶上。其余的人都凶恶地盯着流浪汉。

不会。

谁也没有想到流浪汉这样回答。他们有些惊愕地望着他。

流浪汉仿佛没有看到他们,依然惬意地晒着太阳。

王二笑了,我美美容。你给我理个毛寸,不能有一根长的,也不能有一根短的。

不会。

这群人更惊愕了。他们本来是找借口诈人,没想到这个家伙连毛寸也不会理。

王二点点头,一副很理解的样子。他说,我觉得自己长得好丑,你把你拿手的本事拿出来,给我整整容,只要变漂亮就行。

流浪汉说,拿椅子出来。

人们面面相觑。然后一个家伙有些不情愿地进了帐篷,搬出一把漆皮剥落的木头椅子。流浪汉坐上去，椅子摇摇晃晃，吱吱作响，仿佛随时会倒下来。在惊诧中，他招呼王二过来。王二站在他面前，阳光被遮住，流浪汉眼前一下黑了，他招手让王二蹲下来。谁也想不到流浪汉自己坐着，让顾客蹲着。

王二一点一点慢慢蹲下去，愤怒地等流浪汉出一点差错就揍扁他。

流浪汉从怀中掏出一把黑乎乎的剃刀，打开的时候，雪亮的刀刃像一团燃烧的火苗。王二出汗了。流浪汉捏着剃刀顺着王二的脸颊滑下，在他脖子上停住。

你要干什么？孙三他们大喊。

他不是要整容吗？是要做些伤疤呢，还是贴些胸毛？

孙三他们都搞不清楚流浪汉要干什么。

你们不是都想在社会上混吗？既然这样，当然是越凶越好，人们看见就害怕，还用自己动手？我能把人整得特别凶恶，做伤疤、贴胸毛是最简单的，还可以弄出满脸横肉，或者弄瞎一只眼，切掉一只耳朵，削了鼻子……当然我的手术是极其安全的，收费也是非常合理的。你想好做哪样了吗？流浪汉把嘴凑在王二脸上问，一股恶臭的气息熏得王二几乎要呕吐。王二忍住恶心，说，我想想。

流浪汉放开王二，把身边的竹筒打开，两条眼镜蛇呼一下蹿出来。流浪汉伸出一只胳膊，两条蛇顺着他的胳膊爬了上去，在脖子上缠一圈，然后把头高高昂起，蛇芯一伸一缩。王二、孙三他们惊呆了，呆呆看了一会儿，灰溜溜走了。河边又恢复了宁静。

流浪汉美容整容的方法很快传遍小镇，人们觉得不可思议。谁会去做这样的美容整容呢？把自己弄得又丑又怪，而且还自伤身体。

孩子们放学后来到河边，不等流浪汉吩咐，生火、挑水，河边一下热闹起来。他们等待流浪汉呼唤出他的白马，去镇上买东西。可是流浪汉坐在那把摇摇晃晃的椅子上，吹一首他们从来没有听过的曲子。他吹了一遍又一遍，孩子们听着心里难受，尖叫着你追我赶着跑走。他们觉得流浪汉像《射雕英雄传》中的黄药师，吹《碧海潮生曲》；也像欧阳锋，有两条毒蛇；还像洪七公，是丐帮首领。

流浪汉一直吹这首曲子，太阳渐渐斜下去，河水的凉气慢慢浸上来。星星一颗一颗出来，在泛着白光的天空上，像贴了一块一块的补丁。天越来越蓝，星星的光芒出来了，一颗颗像流光四溢的钻石。

一个女人踩着满地的月光，出现在河滩上，一件长长的风衣裹不住她窈窕的身躯。河水哗哗的声音伴着女人唰唰的脚步声，夜静，流浪汉的笛子声音也停了。

女人在帐篷前停下来，犹豫，几次把手举起来，又放下。她的影子贴在帐篷上，又细又长。最后，她顿了一下脚，像下定决心，手一伸，帐篷门没有系，一下就被掀开。帐篷里黑乎乎的，比外面要黑得多。女人有些意外,她停住,咳嗽一声。一只冰凉的小虫爬上她的脚,女人惊叫一声。灯亮了,灯光跳跃着闪烁着,仿佛随时都会灭。女人的影子随着灯光跳动,也仿佛随时会消失。传说中的流浪汉躺在床上,一只假肢放在旁边,接假肢的那截儿残腿萎缩成小孩儿拳头大小,皱巴巴的。女人有些意外,又惊叫了一声。

流浪汉撑着身体坐起来,仰脸看着女人。女人很漂亮,但漂亮掩饰不住眉宇间的憔悴和眼神里的不安。她瓷白的脖子上有一小块黑痣,像白瓷上的一个黑色印章。

我想离婚,那个东西不放我。

他吸毒,逼我出去挣钱。

我没有。他瘾一上来就打我、咬我。

女人咬牙切齿地说着话,有些语无伦次,话仿佛关在栅栏里的羊群要争先恐后跑出来。

流浪汉看着她,女人慢慢安静下来。安静下来的女人冷静得怕人。她慢慢掀起衣服,大块的青紫、红肿和牙印密密麻麻地布满女人的身体,细小的缝隙中,女人雪白的身体更加耀眼,像一件窑变的精美瓷器。流浪汉招招手,女人过来。

流浪汉把女人的衣服放下来,问,我能帮你什么忙吗?

怎样帮都行。我只想摆脱他,吸上毒他像鬼一样。

下决心了吗?

我死的心都有,可是放心不下孩子。再这样下去,我总有一天杀了他,一起去死。

流浪汉点点头,我给你吃点药。你脖子上的那个黑痣会一天比一天大,慢慢布满整个身体和脸庞,而且散发出难闻的气味。你就告诉丈夫你得了绝症。

女人眼睛里充满泪水,悲壮地点了点头。

流浪汉用手轻轻地抚摸着那颗黑痣,说,从这里开始吧。

女人的身体有些战栗。

等黑色布满你的身体的时候,你不要去管它,这时你的皮肤会很痒,但黑色会慢慢褪去。

女人感激地望着流浪汉,说,我来这儿以前以为你是个恶人,觉得你能救我出来,没想到有这么神奇的药。

过了几天,镇上传出一个新闻,白牡丹得了绝症。她脖子上那颗黑痣的黑色开始向四周弥漫,她全身变黑的那天,也就是死亡的那天。死亡阴影一样笼罩住她,死亡的气息清晰可辨。

不久,吸毒的丈夫和她离了婚。

人们都说,白牡丹以前一直想离婚,可是离不了,现在得了绝症,丈夫不要她了,真可怜。

河滩上的美容厅有些孤寂。几天时间那副小小的帐篷,仿佛经历了上百年的烟火,灰暗陈旧。流浪汉白天坐在帐篷前眯着眼睛晒太阳,一动不动就是几个小时。孩子们放学后聚集在他的帐篷前,练武、打仗,或者模仿流浪汉一动不动地坐着,打坐,练气功。但他们坐不住,一会儿就睁开眼睛,笑了。然后长身起来,发动冲锋,河滩上顿时变成战场。他们也学着流浪汉打口哨,希望召来那匹神奇的马,可是不管他们的口哨打得多么像,连马的影子也看不见。孩子们觉得那匹马可能藏在云朵中,或者像白龙马一样,就在河中。他们用纱结成网,在水中打捞,除了一团一团的水草,就是些小鱼小虾。他们燃起篝火,把那些小鱼小虾串起来烤,不一会儿散发出香味。向流浪汉讨点盐,一顿美餐就出来了。给流浪汉一串,他也不客气,接住就吃了。再给一串,接住又吃了。孩子们欢呼起来,师傅,师傅!流浪汉眯上眼睛,塑像一样不动了。孩子们做出些怪样子,他一点反应也没有。他们揪一把狗尾巴草,搔流浪汉痒痒。搔手没有反应,搔脖子没有反应,搔耳朵没有反应,打算搔鼻孔时,忽然听到旁边竹筒里沙沙的声音,眼镜蛇!孩子们一哄而散。

晚上,流浪汉吹那首奇怪的曲子,不厌其烦地一遍又一遍地吹。河滩上安静极了,月光洒在草上面,随风起伏。水哗啦哗啦,水下面的河草鱼一样游来游去。不时有一声狗叫从镇子里传出来,小镇的晚上多了笛声,多了几分异样,也多了几分安静。人们觉得时光仿佛倒流,这样安静的日子,似乎在很久很久以前才有。

赵七每天晚上听到笛声,都不愿意睡觉,这个奇怪的曲子勾起他的千般想法。他缩在一堆油腻的铺盖中,思绪像长了触角,白天的一幕幕放电影一样跑出来,让他念念不忘的是白牡丹和她那个吸毒鬼丈夫。

白牡丹经常来钉鞋,她的鞋子大多是人造革的,也有穿了几年破旧不堪的皮鞋。从她穿的鞋子来看,她家生活拮据,而且她很节俭。赵七因为从小穷,喜欢节俭的女人。每次给白牡丹钉鞋时,他总是用自己最好的皮子和牛筋的鞋跟,而且每次把已经擦得干干净净的鞋再认真擦一遍。活儿不忙的时候,他钉得很慢、很认真,他觉得哧啦哧啦的鞋绳子在一步一步拉近他和白牡丹的距离。他不敢看白牡丹,但他的鼻翼张开,贪婪地吮吸着这个女人散发出的每一缕气息。他想自己这辈子要是能有这样一个女人就好了。

　　可是他穷,三十老几了也没有个女人。

　　而白牡丹却嫁了个恶人。这个可恶的吸毒鬼经常凑到他摊子前,问他借二十、三十元钱。二十、三十元钱对别人可能不算什么,对他却是个大数字。钉一只鞋只能收一块、两块,还有些微薄的成本,有时一天也挣不下二十元钱。他说是借,但借下就没了影子,下次来总是说以后有了钱一起还。可他哪能有了钱呢?他连自己的无底洞都填不满。不借吧,吸毒鬼坐在他的小椅子上不走,弄得钉鞋的人过来就又远远躲开。

　　他没有办法,一点办法都没有。他在街上看到漂亮的白牡丹,总是为这个女人可惜。这么漂亮的一个女人,怎么就嫁了那么一个吸毒的无赖?他想自己要是能娶这么一个女人,受多大的苦也值得。可是他知道不可能,他什么都没有,除了会钉鞋,而且实话说,这个手艺也不复杂,人们只是因为不愿意做,才没有人去学。

现在,白牡丹得了绝症,那个无赖不要她了。人们见了她就躲着走,远远闻见她的味道就捏鼻子,眼见她是不行了。赵七想,要是自己能娶上她,就是治不好最后打发打发她也愿意,毕竟她是那么漂亮过的一个女人。自己这辈子什么时候和漂亮着或漂亮过的东西打过交道呢?况且女人还没有死,只要不死,就会有办法。

但是赵七不知道白牡丹会不会答应。假如她不答应,自己以后找女人就更困难了。而且她的那个吸毒鬼前夫不知道让不让自己找她,虽然他们离婚了,但他想起那个家伙就发怵。

赵七这样一想,那笛声就更加幽怨了,听得他心发颤、脊背发凉。他想,找谁去给自己帮忙呢?

流浪汉。

这个异乡人会许多奇艺绝技,或许有好办法。而且他和镇子里的人谁都不熟悉,自己的秘密告诉他,也不会传出去。这样一想,赵七觉得未来明朗起来。

第二天,赵七多少年来第一次破天荒没有出去摆摊。他换上干净的衣服,买了一瓶老酒,去河滩上找流浪汉。

看到他那魁梧的身材和茂密的大胡子,赵七心里惊呼,好汉子!那匹神奇的白马果然不见,流浪汉身旁有两只竹筒,赵七知道里面是眼镜蛇。

他不知道该怎样和流浪汉说自己的事情,闷闷地待了一会儿,流浪汉也不说话。

赵七把酒递给他,流浪汉拧开瓶盖喝了一口。赵七没想到他这样就喝,说,我去买点下酒菜,不等流浪汉搭话,转身就跑。

赵七买了花生米、榨菜和几根嫩黄瓜。往回走的时候,把想说的话盘算好了。

他说,镇上有个女人,得了绝症,丈夫不要她了。他想娶她,照顾她。这个女人从前很漂亮,现在丑死了,但是他还是喜欢她。她的丈夫是个恶人,整天吸毒。

赵七话还没有说完,流浪汉噗一下,把嘴里的一口酒吐了。他说,这酒怎么这么苦呢?

赵七不相信,接过来抿了一小口,酒辣辣的,有股余香在他舌尖打转,一点也不苦。

赵七抬起头,疑惑地望着流浪汉。

不好,不好,这样的事情不好办,趁早别想了。

赵七想不到流浪汉会这样回答,他还想说自己一直怎样喜欢她,现在她又丑又快死了,自己还是喜欢她。流浪汉却把酒瓶往他嘴里塞,说,快喝酒吧,快喝酒。

赵七心里又苦又空,大半瓶酒一口气就喝完了。喝完,捏起一颗花生米,还没有送到嘴里,头一歪,倒在地上不动了。

流浪汉撑起身子,拿了一床被子盖在赵七身上。

赵七一觉醒来,太阳已经偏西,头很疼。他没有想到喝上酒时间过得这么快。望着渐渐黑下来的天色,他知道一天就要过去了。他觉得自己本来就没有多大希望的生活越来越黯淡,一生也就要这样过去了。他忽然觉得前所未有的无聊和绝望透顶。

他问,你不是可以整容吗?给我弄弄,我再也不想要我现在的样子了。我要换个模样,重新生活。

流浪汉给他注射了一针。

赵七醒来的时候,流浪汉让他照镜子。赵七看到镜中一个满脸横肉的人,额头上还有一道闪亮的刀疤。他不相信地用手摸了摸自己的脸,发现虎口上多了一个吐着芯子,似乎要扑上去咬人的蛇头,捋起袖子,一条青色的大蛇盘在他胳膊上。

赵七没想到自己一下就变成这个样子,他有些害怕,更多的却是从来没有过的痛快。

再次出去摆摊的时候,赵七不像以前对钉鞋生意那样热衷了,他心里憋着股气,要干些什么。面对别人诧异的目光,他也不大在乎。人们议论赵七去流浪汉那里整容了,但觉得不可思议,一个钉鞋的把自己弄那么凶干什么?

赵七不听别人的议论,在一块小磨石上反复磨自己那把割橡胶、塑料、牛皮的刀子。一上午,没有一个顾客。人们看到赵七凶恶的样子和闪亮的刀子远远躲开。赵七不像以前那样没有生意就着急,随着刀子的寒光,他觉得自己的心越来越冷、越来越硬。

中午正要回家时,一个人一屁股坐在赵七前面的椅子上。

赵七抬起头,是白牡丹的前夫。这个以前让自己发怵的赖皮,现在看起来脸色青白,大暖的天气哆哆嗦嗦一副弱不禁风的样子。赵七不知道自己以前为什么会怕这个几乎一只手就可以拎起来的小鸡一样的家伙。他冷冷地望着这个恶人。

白牡丹前夫似乎感觉到了些什么。他说,借你的钱我以后一定一起还。今天,他吸溜了一下鼻子,接着打了几个呵欠……

还没有等他说完,赵七把刀子一下插在他放在凳子上的手上。这个家伙不相信似的看着自己的手,然后大叫起来。赵七把刀子拔起来,他手背上的血渗出来。

赵七说,你的骨头也不比牛皮和橡胶硬。

又举起刀子。

白牡丹前夫一下跳起来,赵七杀人了,救命啊!

赵七说,今天不杀你,我要娶白牡丹。你给我滚得远远的。

这个家伙惊愕地望着他。赵七东西也没有收拾,揣上刀子就走了。

白牡丹身上正在变黑,怕见人,躲在一间临时租的房子里。赵七找到她的时候,她正做午饭。

赵七说,多做点,我饿了。

白牡丹望着赵七,几乎认不出来这个以前勤劳、善良的鞋匠。但她没有问,多添了点面。

赵七说,你穿三十六的鞋,喜欢黑色的,是吗?

没有等女人回答,他便像来时那样急匆匆地走了。

十几分钟后,赵七拿着一双黑色的牛皮鞋回来了。白牡丹正在炒菜。

赵七一把抱起白牡丹,放炕上。女人挣扎。赵七说,试试这双鞋合适不合适。在白牡丹的挣扎中,他脱下女人的鞋,看到小腿已经黑了。他想起那个说法,白牡丹全身黑了的那天就要死掉。现在的脚还白皙纤细,可是用不了几天就……他的泪掉下来,掉在白牡丹脚上。挣扎着的白牡丹忽然不动了。

你真的喜欢我?

喜欢。我要娶你,就是你死了我也陪你。

白牡丹扭了扭身子说,菜要煳了。

赵七抱紧她,我要亲亲你。

他亲在白牡丹脚上,多年前第一眼看见白牡丹就想亲她的愿望终于实现了。

饭熟了,赵七吃得香甜、踏实。吃一口望一眼白牡丹,他觉得白牡丹黑了也好看,变成黑牡丹了。但是想到假如白牡丹真的全身变黑怎么办?吃着吃着饭不香了。赵七搁下碗说,我这几年还攒了点钱,咱不能这样等着啊,我领你去大医院看看。

白牡丹摇头拒绝。

赵七再三请求,白牡丹一次次拒绝。后来,饭菜凉了,白牡丹起身去热,赵七一把抱住她,说,我不让你死,咱们一定得想办法。听说河滩上的那个流浪汉很神奇,要不咱们找他去看看。

白牡丹掰开他的手,说,我哪儿也不去看,我死不了。

赵七以为白牡丹真的绝望了,心情跟着灰暗起来,眼泪扑簌簌流下来。他说,咱们结婚吧,我把我的钱都给你,你想买啥买啥,想吃啥吃啥,想去哪里去哪里。

白牡丹说,你以为你有多少钱?你以为你有本事?吃了饭乖乖回去吧。别把自己弄成这个怪样子,再攒点钱,找个好女人好好过日子。

不,我只找你。你不知道我喜欢你多少年了。

白牡丹板起脸来,喜欢的东西就都能成了你的吗?我喜欢的东西多了,你还是回去好好钉你的鞋吧。

赵七不知道白牡丹怎么一瞬间好像变了个人。他被激怒了,我这辈子再不钉鞋。

白牡丹的饭他也不吃了,扔下碗跑出来,他很生气。自己钉鞋的家伙一下也不想看了,而且后悔自己当初怎么选择了这么个职业,辛苦还被人瞧不起,连快死的白牡丹也看不上自己。

他发飙似的跑到流浪汉那里,说,给我再整容,要多凶恶就多凶恶。

赵七醒来的时候,他在镜子里看到一个完全陌生的人:鼻子歪了,耳朵少了半截,眼睛里闪着寒光。赵七看到自己这个样子快乐得哈哈大笑,他觉得自己简直可以去当土匪,再不会像以前那样做个老实巴交的手艺人,整天捧着个臭鞋壳受人窝囊气。

他来到自己的钉鞋摊前,一脚把鞋摊子踢散,迎面碰上王二。他看见这个鼻涕虫一样软绵绵的家伙就生气,不知道凶神恶煞一样的孙三怎么会被这个烂东西吓住。他一把揪住王二的领口,你不是爱死缠烂打吗?把你的脚筋挑断能不能爬着去找我?王二被眼前这个凶人吓了一跳,还要嘴硬。对方手里多出一把刀子,顺着他的脸颊滑下又滑上,在颧骨那儿停住。赵七说,怎么这个地方这么高呢?多难看。应该做做手术。然后他对着那儿吹了一口气。王二的魂都要散了,面对流浪汉那个毛骨悚然的时刻仿佛重现,他甚至怀疑以前的这个家伙就是那个凶恶的吉卜赛人。他没有多想,扑通一声就跪下了。赵七没有想到这个到处欺负人的家伙是这样一个软蛋,往他脸上踹了一脚,看见那张脸还是白乎乎的,觉得难受,朝上面吐了口唾沫,大声说,你要是擦了它,我见一次吐一次。

镇上的人知道这个凶恶霸道的人就是以前那个胆小懦弱的钉鞋匠赵七后,怎样都有些不大相信。可是有人亲眼见他从流浪汉那里整容出来,而且王二脸上的唾沫星子还未干,还有人亲耳听见他说要娶白牡丹,她那个吸毒鬼前夫老鼠一样躲得影子也不见。

镇上好多人长出了一口气,他们觉得自己就是以前的赵七,赵七现在扬眉吐气的样子,他们一辈子都不会有。

这天晚上,有人看见赵七跳进白牡丹院子。后来发生的事情他们不知道,但觉得白牡丹到了这个份上,还有人喜欢,不枉做女人一回。赵七也确实够男人。

去流浪汉那儿整容的人渐渐多了,开始人们还羞答答的,天黑透了才去。但街上多了长胸毛、满脸横肉的男人。来这里的外乡人发现小镇的恶人很多，民风彪悍。后来，一些去外地打工的年轻人害怕出门被人欺负，纷纷到流浪汉那儿去整容，传回来的消息挺振奋人心的。慢慢地，越来越多的人去整容，他们害怕被人欺负，希望自己能凶恶些。没有多久，小镇上几乎见不到以前那种面相和善清秀的人了，他们似乎变了个种族。而且喜欢隔段时间去一次流浪汉那里，像以前理发洗澡一样，保养保养胸毛，给刀疤上点油。

但是，人们习惯这种生活之后，像来时那样突然，人们在街上忽然见到流浪汉，他很久都不上街了。自从他的生意红火之后，他需要的一切东西都有人给他带，还有一帮孩子跟着他，当他的徒弟。流浪汉骑着那匹神奇的白马，这么久的日子，没有人知道这匹马究竟藏在哪里，吃什么。他还是披着他的黑斗篷，嗒嗒穿过小镇的街道，跑入正在燃烧的火烧云中去。

然后，像变魔术似的，人们看到白牡丹，都以为她跟着赵七去看病，然后死了。没想到她活着出现，她身上的黑色消失得干干净净，连脖子上的那块黑痣也没有了，白得像鲜藕，嫩得像水豆腐，整个皮肤婴儿一样。她的美照亮了大家，人们发现自己都变丑了。他们去河滩上，找流浪汉。河里的水哗啦哗啦流着，草已经枯萎了，流浪汉像他的白马一样，无影无踪。

闪亮的铁轨

少年沿着铁轨进入弧的时候,是黄昏时分。

弧是一个安静的小村,二三百人,王姓为主。村人以种地为生,养着一批三轮车,农闲时出门收购小杂粮,增加收入。村周围是庄稼地,村南庄稼地南边是一片柳林,柳林南边是滹沱河,滹沱河再往南走十几里是连绵起伏的五台山山脉。

几十年前,京原铁路经过的时候,人们以为村子会热闹起来,但只是一小段铁路经过村子,像个半括号,把村子分成两部分。每天经过两列客车和几列货车,从来没有在弧停过。车窗里扔出的花花绿绿的饮料瓶和一些登满小道消息或色情文字的印刷品,让村子里的人们能感觉到些遥远的神秘的气息。偶尔村里的鸡或小猪被火车撞死,有人会跑去看看是谁家的。

北方二月还是寒冷的时候,地里光秃秃一片。黄昏,最后一缕阳光打在土坯墙上,像展开一幅黄色的画卷。屋顶上炊烟已经飘起,与滹沱河的水汽一起笼罩在村子上空,原本干燥的烟味变得湿漉漉的,春天像捉迷藏的小姑娘一样,已经站在人们背后了。锅碗瓢盆的声音越来越稀,绣鞋垫的姑娘和播米的大妈开始放下手中的活计,修理农具的、垫院的男人们也正收工。

少年一只裤腿卷到半膝,上面粘的一道沥青闪着黑光,两只鞋鞋帮已经磨烂,人造革鞋面上的漆皮剥落,像从垃圾堆里捡来的;头发乱糟糟,上面还有树叶和草屑。

门口喊鸡的王玉香老人最先看到少年,以为是个小乞丐。她念了句"阿弥陀佛",把少年领进屋里。老人说,冷吧?快烤烤炉子,一会儿吃碗面条。老人把少年留在炉子边,去厨房擀面条。屋子里热乎乎的,只是光线有点暗。少年忽然做出一个出人意料的举动。他拿起炉子上的炉盖,往自己手上烫去。老人的儿子正好进门看到了。他夺下少年手中的炉盖,把少年赶出屋子。王玉香老人不明白自己的好意为什么会引起少年这样的举动,她跟出来。少年愤怒地哇哇说着一些话,谁也听不懂。王玉香老人门前人越聚越多,人们怀着好奇心打量这个少年,不知道他想干什么。在弧小学教书的李老师放学后听到消息也赶来了,人们让开一条道。这个师专刚毕业的年轻老师用普通话对少年说,你来这儿干什么?少年不吭声。他接着又说,你能听懂我的话吗?少年点了点头,额前的乱发下闪出一双警惕而又充满野性的眼睛。他把两只胳膊上的袖子撸上去,露出用蓝墨水刺的文身,左胳膊上有一个歪歪扭扭的"恨"字,右胳膊上是"找我妈"三个大字。围观的人们猜测他母亲跟人跑了,他出来寻找,可是不明白他为什么要烫自己的手。少年又开始哇哇大叫。李老师拉着少年的手说,跟我去学校吧,或许我能帮你点忙,外面这样冷。少年狠狠一甩胳膊,李老师打了个趔趄。围观的人们的眼神由好奇和同情变得有些不满。李老师又耐着性子说,天这么冷,你在外面,晚上会冻坏的,先跟我去学校住一晚,明天再找你妈妈。少年嘴里不知道嘟囔了一句什么话,往后退了一步,眼神里满是恶意。人们说,疯子,别管他。

  人们失去了好奇心,慢慢散开。

  王玉香老人拿出一个馒头放少年手里,他一扬手扔了。老人嘴角扁了扁,摇摇头,也回去了。

  夜幕很快降临,乡村的夜晚月亮又大又清冷,偶尔有一声清亮的鸟叫声传来,孤寂地消失在风中。

  第二天,弧的人们开始忙碌的时候,少年出现了。他还是昨天那副脏兮兮的样子,一种谁也不相信的神态,在村里的街巷晃荡。

  谁也不知道昨天晚上他是在哪里过的夜,吃没吃东西。七眼伯说,家里有外地媳妇的这几天让她们少出门,避免不必要的麻烦。这个小孩大概是从川、云、贵一带来的,可能一直沿着铁路找他妈妈,或许听到些什么消息,他过些天一定会走的。

  人们心里多了些谨慎。

少年发现，无论走到哪里，都有些奇怪的眼神盯着他，还伴随些小声的议论，但他毫不理会。他像一只觅食的公鸡，在村里东张西望。到中午的时候，人们陆陆续续回家做饭、吃饭，少年也神秘地不见了。

下午，少年又出现在街上，还是谁都不搭理的样子。王玉香老人看见他摇摇头，少年像一只飞进屋子的麻雀，到处乱闯，能去的地方就去。人们盼望他什么也找不到，早点离开。

傍晚放学后，纷纷拥出校门的学生们在门口看到少年，他们指点着少年向老师说，看，看。李老师露出温和的笑容，再次邀请少年住在学校，他还比画了个洗澡的动作。少年愤怒地拒绝，然后飞快地跑走了。李老师苦笑了一下，嘱咐几个学生留意一下这个奇怪的人。

这天晚上，李老师躺在床上翻看一本流浪汉小说，但心不在焉，在想这个少年的事情。他期待门突然响起。

第三天，还没有到上课的时候，几个学生早早过来，喊报告。结巴鬼满意抢先说，老、老师，我、我们，昨天看、看见那个人藏在祠堂里。大个子磊磊也说，老师，满意说得没错，我们都看到了，不信你问忠义。忠义又要接着说，老师举手打断他的话，说，你们不要和别人说，还得继续注意他，看他在哪里吃饭，吃什么。

祠堂在弧南边一个院子里，院子中间有一棵大树，弧的人都叫它"炮树"，夏天它会开一种粉红的花，花形如铃铛，人们说闻了它的香味会头痛。李老师没有闻过它的香味，但见过它开花的样子,确实在别的地方没有见过。祠堂的几间房子已多年废弃不用,平时里面放些棺材,谁家死了人用棺材时,才进去一下,阴森森的,从不上锁。

上课铃响了,李老师刚拿起课本,七眼伯在校门口出现了。李老师的眼皮抖了抖。七眼伯这个习惯让他很不自在,他不明白七眼伯为什么每天这个时候来学校里转转,好像监视他一样。他接下来讲课的声音有些发飘。他希望七眼伯马上离开。可是七眼伯在学校里踱了一圈后,径自朝教室这边走来。李老师继续讲课,但注意力转移到门外。七眼伯来到教室门口,没有敲门,就进来了,走到墙边,伸手把灯拉灭,然后转身出去。教室里似乎暗了点,也似乎没暗。李老师看外边,天已经亮了。他心里很不舒服。

少年走在弧的街巷中,觉得人们的眼睛闪闪烁烁,藏着很多机密。这不大的村子,他昨天至少转了二十遍,没有找到丝毫迹象。他感觉自己没有揭开这个村子的秘密。从那天一进村子,一种神秘的气氛就让他觉得妈妈就藏在这个村里,他有耐心一直找下去。

少年还是像昨天那样在村子里乱转,看到人们注视他,他心里有些得意。一上午他一无所获,到中午时,他向村子南面走去,他没有注意到后面跟着几个尾巴。

李老师吃饭时,磊磊来报告,老师,那个人在村南的地里面刨山药蛋。李老师快要吃完饭的时候,忠义又来报告,老师,那个人去了滹沱河,捉鱼。李老师问,你们还没有吃饭吧?他们吐吐舌头说,家里饭还没有熟。李老师说,你们快回去吃饭,我去河边看看。磊磊说,老师,满意还在。李老师说,你们吃了饭再来。

李老师沿着村南的路一直往南走,去年秋天已经犁过的地还没有解冻,土块上面都是光滑的犁铧印。他经过柳树林,灰褐色的柳树像弯着腰的老妪,上面的枝条上突兀地有几个用干枯的树枝搭的喜鹊窝,天上的云在快速流动。现在是用水淡季,滹沱河的水涨了不少,没到跟前,一股冷气已扑面而来。一个小小的身影跑过来,是满意。他说,老、老师,那、那个人在那边捉鱼,捉了这么大的一条。满意用两只手比画了一下。李老师说,你快回家吃饭吧。满意答应了一声跑走了。

李老师顺着河堤慢慢往前走,浑浊的河水翻着跟头往前跑,白色的水沫冲击着河堤,泥土的腥味一阵阵传来。在河水的一个拐弯处,李老师看到了少年。他挽着裤腿,站在水中,埋头用手中的东西一次次朝岸边抄,但什么也没有。李老师又往前走,看到岸上枯黄的草丛中垒着一个石头灶,一些小树枝在燃烧。灶旁边是一双黑色的鞋,鞋里边塞着一双黑乎乎的袜子,旁边还有一件同样发黑的上衣。水中的少年感觉到什么,猛抬起头来。看见李老师,少年马上拿起网,蹚着水,哗哗往岸上走。李老师看见水花打湿了少年的裤子,少年的腿惨白。少年上了岸,站在火堆旁,放下裤腿,抱起上衣。被锹铲烂的半个山药掉下去,像皮球一样弹了一下往前滚去,抱在胸前的上衣里露出条鱼尾巴,拼命拍打少年的胸脯。少年一动不动盯着李老师。李老师低下头,看到少年的裤腿在冒着热气。他转过身子,觉得不该来这里。直到走出好远,还觉得背后有双眼睛盯着他。

少年那双惨白的腿一直在李老师眼前晃动。李老师觉得少年一定不会轻易离开弧。下午上课时,他问学生,你们村有没有外地女人？满意用少有的不结巴说,刘芳芳妈就是。刘芳芳说,你妈才是。学生们大笑起来,教室里一下乱了。李老师拍了桌子,教室里才静下来。

快放学时,学校里突然跑进一个疯子,嘴里嘀嘀怪叫着,拾起地上的小石子朝教室扔。满意说,老,老师,七眼伯家的疯子。李老师生气地说,什么人都来学校,给我把他赶出去。满意说,老,老师,这个疯子打人。话刚说完,一块玻璃碎了,窗户边的女同学抱着头尖叫。李老师说,这还叫学校？他跑出教室,几个男生跟在他后边。李老师大声冲疯子喊,滚出去。男生们跟着他喊,滚。七眼伯气喘吁吁地跑进学校,一把抱住疯子。疯子翻手咣一个耳光。李老师看见七眼伯的脸红了。他跑过去帮忙,七眼伯后面跟着的人也跑过来,七手八脚把疯子按住。李老师问七眼伯,这是你儿子？七眼伯哼了一声,和众人把疯子弄走了。

七眼伯来学校赔玻璃钱时,说,昨天给他送饭时,一不留神,忘记锁门,他就跑出来了。李老师看到七眼伯还是那种很威严、正经的样子,心里好笑。他想,七眼伯以后不会来学校了。但接下来的一天他就知道自己想错了。

少年在村里待了七八天还不走。弧的人们感觉很不自在。他们走到哪里总觉得有一双眼睛盯着自己。好端端平静的生活让这个少年打乱了。人们在七眼伯家，商量怎样把这个少年赶走。

报告公安局把他抓走是一个比较好的办法，可是他们觉得公安局不大可能派人来，因为少年在弧没有干过什么坏事，他只是在村里晃来晃去。他们自己可以赶，但人们又觉得公安局不管的人他们更没有权去管。商量了半天也没有个好结果，只好等他自己离去。他们散去的时候在七眼伯家门口碰上少年，少年一副自在的样子让他们心里更难受。

更让人不可忍受的是接下来的几天。少年发现自己每天在街上找没有效果，决定蹲在人家门口等。他采取的办法非常简单，在人家门口几米远的地方，随便揪个什么东西往屁股底下一垫，坐在那儿就不动了，一坐就是一整天，除中午有会儿不在，其余时间像钓鱼一样一直等，直到他认为这家的人他都见到了，才到下一家。这样做，谁也受不了。农村虽说家里没有金贵的东西，可谁愿意这样被别人盯着呀？人们终于忍不住了，有人就打110，接通后，向警察汇报情况。警察问，他伤人了吗？进你院了吗？偷东西了吗？一听都是否定的回答，啪一下把电话挂了。人们当然不甘心，打听到民政部门管这类人，他们便去民政局，要求把村里的疯子抓走。民政局的人问，你们怎么能证明他是疯子？弧的人便把少年的举动说一次。民政局的人说，证明疯子一定要有异常行为，这些举动说明不了什么。

李老师听到少年这样做，他还去看了一次。少年背靠着一根电线杆，像老僧入定一样，对周围经过的人毫不注意，只是盯着对面的院子，里面一有动静和人影，他的精神就来了。李老师觉得少年这样做肯定很快乐，他不知道这样下去会发生什么事，但他潜意识里甚至希望自己就是那个少年。

一天晚上在睡意蒙眬中，李老师忽然听到学校的大门响了一下，他以为是风。接着，又是几声响。李老师披上衣服坐起来，拉亮灯，没有声音了。他又等了半天，还是没有声音。李老师以为做了个梦，又睡着了。第二天，磊磊说，昨天七眼伯让人把祠堂的门锁了，还让人看着。李老师一下打了个激灵。他说，那个少年现在在哪里？快领我去。他们找到少年的时候，发现少年还是像昨天那样，坐在一户人家门前，眼皮耷拉着，根本不理他们。磊磊说，他快睡着了。李老师说，昨天晚上是他，肯定是他。

弧的人们改变了多年敞门的生活习惯，不管人在不在家，都把大门紧闭上。少年像带着瘟疫，在哪里人们都躲着他。弧平静有序的生活有些紊乱，人们干活常常心不在焉，拿着东西出了门不知道要去干什么。一向安稳的村子出现丢东西的现象，一些针头线脑的小东西、锹镢耧耙、馒头咸菜、麦子玉米、鸡鸭猪羊等等常常不翼而飞，人们觉得这都是因为这个奇怪少年的出现。

少年徘徊在街巷,面对的都是紧闭的黑漆漆的大门。

李老师希望少年能到学校来,对他说些什么。可是,七眼伯对他说,把学校的门关好,这几天村里不大安稳。李老师的心里长出了一口气,他想一定要把这个门关好,七眼伯以后不会随随便便到学校里了。

没过几天,晚上,铁路下面的隧道里着火了,烧了一堆玉米秆。少年从大火中跑出来。那晚的月亮很亮,不是十五就是十六,火光把隧道照得通明,少年像一只蝙蝠从火里奔出来,外面是惨白色的月亮。弧没有一个人出来。火烧完玉米秆慢慢就灭了。月亮一直很亮,后半夜人们还好像听到有人在奔跑。

着火后的第二天再见到少年的时候,他像一只烤红薯,浑身上下都是黑的。李老师想起少年那双惨白的腿。少年看到人们,是一副仇恨的表情。他连脸也没有洗,黑黑的,好像还散发着一股烟熏味儿。人们看到少年一遍一遍从地里、道旁、树林边,把柴草、树枝、玉米秆拾来,放到村前供龙王的神龛前,然后他把树枝搭起来,玉米秆堆在旁边,柴草放在顶上,一个像人们夏天看瓜用的瓜棚便弄好了。少年对过来看热闹的人毫不在意,饿了就随手拿上神龛上的供品吃起来。

弧的人们议论纷纷,他们觉得少年和他们记仇了,而且他们谁都相信少年这下不会离开了。人们又聚在七眼伯家,商量怎么对付这个少年。这时,听到疯子在隔壁屋里烦躁地走动。七眼伯说,让疯子赶他去吧。

七眼伯家锁着的疯儿子被放出去。这个疯子头发像毡子一样连成一片，眼仁又大又白，身子轻快得像撒欢的驴驹，在村里狂奔。女人和孩子见了他远远躲起来。疯子跑了几圈之后，动作慢下来，嘴里嘀嘀怪叫，对着太阳不停地吐唾沫。少年就是这时候来到疯子旁边的，他改变了往日的那种神态，好奇而又痛苦地盯着疯子。没有丝毫前兆，疯子抓住少年的头发，狠命朝墙上撞去。少年大叫着护住头皮，用劲挣脱。疯子的力气大得惊人，少年的头撞在墙上，发出像鸡蛋磕破的声音，血流了出来。少年两脚乱蹬，蹬在疯子的命根子上，疯子大叫一声护住下身。少年睁大眼睛，惊恐地看着疯子，疯子嘀嘀叫着，又朝少年扑过来，少年撒腿就跑，疯子在后面猛追。少年在街巷跑了几个来回，越过铁轨从村南跑到村北，又从村北跑到村南，疯子在后面紧追不舍。少年跑出村子，跑进村南的庄稼地，地已经解冻，那些犁铧翻过的土地变得松软，少年一踩一个脚印。少年摔倒又站起来，疯子在后面紧紧追着。少年跑进柳树林，柳树褐色的枝条开始返青，落下的树叶经过一个冬天变得又脆又干，踏上去发出清脆的声音。疯子在后面越来越近。少年跑出树林，滹沱河出现在面前，河边的土地更加松软，发出青草一样的气息，一踩一坨泥。少年什么也不顾，一步跑进河里，河水还是冷，但已经不刺骨。水拽着少年的衣服，少年拽着水，鞋陷进泥里也顾不上捡。少年跑到对岸，听见声音远了些，回头，疯子站在对岸用大白眼睛看着他，舌头像狗一样伸出来呼呼喘气。少年一屁股跌坐在地上，听到自己的心快要跳出来。忽然,一个黑乎乎的东西飞过来,少年一躲,是疯子的一只鞋。疯子扔出一只鞋高兴得手舞足蹈,然后赤着一只脚往弧返去。还没走多远,七眼伯领着一大群人追来,他们把疯子按住,把他的手拴住,拉着他往回走。他们谁都没有朝少年看一眼,少年感觉自己好像被遗弃了。

疯子被捉回去关起来。人们都长出了一口气,他们觉得少年不可能再回来了。

弧的人们开始擦洗、检修自己的三轮车,往年这个时候,他们已经开始成群结队出门收购红芸豆、玉米、瓜子,今年因为这个少年,推迟了好多天。不能再等了,要误行情。

这下人们感觉出气也响亮了,他们打开大门,大声说话,晾出被子,街上的媳妇、女人多了,猪狗鸡羊也在街上随意走动,整个村子一下活泼了许多。

傍晚,太阳已经藏到山背后了,但南墙根下还有余热,人们端上热气腾腾的饭,大声说笑着。明天,他们就要开始在路上奔波了。这时,有人说了句,疯子又来了。

气氛一下子凝固了。

少年缓缓地走了过来,在暮色中,他的影子像一张移动的纸片。他没有像往常那样漫不经心,好像还带着几分惊吓。他走到人群前,稍微停了一下,他看到人们移动的喉结,肚子咕噜响了一下。他心里说,我想吃饭。但他什么也没有说,继续往前走。他走后,人们也纷纷回家,把门关上。

少年来到王玉香老人家门口。王玉香老人家的门关上了，少年只能看到屋里发出的灯光和移动的人影。他想起自己刚来弧时，这个慈祥的老人，少年的眼睛湿了。他往学校走，他想这个老师真是个好老师。少年远远就听到音乐，很温暖的音乐，他肚子里暖暖的，加快了步子。可是学校的门也锁了，少年推了一下门，里面的音乐好像停了一下，接着又响了。少年缓缓地后退，听着这暖暖的音乐后退，他打算去村前的神龛，看看里面有没有吃的。少年走得很谨慎，他害怕再碰到疯子。弧的街巷静静的，少年记得自己刚来的时候不是这个样子。他踏着月光往前走。

七眼伯家里一群人，人们商量明天动不动身。七眼伯说，走，再不走就赶不上好行情了。有人问，那孩子还在村里，怎么办？七眼伯说，把他也带上。

把他也带上？

少年什么也没有吃到，他躺在神龛前自己搭的小窝里，肚子咕咕乱叫。他看到村子里有明亮的灯光，隐隐约约还能听到欢乐的笑声，闻到一阵一阵的饭香。他把身子紧紧缩成一团，嘴里嚼着根稻草。慢慢地，他枕着稻草睡着了，从稻草堆中，他闻到了大米的香味。

半夜时分，几个壮年男子在七眼伯的带领下直接来到小窝前，他们没费什么劲就把少年捆个结结实实。少年从睡梦中惊醒，哇哇乱叫着挣扎。一块破布塞进他嘴里，然后他被装进一个麻袋里。

　　第二天,弧的三轮车队披着月光早早出发了。少年被放在七眼伯的车上,他身上放了一层又一层的麻袋、口袋、编织袋,少年简直透不过气来。随着三轮车突突的声音,少年离弧越来越远。少年不知道这些人要把自己怎样,他觉得有些恐惧。

　　车子一直往南,慢慢驶上了山路。少年被裹在袋子里不住地抛起来、摔下去,少年一声不吭。半上午的时候,车停下来,人们吃饭。少年也被放出来,人们把他嘴里的东西拿出来,松开他一只手,在他前面放下吃的。少年这次没有拒绝,很快就把东西吃完了。吃东西的时候,人们都不看他。吃完,人们又把他裤子解开,让他方便,少年觉得有些害羞。然后,他又被塞住嘴,装进麻袋。

　　车继续往前,少年觉得山在慢慢升高。又走了好长时间,人们停下来给车加水。少年又被弄出来透气,他看到周围都是山。有人说,就把他搁这儿吧。七眼伯说,不行,这儿太偏僻,有危险,咱们把他带到有人处。

　　车又前行,这次是往下走,速度快了些。慢慢路平坦了,少年觉得自己就要被抛了,心里有些发紧。但又走了好长时间,车才停下来。中间,少年感觉车拐了好些弯。少年被人们从车上弄下来,提出麻袋,少年看到前面是个十字路口。人们把少年的手脚放开,在麻袋里放了些吃的。七眼伯说,孩子,你走吧,这儿人多。他们又把少年放进麻袋,不顾少年的挣扎,把麻袋口扎好,小心地放在路边,还在旁边放了些标志性的东西。七眼伯说,孩子,别乱滚,小心被车辗着,等一会儿就会有人发现你。

少年听到车又开始发动,他心里喊,别丢下我,可是什么声音也没有发出来,少年听从七眼伯的话,不敢乱动。他想起他沿着闪亮的铁轨走进弧的时候,他哭了。

一列客车驶过弧,路基周围的房子被震得微微颤动,很快火车过去了,弧又恢复了安静。

二弟的碉堡

1

二弟是一个绝对粗俗的女人。二弟的妈妈四十五岁开始开怀,一口气生下三个女儿,就绝经了。二弟便被一心想要儿子的母亲弄了这个毫无逻辑可言的名字。二弟把这种混乱的逻辑带给了她的孩子:她的大女儿叫老头子,二女儿叫二圪蛋,一个小儿子叫三老头。光凭这一点,就让鸟镇的人痛恨不已。

第一次去二弟家是去借一个叫楦子的东西。妈妈让我去二弟家借楦子,我就去了二弟家。我叫,二弟姨姨,她家里传来呜呜的叫声。然后,我就看见二弟趴在地上,用舌头舔一个碎了的鸡蛋。她旁边是三四只猫,围着她呜呜乱叫。二弟边用手挡这些猫,边加快舔鸡蛋的速度。等她站起来时,地上已光溜溜的。几只猫扑过去,在地上嗅了嗅,我明显看到那些猫失望的表情。恶心的是,二弟抓起一只猫,让它在自己嘴上舔,然后像丢一块抹布似的把它丢到一边。那只猫一瘸一拐爬起来,居然幸福地大叫了一声。

我提着榿子出了二弟家的门,像捏着一只死人的脚。那些猫一跃一跃地抓这只榿子,肚皮一翻一翻的,在阳光下像一条条鱼。

第一次见二弟是在一个朋友家,我们打牌是对家。有个女人进来,并没有人理她。她从炕头抓起一把烟叶,伸出粗大的手指沾了口唾沫,卷起大烟泡来。看了一会儿牌,她就开始发起浪来,一会儿说这个牌出臭了,一会儿又说这把牌该响。有人就开始说话了,二弟,要不你上来玩吧?二弟的脸一下就红了。她说,我哪有钱呢?又看了几把牌,二弟一下也没吭声。然后说,我走了。但屋里其他人并不说话。二弟就走了。她一走,有人就骂,这个傻×,把我熏得发蒙,他妈的比男的还能抽烟!有人问二弟是哪儿的。那人回答是山里的。没想到,过了几年,二弟和我家成了邻居。

那时正是二月,连续几个晚上,此起彼伏的猫的嚎春声吵得我们不能入睡。弟弟气得站在门外大骂,谁他妈家的鬼猫,也不管管,再叫老子劁了它!

第二天,有人敲我家的门。我们看到了二弟,她叼着一个大烟卷,腆着大肚皮,领着一群猫。我们都有点蒙了,不知道这个巫婆一样的女人从哪里来。她先嘿嘿一笑,掏出一包当地人最常抽的一元一包的三峡烟,敬给我们。我们都谢绝以后,她抓起一只猫,在嘴边亲亲,说,你们瞧,多乖呀!然后她说,周杰伦,敬个礼。一只花白猫两腿站起来,一只小爪子朝我们招了招,惊得我们目瞪口呆。然后,她又给我们一一介绍她的猫,赵薇、巩俐、王菲,介绍到的每一只猫都摇头摆尾,十分得意。

我们才知道,这个山大王一样的女人带着一群猫成了我们的邻居。她买下了隔壁那个久没有人居住的院子。

从此以后,我们便可以经常听到她早上五点钟还不到,就吆喝她的老头子、二圪蛋、三老头起来干活。当别人家的孩子睡眼蒙眬地准备去学校上课时,这三个孩子已经干得满头大汗。她那个满脸络腮胡子的丈夫,有一个很威武的名字,叫聚天,在她面前却乖得像只猫。

我们劝她让孩子们上学。她说,他们那些尿样子上学还不是白花钱,他们像了谁也不是上学的料,除非是别人的种。多挣点钱,盖房子、娶媳妇吧。二弟出口总是娘老子尿的满口脏话,人们都不怎么爱跟她说话。

我们当地有一种开小白花的蓄根草本植物,有一个怪异的名字,叫贼麻花,用油炸上,味道奇香,干透了一斤能卖两百多元。但它生长在干旱的半坡地带,还需当年有雨,才开花。贼麻花开的时候,正是天气炎热的时候。它藏在一种叫害害花(音)

的植物中间,不到一尺高,采它的人需要不断地站起来、蹲下,所以,每年因为采摘它而中暑的人很多,还有的脑溢血病发而亡。人们说,二弟就是每年采摘贼麻花攒下一笔钱,才买下这个院子的。现在,每年贼麻花开的季节,二弟一家人准备好水和干粮,一早就出发,傍晚才回来。这个季节,农活儿不忙,天气又热,大部分农民都在乘凉、打牌,人们听见二弟一家人回村的动静,就说,这家人,挣钱连命都不要了。二弟听到这话,依旧大摇大摆地走路,她的丈夫聚天却低下了头。有一次,她的老头子听到别人这样议论,说,我们又没有采你们家的!聚天顺屁股踢了她一脚,说,不能走你的路!二弟却高声唱开"花儿为什么这样红",声音颤悠悠的,一个劲往高处爬,后来,猛地一顿,四周一下静了。他们离开后,有人重复着问,花儿为什么这样红?另一人回答,出你娘的牌。

2

鸟镇的人们听说城里的狗市上有会说话的八哥,相邀去看,却发现二弟在那儿卖猫。人们打听到一只猫在市场上可以卖三十元左右时,所有的人都愤愤不平了。这和人们用猫来捕鼠大不一样。甲说,在二弟的猫群中公猫永远只有一个,它过着皇帝般的生活,有众多的母猫可以享受,比我们过得还好。乙说,二弟从我肉摊上要不值钱的猪脾和骨头给它,我向来很大方,这是帮她赚钱呢！丙说，二弟还从世纪大饭店要别人吃剩下的骨头、鱼肉呢！丁说，除了发情季节，每天晚上，二弟都搂着她的公猫睡，有病。戊说，世界上还没有比发情期的群猫乱嚎更难听的声音，她扰乱了我们的环境。己说，可怕的是，二弟打乱了猫的发情季节，她家几乎每个月都有猫在生育。最后，甲乙丙丁戊己都说，咱们不能再让她养这么多猫了！

但甲乙丙丁戊己谁也不愿去二弟家说，他们找村长，让村长去管。他们根本不知道，村长已把二弟养猫的事当成特色养殖报上面去了。村长说，屁！二弟家的猫吃了你家的鸡没有？没有。人家养人家的猫关你们屁事！自己有本事哪怕养××呢。甲乙丙丁戊有些不高兴，说，你是村长，也不能骂人吧。二弟家的猫扰乱了我们的环境呢！现在不是都在讲保护环境吗？煤场不是因为这还被罚了款，给周围居民做了补偿？村长说，好，我去给你们说说，你们这群毛驴！

村长见了二弟说，群众对你养猫意见很大呢！二弟说，操，我也没犯法，我在我自己院子里养养猫还不行？你关了我禁闭。村长说，我也只是说说，人家向我反映呢！二弟说，村子里那么多事你不去管，计划生育、交租纳税、赌博吸毒、盗墓、偷变压器、割电线，你去管呀！村长说，我只是说说，我已经把你报成特色养殖户了。二弟说，养这么几只人家就眼红，养多了还不把我杀了吃肉！村长说，你瞧，说句话也不行？

过了几天，二弟院子里跑进一只大狗，正在追逐母猫的周杰伦怪叫一声，嗖一下，钻到玉米垛子下。狗汪汪叫着，扑向玉米垛子，周杰伦三下两下跳上玉米垛子，狗猛烈地刨着玉米垛子，玉米垛子雪崩一样散了，一只玉米砸在狗的眼睛上，狗把所有的气愤都发泄在周杰伦身上，咻咻吼着继续往前扑。周杰伦跃上窗台，抓着玻璃就爬了上去，最后蝙蝠一样把两只爪子倒挂在最上面的窗棂上，惊恐地尖叫。二弟出来了，舞着一把锹朝狗腿上狠狠劈去，狗尖叫一声，往前一跃，夹着尾巴逃跑了。二弟追出门外，挂着锹大骂，那种恶毒粗野的话，人们听了一辈子都忘不了。

有一次，却亲眼见二弟追着她的周杰伦打，而且，边追打边哭。有人便模仿着她的口音问，二弟，你家的公猫咬了你老公的屌了？二弟怒气冲冲地说，咬了他的屌我才不管呢！它偷吃了我的鱼。我的鱼。我喂它那么好，它还偷吃我的鱼。

二弟的鱼是用来做席的。鸟镇死了人，亲戚都要做六六席来祭奠。这种席具有一流饭店菜的想象力和精美，而且做好之后是要摆一块儿看的，无形之中成了亲戚们实力的一种较量和艺人们手艺高低的比较。席里有六道干果、六道水果、六道冷菜、六道热菜、六个插在大馍上形态各异的面塑、六个用蔬菜水果雕成的动植物造型。大大咧咧的二弟竟是做席的好手。她做的席漂亮精美、别具一格不说，她做席的材料也让人们匪夷所思。而这一切，竟是在人们鄙夷可怜的状态下完成的。

二弟经常去捡瓜皮，她把那些啃得或深或浅的瓜皮成堆成堆地抱回家。遇到人们便嘿嘿一笑,这东西,扔了怪可惜的!鸟镇的人们传说二弟家一到夏天就每天用瓜皮炒菜,用瓜皮做汤。有人便感慨他们一家过着乞丐一样的生活。谁也没有想到二弟的这些瓜皮都用在了席上。她把瓜皮里外一削,破成片、染上色、雕成花、雕成龙,随她高兴。难得的是,她把瓜皮的作用发挥得淋漓尽致,除了用瓜皮雕动植物造型外,还把瓜皮切成薄片垫在冷菜、热菜的盘底。因为席主要是摆在那儿看的,就像美女的乳房,没有多少人去研究它是用什么材料拢起来的,所以二弟的瓜皮席竟一连做了好几年,没有人发现。

后来,二弟就要在那院子里重新盖房子了。听到这个消息的鸟镇人一惊一乍,奇怪不务正业的二弟一家搬下山时间并不长,哪儿来的钱去盖房子,继而,鸟镇的各个大小包工队都拥到二弟家,要求把工程包给他们。二弟笑眯眯地接待了所有来她家的包工队头头,但并不松口。后来,人们忽然听说二弟把工程包给几个四处流浪打工的南方人了。鸟镇的人们不相信说着满口鸟语、衣衫褴褛的这些家伙能把活儿干好。鸟镇的大小包工队更是感觉受了莫大的侮辱,他们不相信二弟这房子能盖成。

3

动工那天,先是二弟家的"千岁红"鞭炮被人浇湿了,嘶嘶哑哑响了几个,就不动了。接着,来了一大帮乞丐,没完没了唱起莲花落,二弟每人给了一元钱才打发走。乞丐走了以后,来了一伙穿制服的家伙,说是土地局的,要二弟拿出房产证,二弟自然没有什么房产证,她拿出房契和买房子的合同,那些人看了,哼哼哈哈了半天,就动手开始量她的院子。鸟镇的人几乎全来了,围在二弟家周围。二弟跟在那伙人屁股后头,赔着他们从来没见过的笑脸。快到中午时,总算量完了,二弟的院子多占了一堵墙。也就是说,二弟这院子的一堵墙垒在了墙址的外面。二弟说,我买房子的时候就是这样呀,我不知道!穿制服的家伙们要求二弟把多占的地方退出来,再交了这几年的罚款,就可以盖她的房子了。二弟一下坐在墙根底,拍着大腿号啕大哭。

哪里来的疯狗呀!怎么就看上我这块肉呀!

我不活了,快点把我活埋算了!

老天爷呀,你就见不得别人好活呀!

哇、哇、哇……

围着二弟看的人越来越多,聚天、老头子、二圪蛋、三老头都抱了头蹲在墙脚下像受审的犯人。

土地局的人向周围的人解释,我们也没把她咋,只是有人把她告下了,我们不来也不行,大热的天,谁愿意?

二弟一下子不哭了,跳起来拍拍屁股说,你们说咋办?

一种是交罚款,一种是把地方让出来。

好,我认罚,你们罚死我吧!二弟的眼睛射出恶狠狠的绿光。

周围看的人觉得结果有些不尽如人意,慢慢开始散了。

第二天早上,卖豆腐的王二小路过二弟家时,见二弟指挥着一伙民工拆那堵墙。王二小对遇到的每一个人和买豆腐的人说,二弟拆墙了,那家伙拆墙了!

人们吃过早饭路过二弟家时,她一家人和民工还在拆,不光拆那堵让她伤心的墙,而且拆其他三堵墙。人们摇摇头,说,这女人!

第三天,二弟还在拆。她在拆自己住的房子。

鸟镇的人们受不了了。他们说,二弟犯神经病了,她拆了房子往哪儿住呢?她家聚天也不管管她?

傍晚时,人们看见二弟院子里搭起一个大帆布棚。那伙人一直在拆。据鸟镇那天唯一一个晚上起来看流星雨的家伙说,他亲眼见那伙人干完活和二弟一家人都钻进那个大棚子里了。他还对天发誓,他如果胡说就让他烂了嘴。

二弟的房子拆干净之后,就开始挖地基。二弟的地基挖得比楼房的都深。人们说,到底是山里人,有几个钱也不知道怎样去花,都扔土坑里了。

二弟挖好地基之后,就开始往高砌。二弟的地基砌了一人高之后,还没有停,鸟镇的人们开始恐慌。他们说,这也不是垒碉堡,砌这么高,干什么?

但二弟的地基并没有因为人们的恐慌而就此停住,她一个劲地往高砌。鸟镇的人们简直愤怒了,鸟镇的历史上也没有过

045

这么高的地基,她想把咱们全村的人压倒。

人们去找村长。村长说,二弟那地方,前面是垃圾堆,后面是路,左边也是路,右边是一水渠,你们说,让我怎样去干涉人家?

二弟的地基随着人们的恐慌增高,但终于停了。人们奔走相告,二弟家出什么事了?

二弟没有把这种悬念给鸟镇的人们保留太久,第二天就开始了拉东西,备料。

二弟的房子盖得又快又好,因为那些南方人干活从不偷懒,每天一干就是十几个小时,二弟一家人也都帮着干。这些南方人也真叫二弟佩服,抢着干重活,吃饭从不挑剔,躺倒就能睡觉。这些南方人也觉得二弟和他们遇到的其他北方女人不一样,骨子里透着一股狠劲,很能吃苦。当二弟的房子快要盖好时,二弟对领头的那个小伙子说,你看我们老头子怎样?嫁给你吧。那个小伙子说,我非常喜欢你家老头子,可是我除了一身力气,什么都没有。再说,让她跟着我,你放心吗?二弟说,一百个放心,我要让我们家三老头也跟着你干活呢!小伙子说,那好。咱们让你的房子再高上一尺。

4

二弟家的房子盖好后,二弟的猫又到了怀春的时候。二弟领着她的猫,站在高高的屋顶上,整个鸟镇像河床里缓缓流动的细沙,那些弯弯曲曲的炊烟升到她的屋顶后,仿佛一伸手就可以挽住的一条细绸子。二弟好像又站在了高高的山顶上,二弟唱,山丹丹花开红艳艳……二弟一直在唱。天黑以后,她的猫开始嚎春了,声音凄厉而悠长,无数的各色猫敏捷地爬上二弟的房顶,一群一群的猫扭成一团,有的摔打下去,在半空中分开,翻一个身,像棉花一样落在地上,一前一后融入黑夜中。

二弟扯着张缎一样的红纸,在皎洁的月光下如凌空的仙女般剪出各色的图案,细碎的纸屑随风起舞,铺了一地碎红。

然后,二弟屋子的玻璃上就开满了各种各样的花朵,一只只栩栩如生的喜鹊、蝴蝶、老虎等也纷纷落了上去。

细碎的鞭炮声敲打醒了梦中的鸟镇人,挣扎着还想入睡的人们被越来越急、雨点一样的声音赶起了床,梦魇一样寻着声音来到了二弟的房子前。二弟的房子碉堡一样耸立在他们面前,丈把长的竹竿悬在二弟的屋顶,鞭炮炸响之后,沙沙坠落的纸屑像随风飞舞的雪花。

啊!

"山丹丹花开红艳艳,一年又一年",二弟的声音从高高的屋顶随着红色的雪花往下飘、飘。

晨曦褪去之后,鸟镇的人们也开始做手中的营生,二弟的声音依旧往心上飘,院子里玻璃上的那片红光使他们心里都非常不安。

后来，眯眯眼进村了，他留着一条长长的辫子，骑着摩托一晃一晃的，像一只撅屁股的驴。他远远地被二弟家高大的房子所吸引，不顾一切地冲了进去。满玻璃的动植物使他像进入了一座热带雨林。

真他妈的艺术！眯眯眼流泪了。

他掏出相机一张一张拍这些他向往已久的东西。都要，我都要！眯眯眼越拍越激动。

当二弟领着一大群猫从屋顶上下来时，眯眯眼简直崇拜到了极点，他没想到还有这么酷的女人。二弟摸出一支烟熟练地点上，他才知道，什么是女人真正的抽烟，而不是城市里时尚女孩的作秀。他又听到聚天叫她"二弟"，眯眯眼兴奋极了。

眯眯眼进了二弟的屋子，又看到了那些面塑，他幸福得什么也说不出来，只是哗哗拍照。

眯眯眼留下一百元钱，要带些剪纸和面塑回去。

二弟说，今天是我嫁闺女的日子，我不会收你的钱的，我请你喝喜酒好吗？

眯眯眼就开始一大杯一大杯地喝酒。后来，他的舌头乱成了一团麻，坚持留下了那一百元钱，说是给二弟闺女凑的份子。他说他还会来的，他要带上他研究民俗的导师一块来。

5

二弟的房子像一座大山,压得鸟镇的人心上沉甸甸的,人们无论干什么,一抬头就会看到那座碉堡一样的房子。人们盼刮大风,吹倒她的房子;下大雨,冲垮她的房子;地震,震倒她的房子。

不知哪一天从谁开始,人们晚上去倒垃圾,就倒在二弟的房子下面。而且,这很快就形成了一个习惯,全鸟镇的人都去二弟房子下倒垃圾。尽管村长是最后一个去的,但最终也去了。人们不管二弟家离自己远近,都去那儿倒垃圾。村子里的垃圾堆空了,可是二弟房子下的垃圾却越来越高了。二弟最初发现人们往她房子底下倒垃圾,领着她的聚天和二圪蛋铲了。可她白天铲了,人们晚上就又倒下了,而且她一家人铲,怎样也比不上全村人倒。二弟站在她家的屋顶上和街上骂过,可她骂的结果是当晚的垃圾比哪天的都多。二弟也躲在一边,试图捉住倒垃圾的人,可那些人神出鬼没,她又不是狗,能一晚上不睡,有时候看到对方了,又抓不住。二弟被这些垃圾弄得筋疲力尽。二弟去找村长。村长说,我的话还有用吗?好,我说说。村长在喇叭上喊,村民同志们请注意,不要在二弟房子下倒垃圾。村长一连喊了三次,问二弟,还喊吗?二弟说,扯淡!

垃圾像癌细胞一样疯狂地滋长,二弟那座高大的房子几乎成了书上描写的地上河。二弟领着推土机和铲车进乌镇的时候,乌镇的人们仿佛眼前飞过一只苍蝇,对这个庞然大物视而不见,打牌、下田,他们只是热切地盼望晚上的到来。

月亮一上来,人们端着簸箕、挑着箩头、推着平车、开着三轮车,神秘地向二弟家进军。二弟家的灯好像还没灭,人们就开始轰轰地倒垃圾。有的人干脆把二弟白天清除了的垃圾又拉回来,他的做法很快引起了人们的注意,很多人都模仿他,把二弟白天清除了的垃圾又拉回来。乌镇的人们从来没有如此兴奋,也没有如此团结过,干到半夜时,不知谁组织的,女人们竟然送来了夜宵。

第二天,聚天推不开大门。后来,三人像老鼠一样挖开一条通道。聚天说,咱们不能再在乌镇住下去了。二弟说,放屁。她让二圪蛋拿出一根竹竿,把一块绣着乌鸦的刺绣挂在上面,高高地插在屋顶上,看得聚天目瞪口呆。二弟说,让那些狗日的倒哇,我不信他们倒得过这只乌鸦。

唐强的仇人

唐强一早赶着猪去屠宰场,到中午了还在路上。这头猪走走停停,磨磨蹭蹭,还不时撅起尾巴噌一下,拉一泡,更让唐强着急的是它想躺就躺下,用树枝使劲抽它才站起来走。唐强累极了,不知道在屠宰场下班前能不能到。他把猪赶进屠宰场的时候,想像猪一样不管找个什么地方躺一躺。院子中间的水龙头吸引了他,他跑过去,大喝了几口,又把脸凑到水龙头下冲了冲。湿漉漉的唐强把头甩了甩,想起来时路过一个理发店。

唐强平时理发不叫理发,叫剃头,他们村子里的人都叫剃头。头发长了,找个会用推子的人往短里弄一弄。

唐强今天想理发。刚才路过那个理发店的时候,正好有两个小姑娘抬着一桶脏水出来倒,店里还有一个女人,大概是老板娘。唐强只从门帘下看到她的脚,穿着一双红拖鞋,脚后跟白嫩白嫩的,像煮熟后的蛋白,散发着香气。唐强想到那个脚后跟,咽了口唾沫,肚子咕咕响起来。唐强想理完发就回家吃饭。

唐强到了理发店门口,心咚咚跳了起来。他没有进去,一直朝前走。超过理发店四五步了,他又返回来。街上空荡荡的,太阳像巨人的一只独眼,越逼越近。唐强脸上的水早干了,嘴里起了个大水泡,一阵阵疼。唐强又朝后看了一眼,空荡荡的什么也没有。

唐强一头扎进理发店,一股阴凉气朝他扑过来,他身上的每个毛孔都舒展开。唐强看到刚才的那两只脚搭在一起,拖鞋在脚上耷拉着,那两只脚白嫩白嫩的,很诱人。然后唐强看到躺在椅子上的脚的主人,她不像他想象中的那么年轻。唐强有些失望,他想,女人难道从来不用脚走路?女人脸上堆着笑要站起来招呼他,但被躺在另一把椅子上的人拽住了。唐强看到一张精瘦的脸,几乎没有肉,这个人的目光像剔骨刀一样在唐强身上刮了几下,唐强身上又冒汗了。

洗头?

唐强往后退了一步,说,剃头。

到这儿开玩笑了,臭烘烘的,剃屄呢?

不是开玩笑。

唐强的手伸进口袋摸到裤裆里硬扎扎的一沓钱,他想甩出来让这个家伙看看。可是,取钱就得解裤子。他看了看女人,女人笑吟吟地看着他。唐强后悔刚才没有另外放出一张钱。他的肚子这时咕地响了一声,唐强觉得有些不自在,扭头打算离开这里。

臭要饭的,大中午来起哄。

唐强看到女人的手还被这个精瘦的男人捏着,而且他的另一只手也放在女人的手背上,轻轻地摸着。

唐强说,谁是要饭的?

这句话他说得很低,几乎就在喉咙里转了一下,还没有吐出嘴。他转身要离开。忽然,他的脸啪地被打了一个巴掌。在沉闷的中午,这个声音显得异常响亮。精瘦的男人站在他对面,唐强摸摸脸,知道自己确实被打了。

你为什么打人?

精瘦的男人不说话,拖住他的领口往外拉。

这个男人太瘦了。唐强一下想起刚才赶的那头猪,那才叫肉。他返头看了看,女人不见了。他想再看看,领口上的手勒得他几乎喘不过气来,他乖乖地跟着往外走。一出理发店,太阳油汪汪的好像要掉下来。唐强的裤裆湿了,他想别把钱弄烂了。男人一拳打在他眼睛上,他刚要去捂眼睛,鼻子上又中了一拳,鼻血冒出来,唐强听到哗啦哗啦的声音,他想口袋里连块纸也没有。脸上又挨了一巴掌,嘴里的泡破了。唐强脸上像开了杂货铺,收拾也收拾不过来,他不知道怎么会这样,根本顾不上还手。男人还在继续打着。远处有一个人,看见打架,赶紧过来,说,二哥在打人呢,我也练练。他一脚踢在唐强肚子上。他们左一拳又一脚朝唐强身上招呼。唐强的身上到处在冒汗，鼻血糊在脸上干了，抽得脸一阵阵发紧。唐强希望天早点黑下来或下一场大雨，可是太阳一动也不动。唐强想起那头肥大的猪，现在可能已经被宰了，他感觉好累，躺在地上捂住头不动了，任凭他们拳来脚去。新来的这个人说，起来，起来，你起来呀，装死。唐强根本不动。他们又打了几下，停住手。唐强还躺着，他想睡一会儿。可是天气太热了，唐强像一条复苏的虫子，慢慢蠕动。唐强坐起来时，几个看热闹的人走了。理发店的女人看着他，说，王二打你了。唐强茫然地点点头。女人说，进来洗洗吧，脸上都是血。唐强跟着女人进了理发店，他又一次看到女人白生生的脚。水盆里的水凉凉的，唐强把脸泡进去觉得很舒服。很快，他觉得脸疼起来，接着是肚子，然后身上的每一个地方都疼起来。这时，他的肚子又咕咕叫了一声。唐强没有用脸盆边的毛巾，任凭水珠滴着，接过女人递过的一杯水，一仰脖子喝下去，他感觉喉咙火辣辣地疼。接着，唐强解开裤子，掏出卖猪的八百多元，取出零钱。在出门时，他问女人，打我的人叫王二？女人有些惊讶，但还是点了点头。

唐强进了不远处的一个小饭馆。饭馆里没有顾客，一个头发乱糟糟的男人在用一块油腻的布子擦桌子。唐强坐下，大声说，给我来碗面，再来一瓶啤酒，夹点咸菜。男人看了唐强一眼，没有说话，把啤酒和咸菜拿过来。男人把面端来时，说，刚才王二……他没有说后半句话。唐强看到这个男人的脸也很瘦，左眼皮上有一小块疤,通红通红的。唐强想饭店里的人还能这样瘦。他呼噜呼噜开始吃面。他肚子里的气像吃饱了饭的嗝,慢慢跑出来。吃完饭,唐强边给老板结账边说,这个仇我一定要报。男人揉了揉眼睛,唐强发觉他眼皮上的疤被扯大了,像多了一只没有眼珠的眼睛。

回家的路上,一个人也没有,太阳像往下掉火珠。唐强发觉眼睛不好往开睁,接着看见手厚了,然后发觉他整个人像充了气一样涨起来。唐强想他和猪越来越一样了,被人赶,被人打,越想越气,他想王二这个仇一定要报。

唐强回了家,天还是很热,在屋子里待不住,他想天底下哪有这样的道理,平白无故就让人打了。唐强把八百元钱藏好,找到表弟孙钢,说,王二把我打了。孙钢给他一根烟说,没打着吧?唐强想了想,说,也没打着,但你看我成这样了。孙钢说,打着就得报案了,没打着好。唐强觉得不舒服,在村子里乱转,见到村里的每一个男人都说,王二把我打了。唐强每说一次,仇恨就被放大一倍,但这些人都说没打着好。唐强很失望。

太阳掉下去了,整个村子里的人也好像掉进一个大窟窿。

夜风吹在唐强脸上,有些凉气,但他心里还是火辣辣地难受,他想报仇。他想,要是能搞到一杆枪就好了,一枪崩死王二。唐强在村子里越走越清醒,出了村子,对着月亮学狼嚎,嚎了一会儿,舒坦了点。他觉得自己报仇无望,慢慢往回走。

打开门,进院子时,唐强的倦意上来了,他打了个哈欠,忽然看到屋子里有道光晃过。唐强咳嗽一声,光不见了。唐强从猪圈边摸起一把锹提在手里,轻轻走到门口,用手摸了摸门锁,合叶断了。

贼。

贼偷他的卖猪钱。

一股怒气涌上来,唐强把锹高高举起,所有的仇恨都聚集在这把锹上。唐强想,等贼跑出来,一锹砍死他。

风吹着树叶像驴一样咴儿咴儿叫。唐强的手上出了汗,眼睛瞪得发疼。屋子里一点声音也没有。

唐强想,得惊贼出来。

他大声说,我看见你了,快出来,要不我叫人了。

屋子里还是没有动静。

唐强用锹在地上刮了刮,发出一阵刺耳的声音。他说,你今天一定跑不了。

屋子里窸窸窣窣响起来。唐强的眼睛瞪得大大的,盯着黑乎乎的门口。

门忽然开了,一个黑影忽然跑出来。唐强用力一锹砍下去,结结实实砍中了,黑影倒在地上。唐强用脚踢了踢,黑影软软的不动。唐强说,装死。进了屋子拉开灯,他藏在米缸里的钱还在。唐强松了口气,来到门口,他看见躺在地上的人是唐小刚,手脚摊开,一动不动,地上有一小摊血,头上还在流着。在灯下,这些血有些发黑。唐小刚的影子被压在他身子下,背光的一边涨出一圈,瘦瘦的。唐强觉得唐小刚很可怜。唐小刚头边还有一个碎了的塑料脸盆。唐小刚是顶着脸盆出来的,被他砍中了。唐强用手推了推唐小刚,唐小刚一动不动。唐强找了块破布,包在唐小刚头上,破布很快被血浸透了。唐强想,唐小刚死了。他马上被自己这个念头吓着了,他哆嗦起来。

唐强把八百元钱装在身上,胡乱拿了些衣服,临走前又往包里塞了把菜刀。他来到孙钢房子后面,敲敲后窗玻璃,叫道,孙钢,孙钢,我是唐强,请你给我照看照看屋子。屋里传来迷迷糊糊的声音,你干啥去?唐强说,孙钢你记着,我走了。

逃出村子,唐强觉得自己这辈子完了。因为王二,该死的王二。想到王二,他的气上来。他想自己反正是完了,一定要杀了王二。

唐强到了白天来过的地方,到处都是黑乎乎一片,风像梳子一样软软地吹来,白天发生的事一幕幕出现在他眼前,他觉得好像做了个梦,可他实实在在杀人了。王二在哪里?唐强来到理发店门前,也是黑乎乎的。他的脚踩住一块儿地方,黏黏的,他想是自己白天流的血,又觉得没有流这么多,倒是自己家门口唐小刚流了这么多血。唐强等了一会儿,里边一点声音也没有。他想是否应该弄醒女老板,问问王二在哪里。可是唐强又怯懦起来,他想打自己的也不是女老板。

唐强想天一亮人们就发现唐小刚的尸体了,警察就该抓他了,只好先想办法藏起来。

唐强藏在屠宰场后面一座废弃的库房里。他不打算逃远,他要瞅机会杀了王二。

唐强躺下睡不着,脑子里一会儿出现唐小刚躺在他家门口,脑袋上还在不停地往外冒血;一会儿出现精瘦的王二阴森森地站在旁边看他。天空微微发白的时候,唐强撑不住了,慢慢打起呼噜,但腿不停地抽搐。他梦见警察在后边追他。

唐强醒来的时候,屠宰场的猪叫声一片。唐强身上软软的,一点力气也没有,他想猪正在被执行死刑。唐强想自己要是昨天不卖那头猪,不会去理发店,不会碰上王二而被挨打,不会那么晚才回家,唐小刚不会去他家偷钱,不会一锹砍死唐小刚。现在唐小刚死了,他的猪也死了,警察还在抓他,他要杀了王二。

白天唐强不敢出去,他躺在库房里。十点多的时候,太阳就疯了似的开始发威,热气一阵阵涌进库房,还裹着屠宰场猪的腥臊味。库房里又闷又热。唐强迷迷糊糊又睡着了。一觉睡到下午四点多,唐强醒来了,肚子饿得咕咕直叫,他后悔出来时没有拿吃的。他想继续睡觉,睡着就不饿了,但他怎样也睡不着。这时库房的热气还一个劲地往上涨。唐强的头昏昏沉沉的。他的仇恨随着热气上升,他在库房里不停地转圈,他想杀王二。

好不容易等到太阳下山了,天还是亮堂堂的。唐强的头嗡嗡直响,他的肚子不停地催他出去。唐强又等了会儿,天终于黑下去。唐强把菜刀藏在怀里,悄悄溜出库房。

街上的人好像比白天多了,影影绰绰的看不清谁是谁。卖油条的、卖刀削面的、卖羊肉串的都把摊子摆出来了。唐强不敢大摇大摆坐下来吃。他买了十块钱的油条,随手揪出一根叼嘴里,边走边吃。唐强现在不希望马上就碰到王二,他想先把肚子吃得饱饱的。

唐强走着走着就来到理发店门前,店里的灯光好像比别处亮,店里传出一阵阵笑声。唐强在一处灯光照不着的地方坐下,把油条放前面,埋着头吃。短短一天多时间,他的胡子冒出好多,眼睛红得吓人。店里的笑声不住地飘出来,唐强能准确地听出老板娘的,可是没有王二的。唐强让吃得噎了一下,大声咳嗽起来,他捂住自己的嘴,眼睛憋出泪来。唐强不吃油条了,他想喝水。他拎着剩下的油条路过理发店门前时,朝里面睃了一眼,他的心狂跳起来,他看见了王二。王二躺在椅子上,眼睛微闭,一动不动。唐强想上去砍了他,又看见旁边还有几个人,怕一下砍不死被人抓住。唐强想,就当他是头猪,先让他再活一会儿,反正他是要死的。里面的人发现门口有人,走过来,唐强忙走开,走之前又瞟了王二一眼。王二的眼睛忽然睁开,朝这边看过来。唐强低下头,走开。

唐强喝了水,又回到理发店门前。他惬意地靠着墙坐在地上等里面只剩下王二和老板娘时,进去砍王二。他觉得王二就像一头待宰的猪,命运就掌握在他唐强手里,心里有些得意。

街上的人慢慢少了,理发店的人却不见少,好像还有人进去。唐强有些急躁,他不知道要等到什么时候。理发店门口忽然驶来一辆车,唐强松了口气,觉得有人要走了。车上却没有人下来,只是按喇叭。接着一群人出来,走在最前面的是王二,快上车时,有人跑到前面拉开车门,王二他们都坐进车里走了。唐强望着车喊,王八蛋。

回了库房,唐强直骂自己操蛋。他想,要是有个手榴弹就好了,一下扔进去,王二就完了。

接下来的几天,唐强昼伏夜出,每天天黑后寻找王二,可是一次也没有见到。王二好像那天晚上坐着车消失了。唐强想王二是不是出车祸了,又觉得不可能。

这些天,库房里的苍蝇越来越多。唐强每天一回去,苍蝇就轰一下飞起来,嗡嗡的声音被密封起来,像一群轰炸机。它们围着唐强乱转,他一停下,那些苍蝇就停在他身上,他用手一拍,又飞起来。它们起降的架势很惊人。唐强觉得自己好像一只大蜂房,那些苍蝇蜜蜂一样在他身上进进出出。唐强身上散发出一股腐臭味,这种味道越来越重,他觉得王二再不出现,自己就坚持不下去了。他眼皮直跳,经常半夜醒来,听到警报声就想跑。

关于唐小刚的消息一点也没有。唐强不清楚杀人这么大的事为什么听不到人们的议论。越想越恐慌,他觉得肯定有什么事要发生。

他想回村子里打听打听消息。

每天吃油条、馒头,唐强胃里腻得慌,但他不敢去饭店里坐下来哪怕吃碗面。他想一回村子可能一切都结束了。这个该死的王二,就是命好。他谨慎地买些馒头,割了块猪头肉,卷一起吃了。

半夜的时候,唐强回了村子。村子还是那样熟悉,唐强闭上眼睛都可以找回自己家,但无边的黑暗中,潜藏着莫大的危险,这和以前是不一样的。一进村子他想哭。唐强只是远远地望了望自己的屋子,然后又来到孙钢屋后,敲玻璃。他说,孙钢,我是唐强。他想孙钢一听是他大概吓一跳。但屋里慢腾腾地有了回答,表哥,你怎么总是半夜里敲玻璃,不让人睡觉?唐强说,我回来看看。孙钢说,你不能白天回来?我去开门。

唐强进了孙钢屋里,久违的温暖使他浑身发抖。他用带着哭腔的声音问,你知道唐小刚怎样了?孙钢奇怪地看着他,打了个哈欠,说,不知道啊!这些天一直没有见他。唐强说,他没有死?孙钢说,表哥,你咋了?唐强把那天晚上发生的事讲了一遍。孙钢说,真奇怪,他要是死了,家里一定有动静,警察一定会抓你,可一点声音也没有啊!唐强松口气,说,他没有死?孙钢肯定地说,没有死。唐强说,那我白逃了。孙钢说,你今天住下,我明天去打听打听。唐强说,孙钢,我想吃碗面,说着说着就哭了。

唐小刚没有死,他娘说他走亲戚去了,过几天就回来。

唐强回到村里,一连几天,都不想出门,他觉得待在屋里太舒服了。想吃啥就吃啥,每天睡到不想睡的时候才起床。他庆幸没有杀了王二。他感觉从来没有这样幸福。

过了几天,唐小刚的娘提着一篮子鸡蛋来了。唐强心里有些害怕,这些天他一直没有见到唐小刚,不清楚他到底怎样了。唐小刚娘满脸堆着笑,一见唐强就大骂唐小刚。唐强心里忐忑不安,不知道这女人想干啥。骂了半天,女人说,唐小刚这几天正在外面养伤,快回来了。她求唐强不要把他的事和别人说,孩子正在找对象。唐强心里高兴极了,不停地点头。他本来还怕唐小刚回来找他麻烦。

几天后,唐小刚果然回来了,戴着一顶凉帽,挺时髦,但村里人觉得怪怪的。唐强知道唐小刚的头发没有长出来。唐小刚见了人大方地散烟,一副从城里走亲戚回来的样子。

唐小刚回来的当天晚上就去找唐强。他提着两瓶包装精致的酒,站在唐强家地上很害羞,局促不安。唐强也觉得不自在。他们沉默了一会儿,唐强接过唐小刚手里的酒说,这是给我的吧?唐小刚点点头,如释重负。唐强端出一碟花生米和一碟咸菜,说,咱们喝酒吧。他们俩很快把一瓶喝完了。唐小刚自在起来,他说,我不该来你家偷东西,以后再也不干这种事了,挨了打还不敢说。你真狠,差点把我砍死。唐强说,我那天肚子里憋满气,想杀人呢!唐小刚拍着胸脯说,咱们成朋友了,以后你的事就是我的事,你让我干啥我帮你干啥。唐强说,你能帮我去揍一个人吗?唐小刚说,谁?王二。唐小刚站起来,脸通红。这个忙我帮不了,谁不知道王二。咱们全村的人去了也不管用,你打了他,他会拉几汽车人来把咱们村洗了,大概没有人敢惹他。唐小刚说完,唐强泄气了。他说,就没有办法?

他们两个人继续喝酒,接下来的酒喝得很慢。屋里慢慢有了笑声。

半夜的时候,唐强和唐小刚出发了。他们一个人提着大桶,一个人抱着一卷东西,来到那条街上。四周黑乎乎、静悄悄的,风微微地吹着,有些凉爽,还夹着些热气,使人很舒服。两个人从理发店开始,把手中的东西一张张贴到墙上。干这的时候,唐强心里得意极了,觉得自己好像地下党。这样简单的工作,俩人做了大概两个小时,天快亮的时候,他们终于贴完了。唐强领着唐小刚去了他跑出来时躲的那个仓库,他们两个很快就睡着了。

第二天早上,人们发觉街上到处贴着一个奇怪的悬赏告示,悬赏打王二,有极丰厚的报酬。

理发店不远处的小饭店刚开门,就进来两个人,他们要了一个凉菜、一个热菜、一瓶二锅头,边喝边瞅外面,样子亲热得像兄弟。饭店里那个头发乱糟糟的老板把菜上齐后,又端来一盘过油肉放桌上,自己拿了个酒杯倒满酒,和他们一起喝起来。他边喝边揉眼睛,他眼皮上的那道疤像多了一只没有眼珠的眼睛。

铁砧子

　　郝仁是个修自行车的,孟胜利也是个修自行车的,两家紧挨着,谁都不理谁。在此之前,张秀武家和孟胜利家也谁都不理谁。郝仁买下张秀武的房子,好像也继承了张秀武和孟胜利的恩怨。

　　郝仁来我们院之前,镇上只有孟胜利一家修自行车的,生意好得不得了。经常看到孟胜利搓着两只沾满油污的大手,爽朗地大笑。他一说话,像用锤子敲铁砧,铮铮的有回声。他家两个孩子,老大孟夏一聪明伶俐,但非常淘气;老二孟秋一学习好,在县城上重点初中。孟胜利虽然给两个孩子取名都有"一",但一点儿也没有勉强他们争第一的意思,甚至连这个想法也没有过。他仿佛有使不完的力气,可以把他家的两个孩子安排得妥妥当当。再说,他有一门好手艺,孩子们再不济,老大孟夏一可以跟着他学修自行车。谁家没有自行车呢？哪辆自行车在几十年的使用寿命中，不被修理几次，更不用说平时胎破了、链条坏了之类的小活儿，而且子承父业，是天经地义的事情。秋一本来学习就好，又是女孩子，给她准备好嫁妆就可以了。

张秀武夫妇都是公家人，一个在灌渠工作，一个是镇上的教师，孩子们从小学习好。人们认为就应该这样，老师的孩子学习不好，谁能学好？

孟胜利没有和张秀武比的意思，虽然他们住在一个大院里，房子挨着房子，屋檐连着屋檐，还共用了中间的一堵夹墙，但两家人各是各的活法，院子里的其他人和镇上的人也没有把他们放在一起比较。

两家因为啥不说话，不知道。后来张秀武调到县水利局，把老婆也调走之后，人们就更不知道了。

郝仁搬来之前，孟夏一已经辍学，开始跟着孟胜利学修自行车。孟胜利并不怎样管教他，夏一愿意学就学，不愿意学就去玩，反正日子能过得去。用不了多久，夏一就会成为孟胜利的一个好帮手，这从他很小的时候就可以看出来。那时，孟胜利修车，他经常帮着卸轮胎、打气，沾上满手油污后，抹脸上扮戏子唱戏，人们说不愧是孟胜利的儿子。不出意外的话，几年之后，他会成为镇上的另一个修车师傅。再过多少年，他将接过孟胜利的摊子，娶老婆，生孩子。这是人们预料到的孟夏一的生活。

张秀武家搬走之后，镇上许多人想买他的房子，但一直谈不妥,忽然有一天听说他的房子卖了。然后郝仁搬来,也修自行车。谁也想不到张秀武把房子卖给了另一家修自行车的,人们说打个灯笼也难找,不知道张秀武是怎样找来的。

郝仁搬来时,下巴上的胡子已经开始发白,但是他说话也像孟胜利一样,铮铮的。那天跟他来的除了运东西的大车,还有一辆212吉普车。郝仁从212上下来时,穿着一身干净的衣服,根本不像一个修自行车的。他笑眯眯地帮着往下搬东西,但212上下来一个人说了几句话后,他便不亲自动手了。那人指挥随车来的其他几个人搬东西。郝仁便只管安排人们把东西放哪儿。

这时孟胜利正在整圈,他仔细地把一根根辐丝拧好,用扳子在装好辐丝的轮胎上划了一圈,辐丝发出清亮、整齐的声音。孟胜利感觉自己好像在弹钢琴,尽管他从来没有见过真正的钢琴。这时两个镇上的人前后脚进来,几乎同时喊,孟师傅给我们补一下胎。

孟胜利喊,夏一,夏一!

夏一不知道跑哪儿玩去了。

孟胜利示意他们等等。他把整好圈的自行车放一边,给两辆自行车都放了气,先打足一条破胎的气,放水里,找出冒气泡的地方,用锉子锉好,抹胶。等胶干的时候,给另一条打气……不到十分钟时间,孟胜利补好两条胎。他得意地笑笑,继续把整好圈的轮胎往自行车上装。这时车主来了,他看了一眼还在忙活的孟胜利说,孟师傅,你隔壁又开了一家修车铺!孟胜利大大咧咧挥了挥手,仿佛面前飞过一只苍蝇。他把放倒的自行车扶起来,转了一圈后轮,车轮稳稳的,发出钟表秒针一样均匀旋转的声音。

　　三位顾客都走了,自行车铺里安静了。孟胜利把地又扫了一遍,扫得每一个砖缝都看得清清楚楚。太阳从窗棂的缝隙里挤进来,屋里还是显得不够亮堂。孟胜利忽然觉得自己的门面有些小,他想是不是应该请人把门窗改成那种铝合金大玻璃的？这时,隔壁忽然传来咣当一声响,肯定是搬家的人不小心把脸盆摔地上了。孟胜利听见脸盆歪歪扭扭拐了几下,啪一下扣在地上不动了。他想起两周前,院子里几个男孩问他要里胎做弹弓包皮,他剪下长长的几条。

　　郝仁修车铺正式开业的那天,院里的人们没有一个去道贺。谁都和郝仁家不熟,大家又觉得同孟胜利一个院子生活了几十年,去给郝仁道贺好像对不起孟胜利。但这没有冷落了郝仁,派出所的所长、信用社的主任、邮政所的所长、镇长助理和几个当官的……这些吃公家饭的和我们村的书记、村长都到了。更让人吃惊的是供销社主任让人拉来二十辆刚进回来的自行车,他经过孟胜利的修车铺时,把头低得低低的像在看地上的蚂蚁。这些组装新自行车的生意以前都是给孟胜利的,孟胜利也从来没有亏待过他。现在车子刚一到郝仁家门口,还没等停稳,他就昂起头喊,郝师傅,给您添麻烦了,刚进了一批自行车。

这些没有组装的自行车在郝仁家里放不下,就一辆挨一辆靠墙摆在门口,那崭新的钢铁在阳光下闪着耀眼的光芒。

人们猜测为什么这些吃公家饭的都来给郝仁捧场,很快大家就知道,郝仁老婆的一个弟弟在我们县里当副县长。这么大的官,院子里的人们都没有见过,马上他们有了许多想法。一些人为自己没有给郝仁道贺后悔,赶紧过去凑热闹。

中午的时候,郝仁的老婆端着油炸糕给一家家邻居送,大家一下觉得这两口子挺和善。到了孟胜利家门口时,门关着,郝仁老婆喊了几声,没有人应。从那时开始,两家再没有说过话。

郝仁在门前悬挂了一块白铁皮红字的"郝仁修车铺"招牌,生意正式开张了。

组装自行车是一笔大生意。郝仁每天吃了早饭,把铺子门打开,开始干活儿。郝仁的手艺看起来不错,那一大堆钢铁零件在他手里活了起来,它们一件争相扑到另一件上面,抱得牢牢的,咬得紧紧的。一辆、两辆……一排自行车闪闪发亮摆在他家门口。

孟胜利的门前没有招牌,除了郝仁,镇上别的耍手艺的都没有招牌。人们来了镇上,基本上都知道干啥的在哪里。偶尔有个人问,修自行车的在哪里?马上会有人给指到孟胜利的修车铺。

这天正好有个人问,修自行车的在哪里?指路的人告诉他,往西走三百米左右,马路北面。他走到我们院子那儿时,看到了

"郝仁修车铺"几个大字，马上拐进去。在以前，他一定会走到孟胜利的修车铺。

说来奇怪，有几个熟悉的街坊差不多同时自行车出了毛病，他们前后脚去了孟胜利的修车铺。有的轮胎扎了个蒺藜，有的链条松了，有的大梁歪了，还有一个掉了个脚蹬。最后进来的那个修刮泥板的性子急，看见里面有几个人在等，便去了隔壁的郝仁修车铺。

镇上那些吃公家饭的，孟胜利基本都熟。他们来修自行车，像补胎、换气门芯这些小活儿，孟胜利从来不收钱。整圈、换大件的东西，他也会客气地打折，图以后办事情方便。像以前供销社组装自行车，都是找孟胜利。那些工商、税务收钱的时候，都会对孟胜利照顾一些。可是郝仁一来，供销社的活儿马上成了郝仁的，而且那些吃公家饭的，自行车坏了，不再找孟胜利，都去找郝仁，仿佛他们这样就能巴结上郝仁的小舅子。他们进了郝仁修车铺，一般都会先掏出一根烟，递给郝仁，帮他点上，然后才告诉郝仁他的自行车哪里需要修。修完之后，他们价钱也不问，仿佛和郝仁很熟似的，扔下一张整钱就走了。

我们这些邻居，以前找孟胜利修车，他没少给我们照顾。可是现在有了郝仁，大家为难起来，继续找孟胜利吧，怕郝仁不好看；找郝仁吧，又怕孟胜利不好看，而且也显得大家不地道。于是修自行车成了一件为难的事情。人们自行车坏了，不再白天去修，而是天黑之后，看见孟胜利家门口没人，就去郝仁家；看见郝仁家门口没人，就去孟胜利家。有时候很晚了，两家的铺子还开着门，孟胜利和郝仁都在修自行车。人们就索性谁也不去找，一些小问题自己动手，大问题等第二天再说。可是小问题看着小是到了孟胜利或者郝仁手里，人家一摆弄，几分钟就好了，自己修一没有工具，二技术不熟练，补胎时卸一条轮胎有时就得一个多小时，更不用说别的活儿。有的人自己修不了，第二天还要用自行车，没办法只好去借，碰巧邻居家的也要用，只好去更远的人家去借，苦不堪言。这时人们就骂张秀武，房子卖给谁不好，偏偏卖给郝仁这个修车的！

有了郝仁，孟胜利的生意一下减去一半。以前他几乎总是在忙，一时忙不完的，人们没有别的选择，只好等他。现在生意少了不说，许多人一见他忙，马上推着自行车去了郝仁家。夏一以前很贪玩，他知道那些人再着急，也得等他爸爸。现在他整天守在铺子里，可是许多时候他爸爸也闲着。

孟胜利也学着郝仁那样，在门口挂了一个白铁皮招牌。"孟胜利修车铺"六个大红字闪着喜气的光，但并没有给他招徕更多的生意。

令人吃惊的是，没过多久，郝仁开始收徒弟了。以前镇上想学修自行车的孩子，他们去找孟胜利，他总是推辞。谁都明白"教会徒弟，饿死师傅"，他要把自己的手艺传给儿子夏一。可是郝仁不管这些，他没有儿子，两个闺女都在包头，找他学艺的人只要老实、勤快，他都答应。于是不到一年时间，郝仁收了五个徒弟。他的这些徒弟有的二十岁出头,有的小学刚毕业。他们不光跟着郝仁学修车,而且把郝仁家几乎所有的活儿都包了。买菜、生火炉、打扫卫生……啥都干。郝仁和他老婆一下显得非常轻松。有生意时,郝仁只干那些技术性强的,一般的活儿都交给他的大徒弟、二徒弟。即使这样,他的活儿也比孟胜利干得快许多。他老婆养了许多花,每天他的几个小徒弟帮她把花搬到院子里,她拿着花洒浇浇花,拿着铲子松松土,到了中午吃饭的时候,想吃啥菜告诉徒弟,很快就有人买回来。

暑假的时候,郝仁的一个闺女领着两个外孙女从包头回来了。他的闺女皮肤很白,戴着一副眼镜,说着一口蛮好听的普通话。穿得简单,一件白色半袖衫,一条米黄色裤子,但给人特别干净、清爽的感觉。两个外孙女很洋气很文明,小的那个才上小学,戴着一顶蓝色遮阳帽,上面印着"北京大学"几个白字。她们举手投足间都有城市女孩那种气质,她说长大之后她们要上北京大学!几年前,镇上有家开照相馆的孩子考上上海交通大学,在镇上轰动了好长时间,老师都让我们向他学习。北京大学比上海交通大学好吗?我们问。小姑娘瘪瘪嘴说,北京大学是中国最好的大学。遥远的北京大学一下使我们对这个小姑娘充满了敬意。那段时间,院子里几乎所有的孩子都围着这对姐妹转,连秋一也不顾两家大人不说话,经常围着她们问这问那。

郝仁女儿临走的时候,我们院里好多人家让她帮着从包头往回捎东西,头巾、袜子、围脖、皮夹克、牛肉干、马奶酒……据说包头的东西又多又便宜。

大约过了一个月，这些东西陆续寄回来。女人们穿上这些衣服，果然洋气了不少。那些牛肉干也似乎比我们这儿新鲜的猪肉、羊肉好吃。没有买上东西的人家赶紧去郝仁家托他让女儿再去买，买上的告诉自己的亲戚朋友，再去郝仁家托他女儿买，郝仁家一下变得非常热闹。镇上的女人们跑到他家里，和他老婆交流哪种衣服既便宜又好看。她们去的时候，一般都推一辆坏了的自行车请郝仁去修，仿佛不这样有些不好意思麻烦他闺女。当然郝仁很少动手，他的徒弟一般就能把自行车处理好，但他们挣下的钱大部分是郝仁的。镇上学艺的规矩是头两年不挣钱，第三年挣点零花钱。这些女人不光这样，还怂恿自己的丈夫自行车坏了去郝仁修车铺，她们觉得这样和郝仁家就套上关系了，找郝仁老婆方便些。

孟胜利的生意明显比以前少多了，他没事干就擦锤子、钳子、扳手等工具，每一件工具都擦得明晃晃的，但是很多时候这些东西放在那儿用不着，像汪着一潭死水。夏一好像一下长大了许多，明白了什么，几乎整天守在铺子里，但这并不能挽回他们的颓势。夏一无聊时，一张一张擦拭墙壁上的奖状。秋一从小学起，每个学期都能拿回"三好学生""学习标兵"等几张奖状。十二岁考上县里的重点中学之后，每个学期继续往回拿奖状，而且能得上奖学金，整个一面墙壁都贴满了她的奖状。夏一擦着这些金光闪闪的奖状时，心里就会不由得升起一种自豪感，他觉得她的妹妹是世界上最棒的,他希望秋一考上大学,在北京、上海等大城市工作,也像郝仁的闺女那样,可以帮镇上的人们买回更多便宜又好看的东西。

一个周末,秋一回家的时候,发现自己的自行车丢了,她哭哭啼啼地告诉老师,然后搭了同学的一辆自行车回来。孟胜利正在捣一个铁片,他没有责怪女儿,可是他心疼,一不留神就把锤子砸在了自己的手指上。鲜血从手指上流下来,粘在黑色的铁砧上,在上面留下几个清晰的指纹。秋一流泪了,喊,爸爸!孟胜利大声说没事,但不知道怎么回事,他的眼泪也淌了出来。夏一和秋一担心地一起喊,爸爸!孟胜利用另一只手背把眼泪一擦,冲秋一说,爸爸给你买一辆新的!

孟胜利领着秋一去了供销社,几十辆崭新的飞鸽牌自行车摆成一排,像一群准备南飞的大雁。孟胜利的脸色一下变黑了,他知道供销社把组装自行车的活儿给了郝仁,但没想到让他装了这么多,这些活儿以前都是他的呀!他对秋一说,咱们走,爸爸给你做一辆。秋一懂事地跟在孟胜利后面,不知道发生了什么事。

孟胜利回到家里,从一些废弃的自行车上拆下些零件,帮秋一组装自行车。能用的车轮只有一个,他只好让夏一去买另一个。孟胜利不想去供销社买,可是别处又不卖。这时孟胜利想,自己要是有个孩子在外边,像郝仁闺女一样,就可以让她捎回来了。有了这个念头,他一下有了主意。夏一,你去城里帮爸爸买个车轮。夏一嗯了一声,他不明白明明镇上有,为啥爸爸让去城里,但他没有问为什么,他还乐意进城呢。

夏一把车轮买回来时,孟胜利尽管手指疼,但他已经把其余的部件都安装好了。他再把新买的车轮安上,说,秋一你骑骑看。秋一骑着这辆新组装的自行车在镇上转了一圈,感觉很不错,虽然不如新买的,但也挺舒服。

秋一在门口停下时,孟胜利看着自己的作品,多少有些得意,毕竟里面的许多部件和零件都是从垃圾一样的东西里收拾出来的,只是前后两个车轮一白一黑,给人一种别扭的感觉,但有啥办法呢?这已经是最好的了。

孟胜利看着秋一,想着这一白一黑两个车轮载着她考进大学,不由得笑了。

这时几个警察进了郝仁修车铺。孟胜利平时也见警察进郝仁修车铺,一般都是从水库里捕了大鱼,给郝仁家送的。但这次是空手,他有些奇怪。过了一会儿,这几个警察出来了,朝镇上四处散去。其中一个眼睛有些歪的家伙进了他的铺子,拿起他的打气筒,孟胜利以为他要给车子打气。这个家伙却问,你还有打气筒吗?孟胜利说,没有。这个家伙拿着打气筒进了隔壁郝仁家,过了几分钟又回来,说郝仁丢了一个打气筒,不是怀疑你,可能打气的人用完后送错地方了。孟胜利一听就火了,他说,你搜,在我家里找到我就是你日下的。警察摆摆手说,你以后有啥线索可以告诉我们。孟胜利气得一句话也说不出来。他想,不就是一个打气筒吗？值得这样大费周章？他忽然希望有个贼，把郝仁的东西都偷了才好。

警察走了之后，孟胜利问秋一，你丢了自行车到派出所报案了吗？秋一说没有到派出所，但是告诉班主任老师和学校保安了。孟胜利想，难道他家丢了一辆自行车还不如郝仁家丢了一个打气筒吗？

星期日下午，秋一骑着黑白车轮的自行车去学校了。孟胜利被砸伤的那个手指奇怪地肿了起来，像一个胡萝卜。孟胜利不知道为什么会这样，他去镇上的门诊看了看，医生给他抹了点碘酒，然后用纱布包起来，让他不要动这个手指。

一个手指不能动，马上就不能干活了。有人来修自行车，看见孟胜利的手指上包着一大块纱布，不等他开口，就推着自行车去郝仁家了。尽管夏一已经能处理一般问题，但没有人信任他，觉得他还是一个孩子。

孟胜利整天唉声叹气，隔上一会儿就把纱布弄开，看看手指好点没有，还是和原来一样。

周末的时候，孟胜利坐在门口，看见一个人又一个人推着坏了的自行车去了郝仁家，他们仿佛觉得他的手指头永远好不了似的。孟胜利把手举起来，对着太阳使劲晃动他那根受伤的手指，从远处看来，他好像在向人们招手。

忽然，孟胜利看见了那个眼睛有些歪的警察，他像他一样把手高高举起，拿着一只打气筒。郝仁门前的一群人马上围了过去，警察活灵活现地讲他怎样发现了线索，怎样破了案。他讲得嘴角都是白色的唾沫星子，引得周围那些人一阵阵惊叹。孟胜利想起秋一丢了的自行车，狠狠地朝地上吐了一口痰。回了家，关上门，他觉得心里堵。他想起郝仁来之前他那些忙碌的日子，觉得现在的一切都是因为郝仁，由郝仁他又想到张秀武。他们就是识得几个字，或是有几个识得几个字的亲戚，就这么耀武扬威！他一下非常想念秋一，盼望她赶紧回来，甚至希望她这次回来能拿回一张奖状，好证明她成绩确实不错。

秋一回来了，那一白一黑两个车轮像白天和黑夜在交替滚动。到了门口，她发现家门关着，觉得有些奇怪。秋一大声喊，爸爸！孟胜利正想着秋一拿回奖状的事情，一听见闺女的声音，赶快去开门。

秋一从口袋里掏出一个纸包。

孟胜利问，啥？

秋一把纸包一层层打开，里面是一沓钱，有十元的、五元的、两元的，更多的是一元的，共八十二元，纸上写着许多学生的名字。

孟胜利惊呆了。

秋一说，这是我丢了自行车，老师发动同学们捐的。

孟胜利拿着这沓钱问，捐的？

秋一点点头。

孟胜利喃喃地说，还是读书好啊。

第二天,孟胜利没有开门。他备了一些礼物,带着夏一去五里外的一个村子找他认识的一位老校长。他对老校长说,想让夏一跟着他继续念书,行不行?老校长望着夏一说,念书没有不行的时候,只要愿意学。夏一重重地点了点头。老校长问,以前你念到哪里了?夏一说,初三。老校长说,你基础差,从初二开始学吧。从此,夏一成了一位走读初中生,和他妹妹秋一同级。每天早上他骑着自行车去五里外的学校念书,晚上顶着星星回来,从来没有迟到早退过。星期天的早上,经常看见他在家门口那块逼仄的地方背英语,然后一整天把自己关在屋子里学习。每天晚上,孟胜利家的灯灭得最晚,从窗户上总能看到一个伏在桌子上的影子,一坐几个小时。

夏一重新上学之后,孟胜利忽然也开始招徒弟了,他一连招了四个徒弟,把他那宽敞的屋子一下塞得满满的。这些徒弟给他带来了人气,孟胜利又主动把修理费降了下来,他的生意一下好起来。孟胜利还去废品收购站,买下那些当废铁卖掉的自行车,和他的徒弟们一起把这些自行车拆卸开,利用那些好的零件,重新组装自行车。一辆骑起来一点问题也没有的车子,只要五六十元钱,还保修三个月。许多买自行车的人不再买供销社的新自行车,而是去买孟胜利的旧自行车。

有一天,一个外村人骑着一辆自行车来孟胜利这儿修,孟胜利一下认出这辆自行车就是秋一丢的那辆。他把自行车车轮卸开之后,告诉那个人缺一个配件,第二天才能修好,让那个人骑他的一辆车子回去。那人没办法，只好这样。晚上，孟胜利把秋一接回来，然后去派出所报了案。第二天，那个人来取自行车的时候，秋一指证是她丢失的自行车，孟胜利拿出买自行车时的发票，那个人只好承认自己买的是贼赃。自行车被警察没收，还给了秋一，但秋一还是愿意骑着黑白车轮的自行车上学。

从那之后，孟胜利也开始买贼赃自行车。他买下之后，把这些自行车拆卸开再重新组装，人们再也认不出来。

人们传说孟胜利开始放高利贷。

一年之后，秋一考上了市里的重点高中。镇上那个考上上海交通大学的学生就是从市里的重点高中考走的。秋一一下子引起了轰动，人们感觉她离大学越来越近。令人吃惊的是，夏一也考上了高中，尽管是县里的高中，但在我们镇上也很不容易。

这一年，郝仁的四个徒弟先后出了徒，各自在镇上找了门面房开了修车铺，只有那个最小的徒弟还和他在一起，郝仁修车铺变得冷清起来，但他有公家照顾的活儿，生意还是不错。郝仁也想过再招几个徒弟，但是镇上的修车铺已经这么多，他那几个徒弟新开的修车铺除了有两个能勉强支撑之外，其他两个几乎没什么生意，三个月之后就倒闭了。镇上没有年轻人再想学修车，郝仁只得亲自动手干活儿。这几年，他并没有怎样见老，干起活来依然很麻利。

郝仁的闺女回来了，给他们带回了许多东西。她看起来还是那么文静优雅，几年时光过去似乎没有给她造成什么变化，与镇上大嗓门、乳房耷拉的女人一眼就能区分开。她的两个女儿没有跟着她回来，听说利用假期，一个学音乐，一个学画画去了。她住了几天，希望带郝仁夫妇到包头去，但郝仁坚决不同意。她走的时候，拖着一个大行李箱，里面带着郝仁给她的小米、绿豆、红枣、核桃等土特产。奇怪的是，仅仅过了几年时间，人们想买什么东西仿佛在镇上都能买到，没有人再让她捎东西了，她孤零零的身影有些寂寞。

郝仁闺女走后第二天，他的小舅子来了。当副县长的小舅子让他们进城去住。郝仁不回答，只是拿锤子用劲捣一根链条。那根乌黑的沾满黄油的链条在铁砧上扭来扭去，像一条什么东西也奈何不了的蛇。

孟胜利对夏一和秋一的学习表现出了异乎寻常的关心。每到周末，夏一回了家，他走路、说话都慢慢的、轻轻的，他的徒弟谁一弄出点大的声音，他就用劲瞪他们。夏一在家的那天，他们家那么多人，却分外安静，弄得去修自行车的人也知道孟胜利家里有一个高中生，一到星期天找他，说话也轻轻的，像搞地下工作。有的人觉得孟胜利弄得有些过头了，他们依旧大着嗓门说话，但孟胜利一听他们这样说话，马上打出一个噤声的手势，不管对方心里咋想，他唯一想的是让夏一好好学习。

每年一到暑假秋一回来之后，孟胜利把夏一和秋一关到自家最里面的屋子，让他们安心学习。他嘱咐老婆给他们熬冰糖绿豆汁，一天三次，每次到时间就催促他们喝，还给他们买回了一台能放在桌子上的电风扇。那个年代，人们只是在一些大的商场或公共场所能见到一些挂在头顶的风扇，台式扇很多人都没见过。毫无疑问，那时有空调的话，为了孩子们的学习，孟胜利肯定也会买一台。他还为夏一请来了我们镇在县城中学教英语的老师，做他的家庭教师。在院子里一片吵闹声中，孟胜利的屋子里经常传来读英语的声音。

三年之中，院子里死去了一位老人，嫁出了一个姑娘。

孟胜利几乎把全部的活计都交给了他的徒弟，他把一门心思放在孩子们的学习上。

在7月七、八、九号三天炎热的日子里，夏一和秋一都顺利参加了高考。一个月之后，秋一接到了北京大学的录取通知书。又过了几天，夏一接到了武汉大学的录取通知书。县高中的领导和老师敲着锣、打着鼓给孟胜利家送来喜报。孟胜利好好摆了两桌，请学校的老师和自己的邻居、徒弟们吃饭。中午的时候，孟胜利家热闹极了，到处都是笑声。郝仁家不时传来几声敲打铁器的声音，偶尔一粒滚珠掉在地上，十分清脆。

郝仁的小徒弟出徒之后，没有开修车铺，而是开了一家服装店。孟胜利的四个徒弟也都出徒了，一个开了摩托车修理铺，其他三个干的活儿和修自行车没有半毛钱关系。只有郝仁大徒弟的修车铺坚持下来了，但生意一直很冷清，比不上两个老头。

孟秋一大学毕业之后，分配到北京一个好部门，很快就结了婚。孟夏一被省城南边的一个铝厂作为高级人才引进，很快分了套房子。孟胜利和老婆把自己的铺子盘出去,也跟着到铝厂去了。人们说,孟胜利前几年修自行车攒下不少钱,还有人说他买卖贼赃自行车、放高利贷挣了不少钱。孟胜利走的时候,只拉着一个庞大的行李箱,里面塞得鼓鼓的,人们知道他再也不会回这个镇上了。看着他的行李箱,很多人不由得想起郝仁的闺女走时的样子。

让人没有想到的是,郝仁的大徒弟买下了孟胜利的修车铺,他连牌子也没换,继续挂着"孟胜利修车铺"那个已经有些灰暗的招牌。

他的生意比以前好了许多。

弟弟带刀出门

要想找到你认为美好的颜色,首先准备好纯净的白色底子。
——莱奥纳多·达·芬奇

1

弟弟第一次进货那天,家里人都早早醒了,大家蛰伏着不动,长短不均的呼吸声暴露了每个人都在装,大家还是装着,屋子里有一种格外的安静。一只老鼠出来窸窸窣窣啃东西,没有一个人呵斥。那种清醒地控制着自己装睡,比睡着难受多了。

四点半,闹钟一响,大家猛一下都坐了起来。彼此惊了一跳,有些尴尬。拉亮灯后,屋子里由黑暗变得昏暗,像从黑夜返回到了黄昏。

弟弟匆匆吃了几口饭,便急着要走。

我看了看表,离五点还差三分钟。这时妈妈和爸爸一起说,别误了车。其实我们都知道,县里那辆去太原进货的车五点半才出发,到我们村口,最快也得用十分钟。可我心里也担心弟弟误车。万一那辆车早早拉满人,提前出发呢?

弟弟拎起脚边的包,冲我们笑了笑说,把这个东西带上吧!说着他把一把裁纸刀放进包里。这把刀五寸左右长,刀背有牛角一样的弧度,刀刃已经磨得坑坑洼洼,黑乎乎的,看不见一丝寒光。弟弟说话的时候,灯光暗黑的影子在他脸上移来移去,把他的恐惧照得一览无余,本来就为他这次出门担忧的我更加担忧,爸爸妈妈也是满脸忧虑。在我们这里,谁没有听到过进货被抢或偷的故事?再说弟弟从来没有出过远门,去太原是第一次。

临出门前,妈妈又叮嘱,钱带好了吧?弟弟摸了摸小腹下边。

出门后,我们不再提钱的事,都知道隔墙有耳。

那天天空有星星,我却感觉异常漆黑。平时熟悉的路变得到处都是坑坑洼洼。我们深一脚浅一脚簇拥着弟弟到了公路上,天仿佛更黑了,不知道是黎明前的黑暗,还是本来就更黑了。路上几乎没有车,风像一把大扫帚呼呼用劲划拉过公路,头顶上的电线呜呜叫着。等了很久,脚麻得像两坨石头,那辆进货的车才来了。它突然就停在了我们的面前,里面的灯哗一下亮了。弟弟几乎来不及跟我们告别,就挤进了那个缓缓打开的车门,仿

083

佛那儿有一种神奇的吸力。车又轰鸣着发动起来往前跑去。车里的灯灭了,两个红色的尾灯也一眨眼就不见了。

我们不约而同地打了个哈欠,往村子里走去。

妈妈说,弟弟从来就胆小。他小时候,我一听到有他这么大的娃娃哭,就以为弟弟被人欺负了。我眼前出现我和别人打架,弟弟躲在一边哇哇大哭的情景。爸爸说,那把刀子。唉!几只狗拼命大叫起来。

弟弟带回了如来佛、大肚弥勒佛、观音菩萨等几箱子佛像,最大的有两尺多高,最小的才五六寸。它们大多是瓷质的,有的纯白,有的象牙黄,有的白底上面点缀着红色的璎珞和金色的衣服,还有一些是铜质的,沉甸甸的,发着庄严的光。除此之外,他还带回一箱子佛龛和香炉、烛签、香筒、莲花灯、木鱼等配用品,以及各式各样的香。

我们看到这些东西后都非常惊讶。

小店卖什么东西此前我们商量过,当时主要在副食和衣服中间摇摆不定,没想到弟弟带回的是这样一批稀罕的玩意儿。当我们用征询的眼光望着弟弟时,弟弟的目光游移不定,他说,货卖独家,镇上那么多店铺,还没有一家卖佛像供品的,一定赚钱。弟弟说完之后就借口累了,一头扎在炕上。我不明白为啥弟弟进回这样一批东西。爸爸说,进回这些东西,能卖掉吗?妈妈盯了他一眼,朝炕那边点了点头。爸爸叹了口气。

我们把佛像一件件摆上货架,惊讶地发现一种神圣的光从那些瓷质、铜质的佛像上散发出来，使这间不到二十平方米的屋子庄严起来，不再那么逼窄、矮小。妈妈抽出一支香，对着最大的那尊观音菩萨，深深地拜了下去。

在箱子的最底部，有几本书，我拿起来翻了翻，都是经书。封面一律是黄色，开本有大有小，纸张优劣不一，字体的大小也不一样，一看就是些赠送品。然后发现一包严严实实的东西，把包装一层一层撕开之后，是五把漂亮的刀子。它们插在精致的皮鞘里，不到一尺长，刀把上镶嵌着红色和绿色的宝石。我拿起一把，沉甸甸的。拔出刀子后，寒光闪烁，马上有一种力量从刀把上传到我手上，然后到心里。摸了摸刀刃，没开刃却能感觉到锋利。我把它缓缓插回刀鞘，想起弟弟出门进货时带的那把裁纸刀，与这几把比起来，太垃圾了。

我在正面的货架上钉了一颗钉子，把其中一把刀子挂上去。看了看，觉得确实好看。

弟弟请人做了一个"佛像阁"的牌匾，与隔壁光明照相馆的牌子并排挂在一起，选了一个吉日，我们的小店开业了。

鞭炮响过之后，卫星的奶奶走了进来，头发梳得一丝不苟，整张脸上，有一个突兀的大鼻子。她虔诚地双手合十，向最大的那尊观音拜了下去，然后向东边的、西边的。又有几个女人进来，差不多都四五十岁，看到这么多佛像，她们的眼睛放出光来，她们朴素灰暗的衣服也随着她们眼中的光神奇地鲜亮了起来。几个提着篮子的年轻些的女人进来，瞧了一下便走了。有个梳牛角辫的小女孩跑进来,问,有没有糖?又跑出去了。两个年轻人晃着膀子走进来,是卫星和花生,他们直奔挂着的刀子。

卫星。奶奶叫他。卫星张大嘴,有些夸张地说,是奶奶呀!顺手把刀子取了下来。多少钱?花生问。卫星你过来。奶奶说。卫星不情愿地把刀子递给花生,向奶奶走过去。奶奶把嘴凑到卫星耳朵上告诫,不要和那些不三不四的人在一起!她忘记自己耳背,声音奇怪地高而尖锐。屋子里的人们都大笑起来。花生不自然地嘿嘿笑着,放下刀子,走出门去。卫星恼怒地瞪了一下奶奶,大步追去。

这个不省心的爷爷!都是叫那些勾魂鬼带坏的。卫星奶奶追着说了一句,对着最大的观音拜下去,祈祷保佑她的孙子,然后拿起一尊观音问,这尊多少钱?

到傍晚时分,请走了三尊观音菩萨,还卖了一套供器,外加十几块钱的香和纸。弟弟兴奋地算着一天的盈利。妈妈伸着细长的脖子,朝渐渐黑下来的街上张望。

两个人前后脚进了店,是看风水的"钟馗"、奶奶庙的跛子和尚。

钟馗打扮得与和尚差不多,短头发,灰色袍子,黄色的毡靴。

他与跛子两个对望了一眼,各自朝四壁的佛像望去。

看了一会儿,跛和尚朝弟弟笑笑,双手合十,点点头说,阿弥陀佛。先走了。

钟馗开始说话,这是西方三圣,骑狮子的是文殊菩萨,骑白象的是普贤菩萨,这是……钟馗足足说了半个多小时,嘴角边都是白色的唾沫。

弟弟一句话也不说,认真听着。

第二天,弟弟看店时拿起了佛经。从那之后,弟弟几乎经不离手,只要店里没顾客,他就念念有词。有几次,我看见他拿着我的字典,查经书上的字。

2

小店的生意不理想。初一、十五这些日子稍好些,平时只能卖些香、纸、烛等消耗品,偶尔有人请走一尊佛像,我们都会在心里念阿弥陀佛。幸亏小店是自家的,要是别人的,可能连房租都不够。钟馗经常来,弟弟现趸现卖,与钟馗谈起佛教来,总是磕磕巴巴,有时说错一句话,被钟馗纠正,他脸马上就红了,双手搓来搓去,不知道搁哪儿好。

看刀子的人倒不少,除了卫星和花生,还有大头鬼、军长这些家伙,他们烫着卷发或者剃着光头,没有一个和正常人一样的。每次钟馗一来,过一会儿这些家伙就来了,他们对钟馗非常客气,亲热地叫他钟馗师傅!钟馗对他们也非常客气。

钟馗看佛像,他们看刀子,两不相干。过一会儿,他们就会凑到钟馗跟前,指着一尊佛像问,这是哪位神仙?有一次花生指着文殊菩萨问,这是把孙猴子压在五行山下的如来爷爷吗?他真是威风,骑的都是狮子。弟弟忍住笑,不吭声。与这些流里流气的家伙讲话,他也磕磕巴巴老是紧张。他害怕讲错话挨打。

钟馗一走,弟弟就会很认真地拿出佛经,寻找他们刚才谈过的内容。弟弟看得很认真,半天才翻一页,有时刚翻过去,马上又折回来看,还经常在上面做记录。

那些人走后,店里会有一种奇怪的酸酸的味道,像橙子、猫尿等东西混合在一起。人们说那里面有些家伙吸毒,他们买刀子,大概是为了防身。也有人说,大头鬼拿着刀子拦路抢人。弟弟听到这样的话,总是浑身不自然,把一束香点燃,插在各位佛像前的香炉里。钟馗说,众生平等,不可有妄念,妄自去猜测别人。

到一个月头上,佛像没有卖多少,刀子却卖完了。

弟弟再次去进货时,还是带了那把裁纸刀。看着这把黑乎乎的刀子,想起他卖完的那些精致的刀子,我叹了口气。

这次弟弟进回一箱子刀剑,有三尺多长的龙泉剑、一匝多长的弹簧刀,还有各种各样的工具刀、工艺刀。那时我们县里去太原进货的车都停在服装城的一个院子里,大家进上货把东西放在行李仓里,不用经过任何安全检查,换成现在,他这些刀剑大概就带不回来了。

弟弟在刀剑之外,还带回了一个小箱子,打开之后,上面放着厚厚两层书,除了有些和上次那些赠送的一样外,还有《禅灯梦影》《金刚经说什么》《中国佛教史》……我大吃一惊,想他读完这些书得花多长时间,万一他真的信佛了,怎么办?

有一天,弟弟突然宣布说他要吃素了。妈妈听到后怔了一下,问,上次咱们啥时吃的肉?十月初十,我回答。那是弟弟的生日。在我们家,一年吃肉的日子也就那么几天,过大年、七月十五、八月十五和家里每个人过生日的时候。

弟弟宣布完的第二天,妈妈把菜盛好之后,弟弟端起碗来嗅了嗅,问,猪油?就重重地把碗推到一边。

又过了几天,弟弟把自己所有色彩鲜艳的衣服送了人,包括以前非常喜欢而舍不得穿的一件红色羽绒衣。

天气一天天冷下来之后,弟弟坐在门口硬椅子上阅佛经,不停地用僵硬的手指揩清鼻涕,表情肃穆。妈妈边给他缝棉衣边骂,活该!念佛机里传出"南无阿弥陀佛"的梵音,在寂寥的屋子里一遍遍庄严地回绕。

望着弟弟走火入魔的样子,我心里暗暗悲哀,觉得为了做生意没必要把自己搞成这个样子。要是真信,也不是非要吃素念经,像济公那样酒肉穿肠过不一样成佛?再说,弟弟的性子绵绵软软,连自己也保护不好,怎样度别人去呢?我一向瞧不起那些生活不如意就去信佛、信耶稣、信太上老君的人。真的,不管信什么,首先自己得活个样子出来。

没想到,弟弟出息得很快。

有一次,我看见他在店里和钟馗辩论,不高不低几句话,说得钟馗面红耳赤,浓黑的两道眉毛垂下来,要不是旁边有几个看刀子的家伙,钟馗可能撑不住马上溜掉。还有几次,我看见弟弟给卫星的大鼻子奶奶讲解她手里拿的佛经,那种认真劲儿,把我也马上吸引过去。弟弟没有因为我的加入受到丝毫干扰,他继续往下讲,卫星奶奶不时合掌点头,我心里也不由得点头。慢慢地周围围了一群人,听弟弟讲。后来,庙里的跛子师父也经常来向弟弟请教一些知识,这时弟弟眼睛里就会放出一种精锐的光,这种光只有在那种自信满满的成功人士眼中才可以看到,弟弟以前的眼神总是那么谦卑,一和人对视就躲躲闪闪。

钟馗没有把那次争论给他带来的难堪放在心上,他还经常来。经过那次争论,弟弟和他在一起小心了起来,他们都努力寻找共同的话题。钟馗一来,卫星、花生、大头鬼这些人前前后后就来了。钟馗师父,他们说。他们有的人上次见过钟馗的尴尬,还是对他一样地尊敬。

慢慢地弟弟发现,只要钟馗在,那些买刀子的生意一般都能做成。钟馗不在,有时冒冒失失进来几个人,看看刀子,大多拔腿而走。弟弟产生一种感觉,觉得钟馗就像阎罗殿里真的钟馗一样,他一在,就把各种恶鬼镇压住了。钟馗还给弟弟带来另一种好处,人们找他看过风水,大多会谢土,钟馗就指点人们来店里请尊菩萨,或至少买些香烛。

一天天过去,小店的生意渐渐好了些。经常看见一些衣着和弟弟同样朴素的人待在店里,大多是四十开外的女人,其中以老太太居多。弟弟和她们轻声慢语地交流,有时给她们朗读佛经。一群人安静地围在弟弟周围,我不由得想起徐悲鸿画的那幅《达摩讲经图》。这些人请的大多是观音,有的已经在店里看过几个来回,每次总要问一下自己心仪的那尊的价钱,然后选个日子请走。此后,她们会隔段时间请香、请烛,有些慢慢地会配齐香桶、烛签、香炉这些器物,有的还要莲花灯、佛龛。

也有些衣着光鲜、白脸、涂着红唇的女人或戴着金项链的男人来请财神,他们大多是镇上的生意人。

我希望小店里出现一些年轻漂亮的姑娘,让弟弟感觉到生活的另一种美好。每次见到的却总是一些至少年近四十的老女人,还有那些混混。

3

逐渐地,镇上信仰佛教的人越来越多。

信仰像哈欠那样传染,一有人信开,更多的人就会渐渐加入。这大概是人们怕别人信了自己没信会吃亏,万一佛爷灵验呢?就像人们看到有人在房子外边堆了一捆柴,或者在院子外面挖了一个厕所,马上其他人会跟着行动,他们认为这样的便宜不占白不占,于是我们看到很多村子的路边堆满了柴草、纸箱子、酒瓶子、烂砖头。许多村子人们的厕所在房子外边,还挂着把锁子。他们不管自家上厕所方便不方便,不管街上臭气熏天,就是害怕别人随便用他们的厕所,占了他们的便宜。那些怕吃亏的人请了观音，觉得还不够，有余钱，又请如来、弥勒，害怕不够，又请财神、太上老君，他们觉得家里的神越多越好，这个不灵或许那个灵。请了神佛，他们又买香、纸、烛，害怕不供奉，神佛生气怪罪。

弟弟的生意越来越好，已能在维持开销之外，有一笔结余。他每个月进货的时候，不带那把黑乎乎的裁纸刀了。带什么，看不到。从他的神色上，知道他一定还带着刀子。那一定是一把特别小又特别锋利的刀子，它会在弟弟需要的时候，很容易地被拿出来，锋利地切下对方的一根手指，或插进对方胸口中。

弟弟进的佛像越来越大，最大的一尊坐在那里几乎有我一半高，眼睛比我的都大。因为有些人买了小佛像，心里感觉不踏实，又来买大的，他们觉得大的比小的灵验些。与此相比，他进的刀子反而越来越小，有的小得像一尾鱼，握在手里根本看不到。以前用作招牌的那把刀子早已摘下了，所有的刀子摆在一个柜台里。买刀子的那些人越来越喜欢小刀子，他们喜欢把刀子握在手里、藏在口袋里，或随便掖在身上某个不容易被人发现的地方。

一天早上，村里放羊的在村外的河滩上发现一具尸体。那具尸体紧趴在地上，几乎半个脑袋陷入满是盐碱的地里，身上的衣服七零八落，有几个刀痕。

弟弟听到这个消息，马上来找我。他说话的时候惊恐不安，嘴唇哆哆嗦嗦，一句话说得结结巴巴。他说，村外有人被杀了，凶器会不会是我卖的刀子呢？我吃了一惊，盼望杀人的刀子不是从弟弟这儿买的。为了放心，我和弟弟一起跑到河滩。那个人周围被拉起了一圈绳子，几个穿着警服的人在里面忙活。我们踮起脚尖看了半天，也没有看清那个人身上的伤痕是怎么回事。

我安慰弟弟说，你卖的刀子都是没有开刃的。

弟弟回答，万一他回去自己磨快呢？说着他手里一晃，出现一把闪亮的刀子。

我接过来打开，锋利的刀刃在阳光下闪着一团白光，像刀锋上有磁铁，把太阳吸引了过来。

你自己磨的？

嗯。

我说，首先凶手买的不一定是你的刀子，说不定还是菜刀呢。再说，谁能证明他是从你这儿买的刀子？

弟弟的脸一下变得苍白。他说，我卖刀子的时候钟馗一般都在场。他接着说，我马上去找钟馗。

弟弟匆匆忙忙走了，他灰色的影子尘埃一样消失在我的视线里。我不知道万一凶手是从弟弟这儿买的刀子，弟弟会承担什么样的罪责，有些心神不安。

不知道钟馗是怎样答应的弟弟，那段时间钟馗来了店里，弟弟对他好得有些过头。他坐着的话，一看见钟馗来了马上就站起来，还会用袖子把坐了半天的凳子擦一下，让给钟馗。无论钟馗说什么,他一律点头说是,还左一口、右一口跟钟馗大师附和。我看到弟弟的样子惊讶极了。弟弟说,第一次称呼钟馗为大师的时候,感觉脸红说不出口来,慢慢地就熟练了,像说个笑话一样。弟弟说这话时一脸轻松,看不出任何心理负担。

弟弟一人在店里时,不读佛经了。他买了一堆萝卜,用一把把刀子在萝卜上刺出各种各样的痕迹。他想判断尸体上的刀痕到底是不是自己这儿卖的刀子划的。他一天天这样徒劳地试着。那段时间,我们家吃的菜基本都是萝卜、腌萝卜、凉拌萝卜丝、炖萝卜、蒸萝卜条。弟弟不吃荤之后,我们的菜谱本来就够简单了,现在每天吃萝卜吃得反胃。

后来,案子破了没有,我们不知道。只知道亡者是个外地人,好久没有人来领尸体。反正慢慢没有人谈它了。

几年之后,镇上许多人家里有了观音。还有的做了佛堂,供奉更多的神佛,大多店铺里都供上了财神。

弟弟生意的好转引来了别人家的觊觎,有几家杂货店也卖起了香烛,两家服装店里面也摆上了佛像,和性感的内裤、乳罩摆在一起,旁边是花花绿绿的衣裤、拖鞋。更有一个家伙,在破败的奶奶庙门前用床搭起了一个摊位,上面摆着各种佛像和香烛黄纸,还有几把刀子,完全是照搬弟弟的店。只是他刚起步,本金薄,所有的东西都是小号的,摆在外面罩着土,看起来灰蒙蒙的。他流着鼻涕,搓着双手,脚冻得不住地跺来跺去,是弟弟的竞争对手。

弟弟的生意受到了一些影响，但没有事先想的大。那些人不读书，枯燥的佛经哪里能看得进去？他们不能给顾客讲解各种神佛的职责，也讲不来佛经上那些拗口句子的意思，更没有钟馗来和他们切磋，给他们介绍生意。

那一段时期，小店里站满了神色肃穆的女人，总是以弟弟为圆心，扇子似的展开。如果弟弟点一下头，马上好几个人跟着他点头；弟弟皱眉，好几个人也跟着他皱眉。弟弟的目光带着温度一般，给这些风华不再的女人镀上一层晚霞一样的光。

信仰方面的权威让弟弟有了一种神奇的力量。甚至我们村那位年事已高的村长，在决定村里的几件大事前，都来征求弟弟的意见。这种待遇，我们家以前从来没有享受过。

那些买刀子的人，对弟弟也仿佛像对钟馗那样尊敬了起来。他们进了店不再像以前那样大大咧咧、咋咋呼呼，让弟弟取刀子时非常客气，有时居然用"请"这样的词。

有些人拿上刀子会马上离开，有些却翻来覆去挑好久。弟弟从来没有不耐烦，他把一把把刀子递上来，放下去，再拿上来。那些人挑好刀子，钟馗会代弟弟把他们送出门。这是不知道什么时候他们达成的默契。弟弟帮助他们挑刀子，钟馗送他们走，仿佛里面大有深意。时间久了，弟弟发现，店里其他人多，这些人挑刀子就慢，慢到其他人都走了，只剩下他和钟馗。店里没有其他人，他们挑得就快，甚至随手指一把，拿上就付钱。

4

我们镇四周的山上忽然发现了铁矿。许多外地人一下拥了过来。半夜时分,经常听到载着音箱的摩托车唱着流行歌曲从街上驶过,间或有年轻女子的娇笑。有时听到喝醉了酒的外地人在街上大哭,他们的声音浑浊不堪,带着酒气,让整个镇子的夜发酵一样,不安,喧嚣。108国道上满是拉矿的大车。脸白肤嫩、走路一扭一摆的姑娘忽然就盛开在了路边的饭店里。

有一天,一位二十多年前被卖到我们村,孩子都在武汉上大学的四川女人忽然不见了。与她一起消失的,是住在她院里的一位技术工人。这件事只被议论了几天,就过去了。她丈夫忽然雇了许多人,拆了以前的旧房子,起新房。村里许多人继续把自己多余的房子租给外边来的人,没有一个人以四川女人的事为戒。村里多了许多山南海北的人。

村子北边靠近集体坟场有块地,布满几道大沟,耕种不方便,几十年来只种一些梨树、杏树,任其开花落叶,春天秋天煞是好看。一位老板看中了那几道沟,包了下来。一座蓝色的厂房一下子从遥远的半山坡搬到了村子附近。从那之后,厂房不断从山上走下来。

村里财务的账上一下出现了多年来没有见过的一大笔钱,谁都不知道该怎么花,谁都想从中间得到点儿好处,于是每天开会。村民大会、村民代表大会、党员会、村委会、支部会,一个会接一个会。以往对村里的公共事务一点儿也不关心的人,现在也热衷于开会。甚至会议结束之后,他们还像那些吸在人身上的蚂蟥,不愿意离开,继续发表自己的看法。

铁矿也给弟弟带来了好处,矿老板们喜欢大的关公、财神。弟弟把一尊尊瓷的、铜的关公、财神装在纸板箱里,里面衬上泡沫塑料,外面用木架框住,运回来。它们站在店里,像一个个肃穆的真人。

忽然有一天,村边的公路陷了下去,出现一个长七八米的大坑。在此之前,那些拉矿的大车已经把公路捣得坑坑洼洼,到处都是裂缝。这个大坑一下把那些拉矿粉的车拦住了。那天,那些被道路阻断的大车司机拥到了镇上,中午时分,每一个饭店里都挤满了人,划拳声、吵闹声震耳欲聋,吵得住在屋檐里的麻雀不敢回窝,在天空乱飞,像一片片灰色的网,整个镇子都被浓浓的酒气包围。

交通局、公路段的人都赶了过来,开会,做计划,报项目。弄好这个大坑,最少得需要半个月时间。

傍晚时分,几个老板找到了村长,把一沓钞票放在他面前,让他想办法在天亮之前把大坑填平。

村长在大喇叭里做动员,广大村民请注意,带上工具去公路上填坑,出一个劳力一晚上两百元,出一辆车……

村里许久没有见过的合作劳动的场面出现了,男人、女人都跑了出来。人们开上推土机、三轮车,推着小平车,拿着铁锹、箩筐,一起拥出来。我从来没有想到村子里有这么多的人。推土机直接开到路边地里,把青色玉米秆和土一起挖了出来,装到车上。有人抱着石头,有人从河床里装上沙子,一起往坑里填。

村长搞了一个录音机,里面不停地播放《咱们工人有力量》《团结就是力量》这类的歌曲。村里的人尽管不是工人,听着这些歌还是很带劲。

半夜时分,村长安排人们送来了夜宵,热腾腾的面条、香喷喷的饺子。有人唱起了"社会主义好,社会主义好",马上有人紧跟着唱"共产党好,共产党好,共产党是人民的好领导"。

天亮时,那个巨大的坑被填满了,还在最上面铺了一层石头,里面灌了沙子、石灰、土组成的三合土,在缝隙里浇了些水泥糊糊,又把推土机、三轮车开上去压了一遍,全村的人排着队在上面踩了十来分钟,然后大家打着呵欠往家里走。

弟弟一个人落在人群后面,寻找哪里不结实。他担心大车开过来一下把路压塌,反反复复在这条新修好的路上走。

忽然一个穿白衣服的女孩从车队的长龙里钻出来,她像在闭着眼睛走路,根本没有看见前面修好的路,顺着斜坡走向公路下边被挖得乱七八糟的庄稼地。弟弟以为自己累了一晚上,看花了眼,他继续机械地走着。猛地传来一声尖叫,弟弟醒了似的奔向发出声音的地方。女孩掉在一个大坑里,屁股坐在地上,双手捂着脚,继续发出惊恐而疼痛的尖叫。这时,路上的大车发出一阵阵兴奋的喇叭声,车辆开始了流动。

弟弟趴在地上伸出手,女孩试着站了一下,又疼得一屁股坐在地上。弟弟没有犹豫,跳进坑里。女孩仰起头,弟弟看到一张苍白又漂亮的脸。他慌乱得不知道该怎么办,想伸出手扶她起来,又不知道手往哪儿扶,赶紧缩回去。女孩呀地叫了一声!弟弟顾不得多想了,拉住她的胳膊。女孩脚一用力,又叫了起来。弟弟马上有了主意,他俯下身子,板凳一样蹲在女孩面前。女孩把双手搭在他肩膀上,女孩软软的胸脯时不时碰弟弟几下,弟弟如僵死一般不敢乱动,两个人慢慢站了起来。弟弟出了一身大汗。

仰头望,离地面还有一段距离。女孩的香气一阵阵地传到弟弟鼻子里,弟弟从来没有见过这么香的女人。这种香味不同于弟弟常闻的点的那种香,它像小爪子一样把弟弟深藏在心底的欲念勾了出来。弟弟扶着女孩靠在墙上,狗一样开始拼命刨土、搬石头。很快弟弟建起了一道斜坡,他扶着女孩走上去,她的双臂能够着坑口了,弟弟用劲一托,女孩爬了上来。

这时,整个镇子陷入昏睡中。弟弟脱下外衣,站到公路中央,拼命挥舞,拦了一辆出租车,载着女孩去了县里的医院。

挂号,拍片子,女孩左脚骨折,需要住院。弟弟和女孩带的钱都不够。弟弟站在住院部门口,先是哀求医生让女孩先住院,他去取钱。被拒绝后,他开始破口大骂医院不讲人道。发觉没人理他时,他掏出了刀子,在收费处的玻璃上用劲划下去。玻璃发出刺耳的声音,里面的医生尖叫起来。保安过来拖走了弟弟。弟弟疯了似的,在县城的大街上疯狂地寻找熟人,人们看见他手里握着刀子,纷纷退让。后来,弟弟好不容易遇到我们村嫁到县里的一个女人,借了一千元钱。

就在女孩住进医院的第二天,村里百分之八十的村民达成一致意见,把村里账上的钱用来修奶奶庙。

决定好了之后,马上成立理事组,弟弟差点选入,因年龄小,在最后一轮投票时比前面那位少了一票。

5

弟弟开始买排骨,买乌鸡,让妈妈炖成汤。每天傍晚,早早关了门,骑上摩托车往医院赶。有时妈妈忙,他居然亲自动手熬汤。看着他把带着血丝的鸡块、排骨放进锅里,你根本不会相信他是个不吃荤的人。为了保证味道好,他还每次舀上一勺,尝尝浓淡。

每天出发前,弟弟把脸洗干净,刷了牙,还在口袋里装一把小梳子。一天,他从医院回来之后,脚上穿着一双崭新的皮鞋;又过了一天,穿回一件黑色的立领皮夹克。他说女孩说他脖子长,穿立领衣服好看。我们看到弟弟这样的变化,暗自高兴。

白天在店里,弟弟不像以前那样总捧着一本佛经了,他经常拿着一本笑话书或讲鬼故事的书,因为女孩喜欢听笑话和鬼故事。

大约过了二十多天,弟弟忽然穿回一件红色的立领毛衣。他说女孩每天待在医院没事干,为了感谢弟弟,给他织的。望着那一针一针织出来的毛衣,我忽然觉得弟弟好幸福。

弟弟为了展现自己的幸福,在冷飕飕的店里故意把外边的夹克脱了,露出他的红毛衣。几个老太太看见,问弟弟,搞对象了?弟弟笑眯眯地点头。

一个多月后,女孩的脚好了。她提了两瓶酒、一袋子水果,还有鲜奶、糕点到我们家里感谢弟弟。她穿着白T恤、白裤子、白风衣,说着一口漂亮的普通话,模样周正极了。我们都对她挺满意,觉得弟弟如果能娶上这样一个媳妇,是福气。

女孩和弟弟一起去了店里之后,妈妈开始包饺子、炸油糕,准备午饭。

到了饭点儿,迟迟不见弟弟回来,我跑去叫他。弟弟一个人气恼地用刀子削废纸板,地上已经乱七八糟一堆纸片,他手上还有一道带血的口子。

我不明白发生了什么事,问,那个谁呢?

弟弟把刀子往地下一扔,说,我不饿。

那天,我劝了半天,弟弟也没有回家吃饭。

后来我才知道,那个女孩跟着弟弟去了店里,弟弟还开心地买了些瓜子、话梅、糖果。女孩帮弟弟把店里所有的东西都擦了一遍,最后抱着一尊雪白的瓷观音舍不得放下来。弟弟望着女孩说,你真像!

像啥?

观音菩萨。弟弟回答。

女孩重重地叹了口气,把观音放下。

这时,大头鬼和卫星来了。他们看见女孩,愣了一下。然后大头鬼鬼鬼祟祟捅了卫星一下,说,白牡丹!卫星走到女孩跟前,捏了捏她的屁股说,白牡丹,这段时间去哪儿逍遥快活了?

女孩的脸一下变得煞白,白到嘴唇那儿薄得像一层白纸,她额上的一根青筋凸了起来,她想说什么,却什么也没有说,眼睛现出死灰色,拔腿跑出去。

弟弟赶忙追了出去,呼喊女孩。

女孩哭着说,你不要管我!

弟弟往前追着跑了几步,女孩继续往前跑,并使劲大喊着,别管我!她的声音像有魔力似的,路上的人们都停下来惊异地望着弟弟。弟弟一下泄了气,抱着一根电线杆把头抵在上面软软地滑了下去。

从此之后,弟弟再也不像以前那样认真地读书、念经、照看小店了。他经常捧着书,半天也读不进一页,望着屋外发呆。一有女人走过来的声音,他就紧张地站起来,看见不是那个女孩,就烦躁地在店里走来走去,然后去上厕所,有时连十分钟不到,就上两趟厕所。

人们买东西时,他没有以前的那种耐心了,别人挑上几次他就不耐烦。要是人家讲价,他就生气。有一次,弟弟居然和一位顾客大吵起来。那位顾客请了一尊观音,回去之后发现底座上掉了一小块瓷片,她拿回来要求弟弟帮他换一个。以前碰上这种事,弟弟总是笑呵呵地说,没问题!那天却坚持不换,向顾客要证明,证明观音是在买以前磕的,不是买上回家路上或回了家之后磕的。那位请观音的是个烈性子的生意人,没想到弟弟会这样不讲情面。她举起观音赌誓说,谁把它磕了的谁不得好死!然后把观音狠狠摔在地上。

  那个女人回去之后,把自家店里以前卖的所有东西全部盘了出去,房屋装修一新,进回满满一屋子如来、观音、关公、财神等佛像。弟弟有的她都有,弟弟没有的她也有,包括藏传佛教里的欢喜佛、大黑天、绿度母等等。她进货晚,都是最新的工艺,款式新颖、色彩鲜艳、釉色发亮。从她的铺子出来再进弟弟的铺子,好像从现在的社会返回了以前的时代。弟弟店里也有新货,但几年下来,每次都有积压的旧货,旧货越来越多,那些新品种摆在旧货中,像春天嫩绿的树叶长在秋天的大树上,看起来非常不起眼。

  女人这还不够,只要是和弟弟一样的货,她卖的价钱一律比弟弟的低。她不念佛、不读书,也不信佛教,生意却热热闹闹做了起来。

  这时,奶奶庙以一种不可思议的速度在恢复,甚至远远超过了以前的规模。其间,理事会的人在镇上挨家挨户募捐了两次。

人们表现出非同寻常的热情和慷慨，一百、五十、十元总要表示自己的心意。有三个矿老板，每人捐了十万。

与此同时，镇子周围到处在建天蓝色的厂房，天空像被撕成小块种植在地里。

弟弟手里总是捧着女孩喜欢的那尊观音，用一块棉布细细地擦。那尊观音也许是被他抚摸得太多了，显得比其他观音更加晶莹剔透，泛着一层圣洁的光。

少了顾客的光顾，小店很快暗淡了下来。玻璃总是灰蒙蒙的，墙壁上到处是星星点点的苍蝇屎，那些货架上的佛像无论怎样擦洗，都散发出一种忧郁的色彩。只有钟馗还经常来，他一来，就会有几个买刀子的来。弟弟的刀子越来越少，他也懒得去进货。

有一天，钟馗来了之后，卫星和大头鬼也来了。这是那件事情之后，卫星和大头鬼第一次一起来店里。不知道他们是意识到了什么，还是这段时间各自有事。弟弟一看见他们，身子愤怒地不由自主地战抖起来。大头鬼要弟弟递一把刀子，弟弟埋下身子手伸进柜台，里面只剩下稀稀拉拉几把，弟弟却战抖得不能够拿起大头鬼要的那把刀子。这时，卫星伸手去够一个木鱼，以往他对这些东西从来不感兴趣，这天不知道抽哪根筋，一不小心把弟弟放在柜台上的那尊白观音触到了地上。

弟弟听到声音，看见地上的碎瓷片，眼睛忽然红了。他猛地握住了那把刀子，直起身来，指着他们大声吼，滚！

卫星和大头鬼都愣住了!

钟馗听见吵闹声,走过来微笑着冲弟弟说,打碎什么东西让他们赔。

弟弟把刀子转向钟馗,大声冲他喊,我让你们滚,你们听不见?

钟馗的脸一下涨得紫红,拍了一下柜台就走了。

大头鬼的脸黑了。他一字一顿地说,白、牡、丹、是、个、婊、子!

他说完,卫星又一字一顿重复说,白、牡、丹、是、个、婊、子!水、很、大!说完狠狠地朝弟弟竖了一个中指。

弟弟抱住头哇一下哭了。他边哭边用双手使劲扒拉那些碎瓷片,想把它们归拢在一起,他的手被划破了,血抹得满脸都是。

第二天,弟弟把柜台里的那些刀子都收起来,装进一个黑塑料袋里,扔在墙角。

6

弟弟的生意更加萧条了。他经常半上午就关了门,跑到公路上一家饭店挨着一家饭店地问,你们见过白牡丹吗?

有的老板请过弟弟的财神,看见他问这个女子,十分奇怪,问,哪个白牡丹?

弟弟详细地把她的样子描述一遍,脸十分白,喜欢穿白衣服……

老板看着弟弟的脸色,小心翼翼地回答,好像几个月前见过这个漂亮姑娘,现在不知道去哪儿了。

弟弟于是满怀希望地问另一家,见过白牡丹吗?

哦,那个婊子,不知道跌哪儿去了。

这时弟弟就会痛苦地攥紧拳头,问下一家。

有次问的是个年轻的服务员,她回话,白姐姐嘛,好久没见了。

弟弟把路上的三百多家饭店问遍了,几乎大多数人都知道白牡丹,却没有一个人知道她现在去了哪里。弟弟明白了白牡丹确如大头鬼他们说的那样,可是他不愿意相信,他想找到白牡丹让她亲口对自己说,他们说的不是真的。

弟弟又一个一个问那些停在饭店门口的大车司机,你们见过白牡丹吗?

这次弟弟受到的侮辱比上一次更甚,有的司机直接就和弟弟描述与白牡丹在一起搞的细节,说得甚至流起了口水。

弟弟脸色苍白,但每次他都要坚持听完,然后又去找下一个人问。

人们这样说白牡丹,不仅丝毫没有打消弟弟对白牡丹的爱,还激发了他一种强烈的责任感。他想起她掉在坑里时那恐惧绝望的声音和苍白的脸,她在医院里一次次对他说,你老实、善良,和别的男人不一样。别的男人见了女人都动歪脑筋,你不。女孩握着他的手,一遍一遍回忆在那个大坑里,弟弟怎样想帮她,却一副窘相,不知道该怎么办,不敢扶她,不敢托她的屁股,狗一样去拼命刨土、挖石头。弟弟觉得自己就是命中注定拯救白牡丹的那个人。他想找到她,和她结婚。

弟弟费尽了辛苦,只听到白牡丹越来越多的风流事,却打听不到她去了哪里。他变得神情恍惚,眼睛血红,整夜睡不着觉,有时半夜起来,在村外徘徊。当初白牡丹掉进的那个坑找不到了,村子外边到处都是天蓝色的厂房,连庄稼地也没了。有时他整夜在公路上奔走,试图拦住那些大车,问一下司机白牡丹在哪里。几乎没有一个司机停下来,大家都觉得他是神经病。弟弟经常在公路上走着,忽然脚步就谨慎起来,他说感觉自己走在一张满是皱纹的老人的脸上,害怕把它踩出一个洞。

我们看到弟弟这样,很是担忧。

白牡丹消失之后,妈妈慢慢知道了她是个什么人,说啥也不同意弟弟和她来往,后来又渐渐认了命,她现在愿意弟弟和白牡丹结婚,只要他变得正正常常的。她托人打听了许久,也没有那个女孩的半点消息。我们预感到,弟弟再也见不到白牡丹了,不知道拿他怎么办才好。

有一天,妈妈告诉弟弟,那家佛像店也卖刀子了。弟弟沉浸在自己的世界里,没有半点反应,像根本没有听见。妈妈叹口气,跪在观音菩萨面前,默默流泪。

很快,钟馗出现在新开的那家佛像店了。卫星、花生、大头鬼他们这些流里流气的家伙也开始出现在那里。

几天之后,警察突然光临那家店,抓了钟馗和正在交易毒品的卫星。那个店也被封了起来。

卫星的大鼻子奶奶跑到弟弟店里,劈头盖脸地骂起弟弟来。她骂弟弟是汉奸、叛徒、神经病、没头鬼。她把脸凑到弟弟面前,大鼻子几乎抵住弟弟的脸,吐沫星子喷得弟弟满脸都是。她忘了自己虔诚地信佛,弟弟曾经一字一句地给她讲解佛经。

弟弟脸色煞白,坐在那儿不停地摇头,一句话也不说。

人们传说是弟弟告的密,很久之前,钟馗就在弟弟店里卖毒品。

七八天后的一个晚上,弟弟的店里忽然冲出一阵火光。周围的邻居发现弟弟的小店着火了,赶忙打120、110,拍门喊弟弟,里面只有火噼里啪啦的声音,没有弟弟的半点动静。

人们围在外边,一桶一桶的水浇上去。上百年的老屋,木材早已干透,那点水根本不管用。等消防车赶来时,房子只剩下一个空架子,高压水枪冲上去,轰隆一下房子倒下了。

弟弟回来时,消防车已经走了,废墟上冒着呛人的热气和香的味儿。妈妈一看见他,抱住就大哭起来,庆幸他不在里面,没被烧死。爸爸问他去哪儿了,弟弟没有回答,他红着眼睛冲进废墟,大声喊着,把它们弄走,把它们统统弄走!人们赶紧把他拉出来。

弟弟拼命地朝废墟摆手,仿佛想把什么东西甩掉似的,他哭着大喊,我根本不想卖这些玩意儿!我第一次进货,一进铺子,后面就传来东西掉到地上的声音。那个人拿着刀子逼我买他的佛像,他拿着我的刀子啊!弟弟号啕大哭起来。他从来没有哭得这样憋屈,这样伤心,又这样痛快!

邻居们推来几辆平车,还有一位开来三轮车,一锹锹破瓷片被铲进车里。墙角露出一堆东西,那是弟弟装在塑料袋里的刀子。它们融化成了一团,像正在交媾的蛇。

关于弟弟小店着火的原因,基本有两个说法,一种说弟弟犯神经病不想开这个店了,自己放了一把火;一种说弟弟告发了钟馗卖毒品,被吸毒的人报复了。

弟弟对这两种说法都不置可否。

事件过了一星期后,弟弟脸色苍白地出现在黑色的废墟上。他像柱子一样站在那儿,立了许久。两只麻雀飞过来,在废墟一角打闹。弟弟忽然像被惊醒了似的,猛地扑向那两只麻雀,赶走它们,自己疯狂地干了起来。他不知疲倦地干啊干啊,从早上干到中午也没有休息,叫他吃饭,他不吃。我和爸爸去帮忙,他凶神恶煞般地朝我们喊,不用你们管!一直到天黑之后,他才踉踉跄跄地往家里走,累得仿佛随时要倒在地上。三天时间,他把一堆废墟处理干净了。然后,他处理烧焦的地面。天寒地冻,铁锹和洋镐落在地上只留下一道不易觉察的痕迹,弟弟换一把凿子,像蚂蚁一样趴在上面啃着冰冷的大地,一点一点把所有烧焦的地面都弄得干干净净,然后又从远处的山崖上弄来土,一点一点垫那些低下去的地方。人们不理解地问,春天来了不能干?弟弟不声不响,继续填土、夯实。

一直到了春天,一块崭新的地基出现在我们面前,谁也看不出这块地基上面的屋子被大火烧过,人们甚至已经淡忘了这块地基曾经被伤害过。弟弟请来一些工匠,在这块干净的像从来没有使用过的地基上重建屋子。

在奶奶庙举行竣工剪彩的那天,弟弟的屋子也建好了。他请来工匠刷墙壁、割货架。空气中到处弥漫着木板、刨木花、木屑的清香,弟弟发觉木头越是细小越香,它们穿过涂料那浓厚沉重的味道,清新而让人沉醉。

然后弟弟开始漆货架,他一个人仔细地漆,漆了好几天,货架都成了纯白色。

几天之后,弟弟去进货,他穿着红毛衣、黑色皮夹克,在这已经暄暖的日子里,有些夸张,有些热。

弟弟带回一大堆东西,打开之后,全是白色的。白色的百合、菊花、牡丹、手袋、床单、珍珠、裙子、背心、袜子、瓷娃娃、白色封面的书籍、白色的茶杯、茶壶……

弟弟用白色的东西摆满了白色的货架,白色的屋子里一片雪白、银白、钛白。

弟弟把一块白色的木板挂在门楣上,上面写着"白色"两个大字。

匠　人

我们镇上有许多匠人，泥匠、裱匠、木匠、画匠、油漆匠、铁匠、纸火匠等等。王明是个木匠，他总是戴顶蓝帽子，一年四季不离头，帽子上面泛着闪亮的头油。他脾气很好，不爱主动说话，谁与他搭话，他总一叠声回答：是是是，或者对对对。他这种好脾气谁都喜欢，他的手艺也比镇上其他木匠好些。

春天，王明给我家割家具时，那几根榆木已经在屋檐下堆了好几年，有根木头上曾经长出过绿油油的枝条，没人去管，那枝条绿了一两年，就又枯萎了。

父亲说，这些木头干透了。王明说，是是是。父亲问，割一张床、一排靠墙的书柜、一个大门，够吗？王明说，对对对。父亲问，老明，为啥和你说啥都是是是，对对对？王明笑了，他把帽檐往下拉了拉，两撇八字胡一颤一颤的，像狡猾的兔子。

王明开始在我家做工了,他带来电锯、电刨子、墨斗、尺子等一堆东西,却只有他自己一个人。父亲问,老明,你手艺这么好,为啥不带个徒弟呢?王明说,是是是。说着把一根木头搬起来,斜着眼瞅了瞅,开始放线。电锯轰鸣起来,什么也听不清楚了。刨花的清香在屋子里弥漫开来。

床要割成这样子。书柜,我把想象中的样子向王明描绘。王明不说话,在纸上唰唰画着,我的设想还没有说完,王明已经画出一张床和一排书柜的样子,上面清楚地标着各种部件的位置、尺寸和样子,比我想的周全漂亮多了。我说,你设计得真好。王明往下拉了拉帽檐,笑了。

王明非常想要个男孩,可她老婆一连生了三个,都是女孩。第三个生下后,王明不敢要了。为了缴超生罚款,他不仅花光了积蓄,还到处借钱。那几年,人们仿佛总是看见王明老婆在奶孩子。尤其是夏天,她与女人们坐在巷子口的石磨盘上,怀中抱着一个,地上跑着一个,还有一个稍微大了,帮母亲拣豆角,能把豆角的筋完整地剥出来。孩子一哭,王明老婆就掀起衣襟,胸前明晃晃,如太阳般耀眼。

王明老婆很漂亮,就是性子慢,干什么都慢腾腾的,而且不爱收拾家,炕上、地上都堆着满满的东西,连个下脚处也没有。

王明来我们家干活儿,早上总是带两个馒头和几块咸菜疙瘩。进了门,把那个大罐头瓶子灌满开水,开始吃馒头。母亲见他每天这样,叹息一声说,光漂亮顶啥用?

家里吃早饭时,便在锅里留点菜和稀饭。王明一来,给他把那两个馒头热上。王明吸溜吸溜地喝着稀饭,脸上冒出红晕来,一直红到帽子那儿。他说我们家的生活好。

王明在干活儿时基本不说话,中间休息、喝水,老拿根铅笔在纸上画来画去。有一天我好奇,凑过去看了眼他画的东西,居然是鼓楼和木塔的样子。代州的鼓楼、应县的塔,正定府的大菩萨,人们都这样说。可王明画它们干什么呢?我不由自主地问他。

王明说,有空我想去应县和鼓楼上看看,它们到底是什么样子,要是能搞到它们的图纸,把它缩小了,做成工艺品定能卖个好价钱。

王明的话让我大为惊讶,没有想到他脑子里有这样宏伟的构想。我说,确实是个好主意。但心里嘀咕,怎样能搞到它们的图纸呢?它们可都是国家级文物保护单位。王明不知道想没想过这个问题。他的铅笔在纸上用劲儿描着,鼓楼的柱子特别亮特别黑,像铁做的一样。我给他杯子里续上水。王明说,不喝了。然后拉了下帽子,帽檐右侧经常手拉的那块地方磨破了,露出一条条白色的纤维。他的眼睛亮晶晶的,闪着狂热的光,盯到家具上时,光淡了下去,眼珠有点发黄。

中午了,王明还在干活儿。父亲说,老明,收工吧,该吃饭喽。王明说,是是是,但并不停歇。床架已经做好,他在做里面的床厢。

我们家开饭了。父亲过去喊王明,老明,在我们家一起吃吧。王明说,不了,一会儿回家吃,他拿起一块木板。

我们吃完饭,王明还在忙着。母亲洗完锅,父亲开始睡午觉,王明才一晃一晃地离开我们家。夏天中午安静极了,太阳像洪水一样把所有东西淹没。王明耷拉着肩膀,帽檐低垂着,街上只有他一个人,走一步影子往后缩一下,像被迎头打了一棒的蛇。

有一天四点钟了,王明还没有来。学生们已经下了一节课,父亲也干了半天活儿,巷子里出现乘凉的人。母亲要去河里洗衣服,王明不来不能走。等啊等,以为王明下午不来了,快五点时,他出现了。他见了母亲,脸上带着难为情的笑容,没有解释为什么来这么迟,就匆匆拉来了电锯。夏日的午后很漫长,九点多天才黑,母亲抱着一脸盆衣服去河边。

七点钟时,家里的人都回来了,王明也在收拾他的东西。父亲递给他根烟问,老明,还得几天?快了,王明点点头,明天我早点来,今天下午他妈的老婆睡过去了,孩子没人带。父亲本来只是随口问一句,没有责怪王明来得迟的意思,但王明的回答让人吃惊,他老婆居然一觉睡到快五点!

王明干的活儿真是没说的。床、书架渐渐成了形状,和城里卖的那些南方人做的款式几乎一样,但材料比他们用得结实多了,都是榆木。床坐上去稳稳的,纹丝不动。书架不光结实,还实用,我量了一下,可以放几千本书。

大门做好之后,王明的活儿全部干完了。这些崭新而结实的家具亮堂堂的,散发着木头的清香,望着很舒服。我们犒劳王明,给他倒上酒,他坚持不喝,说喝上头晕,误事情。不喝酒,吃起饭来非常快。王明似乎不爱吃肉,总是夹着素菜吃。父亲问,老明,不吃肉?王明说,对对对,也吃。那怎么不见你夹?今天的肉买的是三黄毛家自己养的猪的肉,放心吃吧,不是饲料肉。王明夹起一块,放到嘴里,闭上眼睛慢慢咀嚼着,那样子认真极了。我们都放下筷子,望着他。王明居然吃饭也没有摘帽子,乌黑的头油使这顶帽子像钢盔一样闪着光。王明嚼完这块肉,睁开眼睛。好吃,比平时的肉好吃多了,说着,他又夹起一块。父亲笑了,他说,你要是再喝点酒就更好了,酒肉是亲兄弟,不分家。王明摇摇头。王明吃完第二块,再没有接着吃。父亲见他不主动,拿起筷子来给他碗里连菜带肉拨了半碗。奇怪的是,王明只拣碗里的菜吃,一会儿就只剩下肉了。父亲问,老明,怎么又不吃了?王明的脸骤然红了。他哆哆嗦嗦从口袋里掏出个装了饼干的塑料袋,把肉一块块夹进去。老大爱吃肉,他说。老明你怎么不早说,不嫌弃的话把这都拿上,父亲把盘里剩下的肉都倒进王明的塑料袋里。王明不住地说,是是是。我想起那个模样清秀,帮母亲拣豆角的小女孩,给他多加了二十元工钱。

王明又去别人家干活儿了,他总是忙。偶尔我在路上碰到他,问,吃过了？他回答,是是是。我心里有种悲凉涌上来。我问,去看鼓楼了吗？木塔我压根儿就没问,那么远。王明拉拉帽檐,对对对,不忙了就去看。他的脸上泛着笑容,看不出有半丝遗憾或烦恼。

他的老婆带着孩子经常坐在巷子口,在人群中一眼就能瞧出来。大女儿像了母亲,长得很漂亮。最小的隔段时间还要吃奶,她老婆就对着那么多人掀开衣襟,村里许多女人都这样做,但王明老婆的动作格外惹人注目。

秋天的时候,她们在巷子口装西红柿酱。他老婆似乎喜欢把所有的活儿都拿出来在巷子口干。她大女儿拿着小刷子,仔细清洗着用过的输液瓶、罐头瓶,洗好的码在一边,亮晶晶的。旁边盆子里是切好的西红柿。他老婆用勺子慢腾腾往里装,怀中的小孩不时用手拨一下,女人拍拍孩子,等她安静了接着装。二女儿不时跑过来拍拍小的肩膀,拉拉她的手,或者在她脸蛋上亲一口。女人呵斥几声,并不真正生气。她脸上、脖子上溅上西红柿酱,也不擦,干了之后,黄色的柿子子儿和红色的酱汁趴在她脸上,使她的脸更加生动,许多男人路过的时候不由得盯着多看她几眼。

父亲作为我们镇上最好的油漆裱刷匠,和王明一样,每天活儿多得忙不过来。镇上供销社、工商所、税务所等单位的活儿都让他干,还有些外地人慕名来找他。一次,有人特意请父亲去两百多里外的市里,给寺庙的罗汉进行描金。父亲干完之后,带回一架剥玉米的机器。

我们村子里的地因为不好浇水,人们渐渐地已经不种麦子、蔬菜了,大部分人家种了玉米。到了中秋节,收割之后,每家院子里堆的都是金黄的玉米,放到冬天干透之后,人们也闲了下来,便开始剥玉米,纯粹用手。这是很烦人的活儿,种得多的人家得剥整整一冬天。记得上小学时,哪家的玉米多得剥不完,和学校的老师说一声,老师便带上学生去剥。剥完之后,学校把玉米棒子带走,生火炉用。许多年过去,还是这样,但学校不敢让学生出来剥玉米了,怕出安全问题。

父亲带回的这架剥玉米机器与人们压高粱面鱼鱼的机器差不多,只是全部部件是铁做的,中间塞高粱面团的竖井换成了带齿的。压高粱面的机器用的是杠杆往下压,现在换成了曲柄,手摇就可以了,省很多劲儿,剥起来还快。

父亲带回这架机器没几天,王明来到我们家。他抱着一块花格子的毛巾被,走得满头大汗。请他坐,他不坐。请他喝茶,也不喝。他绕着已经漆好的床和书柜转悠半天,一句话也不说。父亲说,老明,手艺不错,晚上喝酒吧!王明嘿嘿笑着,赶忙摆手。见他老是不说话,父亲急了,问道,老明,有啥需要帮忙的?王明说,没啥,没啥,依旧端详着那些家具。父亲与母亲窃窃私语了半天,父亲抬起头来问道,你是不是手头紧?王明涨红了脸,拼命摇头,终于嘴里蹦出话来,能借借你家的剥玉米机器吗?父亲一听,拍着王明的肩膀说,为啥不早说?我还怀疑你手头紧,想借点钱呢!王明用手一拉帽檐说,怕你家里用。父亲说,玉米还没下来,用不着。再说,即使下来,也能借给你。王明说,对对对。

父亲把机器抱出来,王明眼睛放光了。他扑过去,用袖子把机器擦了擦,像抚摸婴儿那样轻轻摸着它,摇摇手柄。机器里没放玉米,齿轮转动发出均匀的嗡嗡声。好东西!王明说。他把手中的毛巾被展开,小心地把机器放上去,抱回家去了。

大约过了十几天,王明来还机器,手里还拿着几只香瓜。他把香瓜放下时,露出贴着几块白胶布的手,有几处擦破的地方还没有处理,红肿着。父亲问,带瓜干什么?王明说,不值钱的东西,地里种的,尝尝鲜。你手怎样了?擦成那样。父亲问。王明把手往背后藏了藏,说,不小心擦的。父亲给他倒了水,他坐在炕沿上,使劲拉着帽檐,头快勾到裤裆里了。母亲做好饭的时候,他赶忙站起来,缩到门旁,像下了狠心似的,脸唰地红了。他问,王师傅,你那架机器多少钱买的?一百二。父亲回答。你也想买一架?王明的脸更红了,他说,是是是,我也做了一个,你看卖一百一怎样?啊!父亲吃惊地问,好使不?绝对好使,我试过了。那你也卖一百二吧,要不再贵点儿,那机器在咱们这儿是个稀罕货,谁都需要。不不不,就一百一吧。王明仿佛怕父亲再劝说他,急匆匆走了。

过了段时间,镇上传开了王明卖剥玉米用的机器,试过的人都说不错。许多人去王明家买。王明没那么多货,人们就把钱留下,先定上。

王明不干木匠活儿了,整天在家里做机器。他老婆也不到巷子口坐了,大概在家里帮忙。

王明做的机器,几乎和父亲买来的一模一样,只是他在手柄上包了块软布,握起来更加舒服。想起王明以前在纸上画的鼓楼和木塔,他真是手巧,如果有这两样东西的图纸,他一定能制作出缩微版的。

冬天到来的时候,镇上许多人家买了王明做的剥玉米的机器。机器又省力气又好用,一个玉米用不了一分钟就剥完了。又有更多的人去买他的机器。王明更加忙碌,几乎所有时间都花在捣鼓这个玩意儿上。

很少见王明了。有一次,我想做个根雕的底座,去找王明帮忙。一进他家院子,感觉出奇地荒凉。冬天了,干枯的茄子、辣椒苗子还没拔,西红柿架子也在,随着风吹发出呜呜的响声。地上、台阶上有几堆小孩儿的粪便,冻得硬邦邦的。还有些菜叶子,被冻在污水结的冰里面。进了门,浑浊的空气扑面而来,明显有尿骚味儿和煤烟味儿。一只小狗跑到我身边汪汪叫着,不断绊我的腿。靠近柜子的地方,摆着喂狗的盘子,里面有半块馒头和几块肥肉。地上放着辆黑乎乎的自行车,旁边还有辆快散架的童车。鞋、毛衣、衬衫、打底裤、丝袜、小孩作业本、衣服架子、几盆干死的花、一只里面泡着豆腐的铁桶、五颜六色的方便面袋和几只白色的塑料袋乱七八糟地堆在地上。柜子上落满灰尘,里面有几件衣服,还有一个上面满是灰尘的神龛,里面供着观音菩萨。

王明看见我,从屋角一架小车床旁走过来。如果不是知道他是木匠,我怀疑自己走错了地方。那旁边摆放的都是铁器,铁架子、铁筒子、铁轴承、铁螺丝……

王明用手拉了拉帽子,冲里屋喊,给王老师倒杯水。里面有女声哎了下,这是我第一次听到他漂亮老婆的声音,很悦耳。王明脸上到处是乱蓬蓬的胡子,记得他以前只是嘴唇上留两撇胡子。他帮我搬凳子时伸出手来,黑乎乎的手上满是伤口,有的已经结了痂,有的刚弄破,缠着胶布。他的嘴唇上也泛着干裂子。

我说不坐。我不知道该说啥,让王明帮做底座的话怎么也说不出口了。王明又吆喝了,水呢?快了,快了。他老婆的声音真好听。我有些窘迫,打量下屋里,忽然觉得不该这样。王明注意到我的动作,脸上出现一丝尴尬,他说,孩子们小,忙得没时间收拾。我说,是是是,先把日子过好。我想买架机器,我忽然灵机一动说。王明皱皱眉头问,你家不是有吗?两架快些,我回答。对对对,王明说,你家要不收钱,送你好了,不是你爸爸,我还做不出来。王明一口气说了这么多话。我连忙摆手,别,我家不着急,先给别人弄。我掏出一百元放到柜子上,马上告别。王明不要,我坚持放下。

出了王明家,路边有个卖柿子的。我把口袋里剩下的钱全掏出来,只有五块六,卖柿子的给了我三斤。我忽然想起王明的老婆还没有把水倒出来。

提着柿子往家里走,有几只喜鹊在空地上啄东西,它们身后是几棵高大的白杨树,两个喜鹊窝一上一下挂在其中一棵上面,另几棵上面只有干枯的树枝。我不明白喜鹊为什么把两只窝都搭在这棵树上,它们看起来都干净整洁,天空湛蓝如海。

那些有了机器的人家,冬闲下来后,早早就把玉米剥完了。正好赶上行情,玉米卖得不错。过春节时,他们的院里没有了往年的拥挤,打扫得干干净净,年好像比以前更有了气氛。

我们镇上除了种玉米的多,还有种向日葵的。有些头脑精明的人把玉米、向日葵收下,卖往四川、山东、安徽等地,很是赚钱。还有些人跑到北边的大同、朔州、内蒙古收瓜子。可是他们买来的扇车不好用,慢,经常扇着扇着就没劲儿了,有时干脆停下来,而且扇得也不干净。他们发货时,因为不干净价钱总是被打折扣。

一个叫孟三的收粮的有一天货又被压价了,很不爽,他找到王明问他能不能帮他弄个扇车。王明慢吞吞地回答,能是能,但,他指着地上的一摊东西。孟三说,剥玉米的机器一架一百多,能挣几个钱?扇车一架几千元呢!他数出五百元,放在柜子上说,这是定金,做好后付剩下的,半个月时间够不够?王明说,我试试。

半个月后,孟三开着汽车从王明家拉走一辆扇车。很多人跟着孟三去他收粮的地方看看。王明帮孟三放好扇车,插上电源,倒进几锹玉米。扇车呼呼响着,把站在旁边的人吹得东倒西歪,几锹玉米眨眼间就扇完了。王明捧起一把,递给孟三,玉米金黄灿烂,里面没有树叶、玉米壳子之类的杂物。孟三蹲到玉米堆前扒拉着,许久才找到一根细细的头发。他又打开开关,倒进更多的玉米。人们说笑着,看着扇车旋转。停下来之后,孟三又过去蹲下,半晌,他站起来,冲王明竖起大拇指,唰唰点了两千元。两千元,人们惊呆了。那时我当老师,一个月还挣不到三百元。

于是,王明除了做剥玉米的机器,还做扇车。

后来,他做出的东西越来越多,密封西红柿酱瓶子用的"紧盖器",电视接收信号的"锅盖",能收到《美国之音》的半导体收音机,拧墩布用的"爪子",淘厕所粪便的"抽粪机"。只要有材料和工具,王明几乎没有做不来的东西。

王明生活明显地阔绰起来。他老婆出来买菜时,手里有了肉。后来,王明家居然买了辆红色的小木兰摩托,他老婆骑着它买菜,车筐里放着鱼、肉和各种水果、时鲜蔬菜。他最小的女儿站在前面的踏板上,眼睛亮晶晶的,也和他老婆长得非常像。风把他老婆的裙子鼓起来,穿过巷子时,留下一阵香风。许多男人都盯着看。

有一天,王明突然来到我家,问父亲,认识"白种人"吗?父亲说,认识。有什么事?王明说,他去我家,说我偷税漏税。父亲的脸马上红了。

白种人是税务所刘达的绰号,三四年前调到我们镇上。他皮肤特别白,不长胡子,皮肤上连汗毛也没有,老往女人堆里混。收税时,喜欢在这个女人的肩膀上拍拍,在那个屁股上拧一把,谁附和着赔上笑容,他就免了这个月的,或者少收一些;谁要是翻脸了,他脸马上拉得像驴,瞪大眼睛要。对待男人则是另外一副嘴脸,丁是丁,卯是卯,还总爱学别人说话,尤其是那些结巴的,或者从山里搬下来口音重,把"老天爷"说成"老钱爷"之类的,人家说一句他学一句。

他的家在县城里,他每周回去一次,平时住在税务所的单身宿舍。

税务所的房子以往都让父亲油漆粉刷。白种人来了之后,还是找父亲,但干完所里的,得把他家里的也捎带弄一遍。前几天油漆粉刷完税务所的房子后,晚上他请父亲喝酒。两人喝高了,他吹牛,父亲也吹牛。父亲说,我有个朋友是个木匠,可厉害了,什么东西都会做。白种人问,他会做什么?父亲说,剥玉米的机器、扇车……父亲数了一长串。父亲说,镇上人用的都是他做的。

父亲知道是因为自己说漏了嘴,他喃喃自语道,这个白种人!王明说,我也没开店铺,你能不能和他说说,让他照顾一下?父亲点点头说,没问题,我明天就去找他。然后他安抚王明道,大不了请他喝顿酒,别太当回事。王明点点头说,是是是。你这样说,我就放心了,改天请你喝酒。父亲忙摆摆手说,不用。王明告辞的时候,父亲把他送到门口。王明帽子耷拉着,走到门口停住,转过身来想说什么。父亲拍了拍他的肩膀。他便没有说出来,很快消失在黑暗中。

父亲回到家里自言自语道,这个白种人!都怪我多嘴。他在地上转了几圈说,我现在就去找他。

大约过了半小时,门砰地开了,父亲还没进门就气愤地说,不是个东西,听不进人话。

父亲去了税务所,白种人正在看电视。父亲和他说起王明的事。白种人让父亲别多管闲事,他说偷税漏税是大事,当年刘晓庆因为这还坐了大牢。父亲说也没人知道,问能不能象征性地少缴点儿。白种人生气了,问父亲把他看成啥了,为民收税是为国聚财,再说王明涉案的金额不算少。他用了这些大词,激怒了父亲,也让他有些惊恐。

父亲在地上焦躁地转来转去,怎样和王明说呢?都怪我多嘴,我不该和白种人提王明的事,他不停地埋怨着自己。我说,这事说有就有,说无就无,关键看白种人。看样子,他是那种见了好处就下手的人,父亲忽然牙疼起来,疼得捂住腮帮子在地上乱蹦。吃了两颗止疼片,还疼。母亲打了颗鸡蛋,把蛋清搅匀糊在他脸上。他躺在床上,头不能动了,身子气得还在颤抖。

从那天开始,白种人开始在我们镇上调查。他在肉铺前、五金店前、小卖部前、粮店前、收粮的地方……凡是他能管辖的地方挨门问,你买王明的剥玉米机器了吗,多少钱?你买王明的扇车了吗,多少钱?你买王明的……人们见了他躲得远远的,可是他像跳蚤一样往人们身上蹦。

王明又来到我们家,脸变成黑的了,人不知道骤然瘦下多少斤,戴了多少年的帽子终于戴不住,摘下来挂在屁股上,露出发红的头顶。他嘴唇哆嗦着问,王师傅,到底该怎么办?万一出事,我孩子还小。父亲安慰他,不用怕,没事,大不了出点罚款。真是活见鬼了,以前谁专门找个人讨税?王明长叹口气,说,是是是,眼睛湿润了。要不你主动找他谈谈,上点货,父亲说"货"字时恨恨地加重了语气。上多少呢?王明问。父亲沉思半天,摇摇头说,你看着办吧,杀鸡得用宰牛刀,这是个大牲口。

此后,打听王明卖机器的消息渐渐听不到了。我们以为王明打点之后,事情就这样过去了。

可是不久之后,听说白种人去了王明家里。

正在捣铁皮的王明一见白种人脸色马上变成土色,赶紧给他递烟,指挥老婆倒水。王明的老婆似乎也晓得利害,动作比往日麻利许多,可是家里没水,她赶紧接水、烧水。王明着急了,第一次冲老婆发火,家里连水也没有?

没想到老婆还没还嘴,白种人说话了。不要冲女人发脾气嘛,他说着,帮王明老婆往灶火里传了把柴,仿佛不小心,蹭了王明老婆的脸一下。王明的嘴哆嗦着,没有再吭声,接着捣铁皮。

白种人喝了两杯水,还坐着不走。王明心里越来越慌,他没有注意铁皮已经很平很展了,还在咔咔继续捣着,一不小心锤子砸在中指上。他出人意料地大喊起来,捧着血淋淋的手指冲老婆喊,我的手指头!然后撞开门朝门诊跑去。临出门时,他悄悄瞥了白种人一眼,希望白种人说句同情安慰的话,或者跟着他出来。可是白种人往起站了站,又坐下。他最小的女儿吓得大哭起来。王明赶紧加快速度跑。

把血糊糊的手指头包扎好之后,王明怕见白种人,没有马上回家,而是在街上乱逛起来。他转了许多门市,什么也没买。电影院门口有人打台球,王明以前从来对这不感兴趣,现在却停下来,看了一局又一局。又在照相馆前下棋的人们跟前停下,看了半天。人们很久没有看见王明这么闲,都问他。王明夸张地举起自己的手指头说,把手弄伤了!他在街上就这样一直闲荡着,尽管指头疼得要命,也不想回家。

王明转悠到孟三收粮的地方,天已经黑了,厂子里吊着大灯,孟三正在指挥工人扇粮食。王明走了进去。他问孟三,白种人收你的税吗?怎么不收?老流氓,可狠呢!你的事完了吗?孟三回答完之后问。王明的脸色唰地又变了,在黄色的灯光下有些瘆人。他说,今天到我家了。这个流氓!孟三说,以前他在城里的局里,还是个小头头,因为调戏客户,听说还对十几岁的小孩子动手动脚,被许多人告状,受了处分,才贬到咱们这儿的。王明顿时心慌起来,赶紧掉头往家走。

进了院子,王明听见屋子里传来咯咯的笑声,是她老婆的。他以为白种人走了,顿时轻松许多,马上忘了手上的疼,加快步伐,还有几件活儿没做呢。迈进屋子,最小的女儿正吃力地举着大锤子不知道要干什么,下边蹲着他的二女儿。王明惊得马上扑过去,一把夺下孩子手中的铁锤,拍了她一巴掌。孩子哇地哭出声来,蹲着的二女儿吃惊地仰起头,她不知道刚才锤子差点儿落在她头上。女人听见哭声从里屋跑出来。王明看见她脸涨得通红,平时松开的领口扣子系住了,胸前两堆东西鼓鼓的,像憋着许多气。

老婆抱住孩子哄的时候,白种人从里屋出来了,白色的脸像纸糊的一样恐怖。他手里拿着几块糖,递给哭着的孩子,孩子手乱摆,不要。他递给旁边的二女儿,用白得像白花蛇的手指刮了下她的鼻子说,真漂亮!王明像被真的蛇咬了一口,抱起二女儿往后退了几步。白种人挠挠手说,我也爱鼓捣些东西,一直找不到好师傅,以后拜你为师吧。王明赶紧拒绝。

白种人走了,孩子还在不停地哭,有些歇斯底里,女人怎样也哄不住。孩子尖锐的哭声像愤怒的人要把哨子吹破,忙碌一天的邻居们抬起昏昏沉沉的脑袋,朝王明家的方向望着,不知道发生了什么。王明闻到空气中有种奇怪的味道,像什么东西烂了。

王明和妻子商量,咱们把妞妞送到私立学校读书去吧?老婆说,你疯了,妞妞才十二岁。十二岁咋了?古代的人十二岁都结婚了。你有钱!挣下钱还不是为了孩子们。我不同意,妞妞要是被人欺负怎么办?白种人来了,来就来呗,他还能吃了人?我怕。

王明来找我,问认识不认识私立学校的老师,说想把妞妞送去读私立学校。那时只有家庭条件好又特别忙的人才送孩子上私立学校,王明的想法让我觉得有些奇怪,但我还是给几个在私立学校工作的同学打了电话。我把问明的情况告诉了王明。王明说,看来私立学校管理严格,老师们也不错。我说,就是费钱,孩子还不在身边。王明说,是是是,重重地点了点头。

不知道妞妞为什么没有去私立学校,白种人却真的拜王明为师了。他走到哪里都说王明是他师傅,而且到处给王明揽活儿。他甚至还来到我家里,对父亲说,你家弄个锅吧,能多收几个台。父亲冷着脸嗯了几下。白种人走后,母亲担心地说,他会不会给你穿小鞋,收你的税?父亲呸一口说,尿他!顶多以后不揽税务所的活儿,也省得给他家白干了。

白种人变成这样,自然有人羡慕,但王明好像不领情。人们去王明家买东西,发现一向好脾气的王明变得很冷淡。有次,人们看见王明和白种人吵嘴。他不让白种人再给他招揽活儿了,白种人不答应,觍着脸解释。

王明搞什么飞机?有生意居然不做。有人问。

那个白种人,前段时间还在调查王明偷税漏税!

是啊,现在每天腻在王明家里,说是跟着他学徒。

呸!他连个手指头都不动。

有一天,突然听说王明手被轧断了。我和父亲去探望。王明一只手缠着纱布,挎在脖子上,另一只手在拔院子里的草。看见我们,他脸上居然现出微笑,一点儿不像个刚轧断手的人。

父亲问,老明,你的手?王明轻松地笑笑说,搞掉个指头。他这种样子很稀罕,说事情好像在说别人。这时他的老婆出来说,把一个手指头切掉了。王明脸上露出点儿遗憾的表情,以后不做那些乱七八糟的玩意儿了,还是咱的老本行好。不做这能行?她老婆皱起眉头问。咋不行呢?王明有些生气。他老婆好像有些理亏,没有回嘴。

王明用一只手给我们沏茶,他家里居然有热水了!

看见王明还好,父亲和我待了会儿就回来了。

回到家里,我狐疑地问,王明是不是故意自残的?父亲沉默半天,点点头说,这个死葫芦,有可能。听到父亲的回答,我为王明生气、惋惜,但也有些佩服他。

王明养伤那段时间,人们去他家里买东西,他说处理完这些剩下的东西就再也不做了。

王明忽然闲了下来,认识王明这么多年,他似乎从来没有这样悠闲过。我每天下班路过巷子口,看见他用那只好手端着大罐头瓶子装的茶水,开心地听着人们说什么。他的老婆坐在旁边,手中拿着一团毛线织来织去,好像心不在焉,总是在织一条袖子。

入伏以后的一天,忽然王明带着三个孩子来镇上的小饭馆吃饭。人们问他,老婆哪里去了?王明紧绷着脸不回答,催促孩子快吃。

王明走后,孟三说王明的老婆去张家界旅游了,和白种人一起。

旅游?张家界?那么远的地方,恐怕得坐飞机吧?电视上看到过,特别美。可是和白种人,人们脸上现出奇怪的神色。

王明老婆从张家界回来的第二天,王明喝高了,晚上快十一点时抱着架剥玉米机器来到我家,要送给父亲。父亲坚决不要,说家里已经有两台了。王明坚持要送,说这是他留下的最后一架,送出去以后孙子才再做这玩意儿。两人推来推去大概有半小时,父亲拗不过王明,收下了。王明问父亲家里有没有酒,他想再喝点。父亲知道王明不喝酒,见他今天又喝了这么多,天又太晚,便说家里没有酒。王明临走时说,我一定要送妞妞去私立学校。

王明踉踉跄跄出门时,被块砖头绊了一跤。他把那块砖头抓起来,古怪地一笑,狠狠地把它摔在地上,用脚踩起来,从来没有见过王明脸上有过这种狂暴的神情。直到砖头碎了,他才离开。

那天晚上,气温很高,不知道什么昆虫叽叽叽一声接一声地鸣叫。

第二天,气温持续升高。中午时,家里的温度计已经显示四十度了。整个镇上比往日安静,疲惫的人们被溽热赶入了梦境。吃了饭,我也沉沉睡去。忽然街上有人大喊起来,然后街上、巷子里的声音越来越多。我在梦中以为睡魔住了,拼命大喊。醒来后,听见院子外面许多人在说话,父亲、母亲都不在家里。

循着声音出了院子,许多人朝王明家的方向拥去。人们说王明杀人了,我顿时觉得身上冷飕飕的。会入人群,迎面遇见许多人,说王明已经被警察带走了,他们要去医院看白种人。

远远地就看见王明家门口围着一堆人。孟三在那儿起劲说着。

王明家大门开着,院子里种的西红柿、茄子、豆角、辣椒被人们踩得乱七八糟,几尺高的杂草乱哄哄长着。有个小孩趁人不注意,摘了个西红柿塞进嘴里,鲜红的汁液顺着他的下巴流着,像被人打了一拳。王明家屋子门和窗户都开了,透过后墙的窗户可以看见屋脊上站着几只灰白的鸽子窥视着家里,咕咕地叫。

我进了王明家屋子，凉飕飕的。上次那种浑浊的气味儿闻不到了，一下子感觉屋子里少了许多东西。这里比我上次来时更乱了，掉在地上的衣服上踩着许多只脚印。王明的工作台边有摊发黑的血，里面浸泡着几只螺丝。

王明老婆傻了似的掉着泪，不停地说，我想让家里多挣几个钱，那个枪崩货说再也不查我们了。

王明的三个孩子只剩下最大的妞妞，两个小的不知道哪里去了。妞妞光着脚，头发垂下来遮住半个脸，毫无血色，站在门口的幸福树旁边，隔一会儿就狠狠揪上面一片叶子塞嘴里，有些绿色的汁液从嘴角流出来。她的样子与她的母亲像极了。

晚上家里人吃饭时，父亲说，都怪我，不该和白种人提王明的事儿。我们安慰他，他不说白种人迟早也会知道。父亲不辩解，也不回答我们。他说，王明要是让妞妞早些上私立学校就好了。

母亲问，白种人不可能对妞妞怎样吧？父亲腾地站起来，带翻了一只板凳。

他自言自语道，屋里怎么这么热呢？父亲环顾周围之后，搬起那只小凳子，站在上面把后墙上的窗户打开，臭味马上飘进来。后面是邻居家的厕所，这扇窗户我们从来不打开的。

柔软的佛光

肉和尚手里拿着几块发黑的水果糖,站在通往后院的那个过道里,一动不动,像尊泥菩萨。小孩们走过来,他的胳膊忽然伸长,手掌摊开,浸了汗渍的水果糖亮晶晶的,有几颗的糖纸已经磨破,露出黄色透明的糖。孩子们惊恐地往旁边一躲,缩着身子从他身边穿过。大人们嘱咐过,不能吃肉和尚的东西。我们也不想吃肉和尚的东西。肉和尚身上总有一种奇怪的香火味道。

肉和尚一见我们溜走,眉头一皱,胡子竖起来,生气地大声念阿弥陀佛。阿弥陀佛什么意思我们不知道,只是觉得他很凶。他还装作要追我们的样子,重重跺着脚喊叫,我们拼命跑。

肉和尚很瘦,胳膊和腿都皱巴巴的,像榆树枝条,脸朝里凹着,眉骨突出,下巴挺尖,留着短发的头顶上依稀能看见几个香疤,好像确实做过和尚。但世界上究竟有没有"肉"这个姓,我们争吵过,似乎从来没有听过"肉"这个姓。

  从我们见到他的时候,人们就都叫他肉和尚。他住在我们后院,有个老婆,老婆总是在床上躺着,据说得了软骨病。我见过他老婆一次,那是我家的小猫"无赖"跑进了他家屋子,我瞧见肉和尚不在,偷偷溜进去捉猫。他家一张长供桌上点着三炷香,面前放着一碗清水,飘散的香味中夹杂着一种东西腐烂后的恶臭。我忽然看见了躺在床上的人,吓了一跳。她缩着身子脸朝外躺在床上,脸上所有有肉的地方都陷了下去,眼睛灰蒙蒙的,像一具骷髅。后来我看《射雕英雄传》,她就是梅超风那个样子。当时我吓得猫也不管了,从她家往外跑的时候,门槛绊了我一下,我差点摔倒。从她家出来,我发现自己身上有了一股奇怪的味道,一闻着它我就觉得恶心。我跑到村子东边那条小河里泡了半天,一只蚂蟥咬了我的大腿,我跳上岸用劲拍它下去的时候,那股味道还在。

  那几天,这种怪味道一直跟着我,尤其吃饭的时候,这种味道更加浓郁,直冲我的鼻子,我什么也不想吃,一吃就想吐。爸爸说小崽子有饭还不吃,是缺饿。我连续饿了几顿之后,他和妈妈都慌了,领我去了村里那个赤脚医生家,闻到她家里棉球和来苏水的味道,我稍微精神了一些。赤脚医生摸了摸我的头和肚子,号了号我的脉,说我肚子里有虫子,给我拿了一种宝塔形状的黄色的药,吃起来甜甜的像糖,有一种药的味道。吃了很多宝塔药,一条虫子也没有拉下来。我每天一有机会就往河边跑,泡在清清亮亮的河水里,那种味道闻不到了,我听到肚子咕咕叫。我盼望自己变成一条鱼,可以随便吃水里的草啦、小鱼啦、螺蛳啦等乱七八糟的东西。

在一个下大雨的星期天,我偷偷溜出屋子,迎着大雨一直走,雨水落在我身上,我感觉河流竖起来在我身上流。我走了好久,看见远处的天边出现了一道彩虹。我相信我一直走到彩虹那儿,身上的怪味就会被雨水冲没了。我没有走到彩虹那儿便晕倒了,被放羊的人发现送回家后,开始发烧说胡话。赤脚医生给我开了许多退烧药,许多药吃下去之后烧没有退,人们说我中邪了,跟上村里刚死不久的吊死鬼了。人们说小孩发烧很可怕,村里那个哑巴就是因为小时候发烧烧坏的,邻村还有一个小孩因为发烧烧成傻子了。爸爸妈妈着了急,请来肉和尚给我驱邪。

肉和尚穿着杏黄色的袈裟,脚上穿着唱戏的人穿的那种布鞋,打着绑腿,来到我家。我闻到肉和尚身上的味道,醒了过来。家里大白天点着明晃晃的蜡烛,正面的柜子上上着几炷香。闻着蜡烛和香的味道,我的心渐渐静下来,烧也退下来。肉和尚走的时候,悄悄往我枕头下塞了几颗糖。爸爸给他钱,他不要,念了声阿弥陀佛,抖着袈裟走了。

肉和尚走后,我要求吹灭蜡烛。香烧完之后,我觉得自己身上那种奇怪的味道没有了,我的病也好了。

从那之后,我不那么怕肉和尚了。有时,我看见他在通往后院的过道里站着,便故意从那儿经过。他像装了弹簧一样伸出手来给我糖,我侧着身子从他手边溜走,我喜欢看他佯装发怒的样子。上次他给的糖我没有吃,我给了无赖。无赖不喜欢抓老鼠,却喜欢吃瓜子、花生、糖等零食。

我喊无赖。无赖跑过来,叼起我手中的糖,含入嘴里,嚼嚼,把糖纸吐出来,糖被它咬得咯嘣咯嘣响,最后一口咽下,眯着眼睛露出一副惬意的样子来,然后头蹭在我的身上,嘴拱开我的手,发现手里没有糖了,喵呜叫一声,躺到门口晒太阳去了。

有一天,肉和尚拦住我,说:"你给我做干儿子吧?"

我惊恐地摇着头,尖叫一声说:"不。"

肉和尚没有像往常生气时那样竖起胡子念阿弥陀佛,他的手伸进口袋往外掏东西,脸上露出一种迷人的微笑。

我背着双手,不断往后退,踩在一块石头上,摔了一跤,爬起来就跑。

肉和尚望着我远去的背影,喊:"干儿子。"

我呸了一声。

从那之后,院里的许多小孩子说肉和尚是我干爹。他们看见肉和尚,故意指着他说,你干爹过来了。我生气地追着打他们,他们绕着院子中间那棵老枣树跑,枣树的叶子碎碎的,一树白花散发着淡淡的香气。

他们跳进一座废弃的猪圈里,爬上一截高高的土墙,我们玩起警察抓强盗的游戏来。

每年一进六月,肉和尚就特别精神,他逢人就说赵杲观的庙会,好像那上面真的住着神仙。一到初十,他就穿上给我驱邪时的那套衣服,驾着自己的马车去赵杲观,据说路上得走两天两夜,还得爬三座大山。我们想象赵杲观是个什么样子,电影刚演过李连杰的《少林寺》,我们觉得天下的寺庙里不一定都有神仙,但一定有武林高手;我们想象着一排小和尚剃着光头,在参天的松树中间练习金钟罩、铁布衫和般若掌。

肉和尚走后,他家里来了一个又瘦又干的女孩,帮着照顾他老婆。女孩比我们大几岁,梳着两条小辫,眼睛很大,脸上满是蚕沙。她干完活儿喜欢站在肉和尚站的过道那儿看我们玩,她的身子非常瘦,像薄薄的纸糊的,大眼睛总是流露出胆怯的目光。我们猜测她家住哪儿,她上不上学,但我们谁都没有和她讲过话。

肉和尚大约走半个月就回来了,他的马车还没走到大门口就能听到他唱歌的声音,这次唱的不是阿弥陀佛,而是一种非常好听的小调。他下马车的时候,身手比以前矫健许多,好像这半个月真的是去练武了。他从山上带来一些奇奇怪怪的花草,有叶子长成五角星样子的枫叶,有叶子细长开着蓝颜色花的细草……他把这些花草和他那株老石榴树、海棠种在一起,他的院子里一下年轻了。他也带来馒头、大米和素菜,说是素斋,给院子里每户人家一个馒头。这个馒头大人们允许我们吃,并且把它掰开,家里每个人吃一块。

我们问:"山上有没有练功的小和尚?"

肉和尚说:"小和尚们每天都在练。山上还有黄鹂、百灵、金钱雕等许多鸟和各种样子的松鼠。"

想着松鼠们可爱的样子,我想让肉和尚帮我捉一只回来。

肉和尚仿佛看穿了我的心思,说:"你叫我一声干爹,我下次帮你带回一只松鼠。"

我扭头就走,边走边喊:"无赖。"

死无赖不知道跑哪儿去了,不答应我。

肉和尚继续给其他孩子们讲山上的趣事,我想什么时候去一次赵杲观,捉一只松鼠回来。

肉和尚又穿上了他的那身行头,去邻村的一户人家做七。我们这儿人死后头七天,下葬以前,要做七,有的人家请一班鼓手,有的人家请一个戏班子,也有的人家请和尚,或者道士。只要请和尚,一般都请肉和尚,我们这儿方圆几十里仿佛就他一个和尚。但我们又觉得他不是和尚,和尚怎么能娶老婆呢?

肉和尚带着一盘大佛珠去了邻村。他的那个小女孩亲戚又来了,仿佛更瘦了,瘦得脸上只剩下两只大眼睛和那些黑色的蚕沙。我们不知道肉和尚怎样通知他的这个亲戚的,每次他一走,女孩就来了。

狗小说:"肉和尚会作法,每次他要走时,就念急急如律令,他的亲戚就来了。"

我说:"急急如律令太上老君才念,肉和尚是和尚。"

我们都觉得肉和尚有点神奇。

白龙说:"要不咱们去问问他的亲戚?"

我说:"我不去。一想到那个女孩骨碌碌的大眼睛随时会从眼眶里掉出来,我就害怕。"

"我也不去,他们家有股怪味,"狗小说,"白龙你去吧!"

白龙也不去。

我们三人玩石头、剪刀、布,谁输了谁去问。

白龙输了,他撒腿就跑。他说:"我妈让我去买醋。"

"赖皮鬼!"

"无赖!"

这次无赖跑过来,围着我的裤腿转。我和狗小谁也没有去问大眼睛女孩,我们商量好回家问自己的爸爸妈妈,到底是怎么一回事。

"爸爸,肉和尚到底是不是和尚呢?"

"以前是。"

"现在呢?"

爸爸想了半天:"不是了吧? 大概是。"

我琢磨不透爸爸说的到底是是,还是不是,问:"他为什么以前是呢?"

爸爸说:"他家里穷,他从小就出家了。"

"那为什么又不是了?"

"还俗了。"

"为什么还俗?"

"'文化大革命'。"

我不知道"文化大革命"是什么意思,但我觉得自己终于知道肉和尚的秘密了。我站在院子里喊:"狗小。"

喊了两声,狗小出来了。

我说:"我知道肉和尚的秘密了。"

狗小说:"我也知道了。"

我们剪刀、石头、布,谁输了谁先说。

"肉和尚不是真正的和尚,他娶老婆,还买肉吃。"狗小说。

"肉和尚以前是和尚,'文化大革命'还俗了。"

狗小问:"什么是'文化大革命'?"

我说:"'文化大革命'就是'文化大革命'!"

我问:"肉和尚不是真正的和尚,为什么人们还要请他去念经,他还要每年去赵杲观?"

狗小被我考住了。他眼睛打着转说:"他要是和尚,怎么会娶媳妇?他叫肉和尚就是因为他经常买肉吃。"

我们两个争执不下,我说肉和尚是和尚,狗小说肉和尚不是和尚。争着,争着,狗小突然说:"肉和尚是你干爹。"

我生气了,说:"是你干爹。"我们吵起来。

白龙跑过来,我们忘记了白龙刚才的要赖,让他给我们评理。

白龙指着枣树说:"有枣红了。"我们一起看树上,一丛丛碧绿的枣叶下,青色的小枣底部微微有了一些红晕。

我们想快过八月十五了,八月十五过去就快过大年了,我们就要又长一岁了。我们想象着过大年穿新衣服、挣压岁钱、响鞭炮,还有香喷喷的猪肉炖豆腐、粉条。

我们都盼大年早早来。

大年夜的那天,我和狗小、白龙每人拿着家里买的一百响鞭炮,小心翼翼地把每一个拆下来,一个,两个……我的九十九个,少一个,我大声嚷嚷。没想到狗小的九十八个,白龙的才九十五个。我们三个人满肚子对卖鞭炮的人不满意,要是以前早骂出来了。可是,今天过大年,大年夜安神之后,大人们都不允许小孩们说脏话,一说会带来一年的晦气。我的虽然也少了,但比他们的都多,心里多了一丝得意。

我们把鞭炮栽土里,放玻璃瓶子里,插玉米棒的芯里,听着叮叮当当的鞭炮声,充满了欢乐。一个鞭炮没有响,我小心翼翼地靠近它,它没有动静,一脚踢过去,它钻进土里,还是没动静。我把它从土里找出来,从中间折成两截,把里面的火药倒在一张纸上,把纸点着,火药哧一下着了,像一朵烟花。

半夜的时候,我们的鞭炮响完了,大人们开始接神。每家每户的院子里都响起鞭炮声,大麻炮、二踢脚、花炮,也有有钱的人家一下点燃一响鞭炮,噼里啪啦响好一阵。大炭垒的旺火发着了,旺火上面插的柏树枝噼里啪啦地响,散发着好闻的香味。人们敬神,吃接神菜。睡下以后,院子里的旺火还映得家里一片通红,大炭哧哧燃烧着,仿佛整个冬天都着了。

第二天,人们都起得很早。新衣服早已放在枕头边,穿好新衣服,规规矩矩给长辈拜年。我给爸爸妈妈磕了三个头,爸爸给了我一元钱压岁钱。初一一天吃素菜,我们家每年初一早上吃面条。

饭还没有吃完,听见又有人家响鞭炮,我的心痒痒起来,可是自己没有鞭炮了。

吃完饭,一抹嘴,去院子里寻找昨天没有响的鞭炮,满院的红色碎纸屑,可是没有找到一个没有响过的鞭炮。

狗小和白龙也跑出来,我们一起去别人家院子里寻,那些一百响鞭炮一起响的,往往中间有几个鞭炮没有响,我们快乐地寻着、抢着那些漏网的鞭炮,向每一个遇到的人说过年好!

肉和尚站在过道里,看见我们说:"阿弥陀佛。"

因为是刚过了年要说吉利话,我们说:"过年好。"

肉和尚说:"谁叫我一声干爹,这些就是他的。"他手里抓着一把红彤彤的鞭炮,在大年初一的阳光下,闪着诱人的光芒。

我嘴里咽了口唾沫。

狗小推了我一把,说:"你说呀,他是你干爹。"

我拧了拧身子,摆脱他放在我肩膀上的手,眼睛盯着肉和尚手中的鞭炮。

白龙说:"干。"

我的心一下提到嗓子眼。

他接着说:"干枣,树上有颗干枣。"

我们哄一下笑了。

光秃秃的枣树上,最顶部挂着一颗风干了的枣,好像随时要掉下来。

肉和尚脸上的笑容渐渐没了,他叹了一口气,把手中的鞭炮撒了下来。我们头上、身上到处都是鞭炮。我们尖叫着抢鞭炮,每个人手里都满满攥了一把鞭炮。肉和尚看着我们快乐地大笑,凹下去的脸仿佛凹得更深了。他说:"你们能去我家里给你们婶婶拜拜年吗?家里还有很多鞭炮。"

我们从来没有听过肉和尚这样说话,感觉很吃惊,而且一下没有反应过来谁是我们的婶婶,互相看了看。

肉和尚说:"你们去吗?"他可怜巴巴地望着我们。

我们一下觉得他不凶了。我们把手中的鞭炮装口袋里,跟着他去他家里。

肉和尚院子里没有旺火发完之后剩下的炭的灰烬,只有几个响过的大麻炮躺在院子中间,露出里面灰色的牛皮纸和白色的书纸屑。他家院子里的那些花干巴巴的,只剩下灰色的枝条。进他家屋子的时候,我走在最后面,上次进他家留下的恐怖印象还在。

一进屋子,闻到了上香的味道,然后看到一株正在开放的迎春花。我稍微靠近了一下花,闻到一股清新的花香。肉和尚的老婆躺在床上,似乎还是我上次进来时的那个姿势,她换了新衣服,我没有闻到上次那种腐烂的味道。我打量了一下肉和尚,他还是穿着平时的那身灰色对襟衣服。女人看见我们,眼睛一下亮了,她挣扎了一下,想爬起来,但是动不了。肉和尚赶紧过去,紧紧握着她的手。我的眼睛有些湿润。肉和尚冲我们点点头。我走上前去,冲躺在床上的女人鞠了个躬,说:"婶婶,过年好。"女人笑了,那种微笑,我从来没有见过,仿佛比那株正在开放的迎春花还灿烂。我忍不住轻轻摸了摸她的脸颊。女人的眼角忽然有泪水淌下来。那一刻,我有一种叫她干妈的冲动。狗小和白龙也走上前,恭恭敬敬地冲女人鞠了个躬,说:"婶婶,过年好。"女人的眼泪大颗大颗淌出来,发出呜咽的哭声。我们有些惊慌。肉和尚眼睛也湿了,他摸了摸我们的头,说:"你们都是好孩子。"他抓起供桌上摆的鞭炮,往我们口袋里塞。

出了肉和尚的院子,我们都长出了一口气。

白龙说:"肉和尚其实挺可怜的。"

我和狗小都点头。

我终于忍不住了,说:"我刚才真的想叫肉和尚一声干爹。"这次狗小和白龙没有笑话我,他们都眼睛亮晶晶地望着我。

春天来了,枣树吐出了黄色的嫩芽,像小鸡嘴上的黄冠。我的无赖每天晚上婴儿哭一样嚎叫,妈妈说它在嚎春。肉和尚院子里的那些花一株一株开放了,树也一棵一棵发芽了,走近他的院子,能闻到各种植物清新而又朴实的香气。肉和尚做了一把躺椅,半上午天气晴朗的时候,他把老婆背上放在椅子上,自己站在椅子背后轻轻摇晃。那个女人更加消瘦了,躺在椅子上像一个小孩子,笼罩在她脸上的树叶的影子越来越大,她的身子却越来越小,好像要缩回婴儿阶段。

狗小、白龙和我经常躲在肉和尚家门后,悄悄看肉和尚摇那把椅子。他常常边摇边唱出轻轻的歌声,比他念经的时候好听多了。摇着摇着,女人睡着了,肉和尚呆呆地看着她,有时叹口气,轻轻的,仿佛怕地上的蚂蚁听见。有一次,他摘了一朵雪白的梨花,轻轻地插她头上,端详了几下,把白花取下,又摘了一朵火红的石榴花,和摘下的白花比较了半天后,把石榴花插上去。他那庄严肃穆的神态,让我们觉得好美。

那天,我们三个跑到野地里,金黄的野菊花、蓬松着身子的蒲公英、紫色的打碗碗花、脖子老长的鸡冠花,我们见到什么采什么,一人采了一大把轻轻地放到肉和尚院子门口。做这些的时候,我们充满了神圣感,我们想象着肉和尚的老婆戴上五颜六色的花冠时,肉和尚开心的样子。

整个春天,我们迷上了采花,每天一有时间,就跑到野外去采花。其他孩子挖青蒿卖钱,采桑叶养蚕,我们不去。我们谁要是发现一株奇特的花,就像发现宝藏一样欣喜半天。我们每天把大把的鲜花放肉和尚家门口,我们还学会了一个成语:借花献佛。这个时候,我们慢慢觉得肉和尚是一个真正的和尚,我们采花就是献佛。我们学会了念阿弥陀佛,每次一念阿弥陀佛就很激动。

暑假的时候,我和狗小、白龙说:"咱们一起到赵杲观捉松鼠去吧。"他们两个一听非常兴奋。我们三个一起去找肉和尚,让他带我们去。肉和尚有些为难地皱起了眉头说:"我一去就是半月二十天,山上忙,没时间照顾你们,你们家里同意去吗?"我们三个犯了难,一起用脚搓着地,觉得家里肯定不同意我们一走这么长时间。白龙忽然眉头一扬说:"我们只去两三天,捉到松鼠就回来。"我问:"路上是不是就得走两三天?"肉和尚眯着眼睛想了一会儿,说:"你们可以和家里商量一下,回的时候我可以找个居士带你们回来。"我们一听就高兴了。狗小说:"我家里有个圈鸡的笼子,我明天把它带上。"白龙说:"我们把攒的零花钱都带上,庙会上一定有许多好吃的东西。"我补充了一句:"一定有许多好玩的没有见过的东西,咱们还可以练武。"

　　我和妈妈说要跟肉和尚去赵杲观。妈妈不同意,说:"太远了。"我继续求妈妈,说:"狗小、白龙也一起去,只去两三天,我太想要一只松鼠了。"妈妈被我磨得没办法了,说:"看你爸爸同意不同意。"我说:"只要你同意他就同意。"

　　爸爸回来的时候,我一说,他就说不行。我用哀求的眼光望着妈妈。妈妈说:"要不让他去吧,他也十岁了,再说还有几个小孩一起去。"爸爸无奈地笑笑,说:"你就这样惯他。"我知道爸爸同意了,马上跑到屋子里收拾东西。妈妈跟进来,给了我一元钱,说:"跟着肉和尚要听话。"我说:"妈妈放心。"

　　晚上睡觉的时候,我梦见自己抓到了一只毛色棕黄相间的小松鼠。我给它起名字叫"松子"。我把它养熟了,它像朋友一样和我形影不离,经常躲到我的口袋里,我一吹口哨它就探出头,爬上我的肩膀,我喊"去",它就顺着我的眼神给我叼来橡皮擦或铅笔。它和"无赖"也成为好朋友,两只小动物一起吃瓜子,它的腮帮子鼓鼓的,一看就知道是个贪心的小家伙。

第二天我拿着妈妈给我带的东西,早早到了肉和尚家。那个瘦瘦的女孩已经来了,眼睛更大了,见了我不说话。肉和尚穿好自己的那身衣服,马车也套好了,马站在梨树下,不停地刨蹄子。到了说好的时间,狗小来了,手里没有拿鸡笼子,脸上灰溜溜的,说:"我妈不让我去。"我非常失望,问:"白龙呢?"狗小摇了摇头。我去白龙家叫他,白龙妈说:"他姥姥家有事,一大早就走了。"我一下蒙了,两个说好的朋友都不去了,我怎么办?肉和尚望着我,说:"要不你以后有机会再去吧?"我咬咬牙,跳上马车,说:"我一个人也去!"

肉和尚拍了一下马屁股,马车吱吱扭扭走开了,我故意不朝狗小看,我觉得他欺骗了我,我的眼里满是委屈的泪水。肉和尚仿佛知道我的心事,什么也不说,塞给我一个苹果。我拿着苹果,泪水掉下来。

路过县城,马车没有停。到了一条大河边,肉和尚说:"这是滹沱河,下去洗把脸吧,一会儿就要进山。"我下了马车,腿有些发麻,看着混浊的河水翻涌着往远处流去,我忽然开始想妈妈了。肉和尚打了一些水,饮了马,然后他把自己的脸伏下去,掬起水洗脸。我也学着他的样子洗了洗脸。混浊的河水里有股泥沙的土腥味,还有鱼的腥味。我问:"山上的松鼠多吗?"肉和尚说:"可多了,到处都是。"

开始进山了,我有些兴奋。以前老是远远看着山,觉得又高又大,和天连在一起。现在到了眼前,马上就要钻进去。肉和尚说:"坐好,抓紧,路不好走。"我问:"还得多长时间?""大半天,饿了你就先吃点东西。"我什么也不想吃,只想快快赶到赵杲观,早点抓到松鼠,早日回来。山上的路好像癞蛤蟆身上的疥疮,到处都是疙瘩,车走上去乱蹦。我紧紧抓住车上的一个把手,肚子里的东西仿佛都要倒出来了。终于到了一个平坦的地方,马车停下来,太阳透过云层直直地立在头顶,像天空上摁进一颗带锈的大图钉。肉和尚说:"吃饭吧,吃了饭再走三个多小时就到了。"一听三个多小时,我觉得要吐出来。肉和尚拿出两个馒头和一块咸菜,让我吃。我摇了摇头,拿出妈妈给我烙的鸡蛋饼,撕下一块递给肉和尚。肉和尚没有推让,几口吃完了,说:"你妈妈手艺真好。"他一说,我觉得鸡蛋饼真是好吃。吃完东西,太阳从云层里钻出来了,周围一下变得火辣辣的。肉和尚说:"快了,到了赵杲观就凉快了。你妈给你带衣服了吗?"我点了点头,觉得妈妈比什么时候都好。

马车又走起来,我的头随着马蹄一顿一顿,后来我睡着了,感觉车一直在往上走。不知道走了多长时间,马车忽然停住了。"到了。"我听见肉和尚说。我激灵一下,睁开眼,看见一只灰色的小松鼠蹿进前边一块草丛中。"松鼠!"我喊。肉和尚慈爱地望着我。我看见山路的上边有几座红墙青瓦的房子。肉和尚说那就是赵杲观。我一下来劲了,沿着青石铺的台阶往上跑,树丛和草丛中不时钻出一只松鼠,吱吱叫两声不见了。快到那个红色的庙门时,我看见一群松鼠,有七八只,吱吱叫着沿着一处石壁爬上去,钻进草丛里。我没有想到赵杲观的松鼠这么多。

"悟净师父。"出来一个穿青色衣服的年轻和尚朝肉和尚喊。

原来肉和尚叫悟净,他冲年轻和尚稽首。

年轻和尚跑进里边,不一会儿出来个也穿杏黄色袍子的人领我们进去。

我对和尚们的事情不感兴趣,我只关心松鼠。我一抬头,看见院子里高大的松树上就有几只松鼠,见了人也不跑,只在树上吱吱叫着跳来跳去。

我被安排在一间小屋子里,和肉和尚住在一起。他嘱咐了我几句,就和其他和尚一起商议事情去了。我瞧了瞧这个小小的屋子,除了炕、被子、褥子和烧过一截的半头蜡烛,几乎什么都没有。我出去抓松鼠。

来的前一天,我和狗小、白龙商量过怎么捉松鼠。我们计划在狗小家的鸡笼子里放些玉米、瓜子之类的东西,留一个小口,松鼠一进去偷东西吃,就被我们抓住了。我们也计划三个人一起围一只松鼠,把它追进洞里,然后把它挖出来。我们还想过松鼠要是爬树上,我们中间的一人爬树上赶它们,其余两人在树下等着,假如松鼠张开毛茸茸的大尾巴往树下一跳,那两人就张开衣服扑住它。我们还想过找到松鼠洞,用火烧、烟熏、水灌,在洞口把它抓获。可是现在他们两个都不来,我一下不知道一个人怎样去抓松鼠。

我抓起一个松塔,朝院子里的松树上扔去,松塔还没有到松鼠游戏的地方,一群松鼠吱吱一叫,跳到另一棵树上,又跳到庙顶上,跑得无影无踪了。出了庙门,一只花皮松鼠蹲在墙角吃东西,我蹑手蹑脚地走过去,它扔下东西蹿到墙头上不见了。

那天下午,我见到好多松鼠。甚至傍晚我们吃饭的时候,松鼠们还探头探脑地溜出来看我们吃饭,可是没有一只我能走近它三尺之内。

吃完饭不久,太阳落下巨大的山梁,身上一下凉了起来。一阵接一阵鸟的怪叫声传来,在幽深的山谷间显得非常清脆,突然,我非常想念妈妈,想念狗小和白龙。肉和尚做功课去了,我一人待在那间小屋子里。山上没有电,风把那截蜡烛吹着,我的影子一会儿高大得像个巨人,贴在屋顶上,一会儿又趴在地上,非常小。风的声音掠过高大的树木,传来一阵一阵古怪的啸声,我想起无赖嚎春的声音。我睡不着觉,盼望肉和尚早点回来,可是肉和尚不回来。山上的时间过得真慢,我开始数羊,也不知道数了多少,月亮升起来,屋里仿佛更凉了。我缩在被子里,堵住耳朵,鸟的叫声还是一下一下清晰地传到耳朵里。

忽然,一股熟悉的味道传进屋子里,肉和尚进来了。蜡烛不知道什么时候熄灭了,月光照得他的动作清清楚楚,像电影里的慢动作,挂衣服、脱鞋……

他问:"睡着了?"

我的眼泪一下流出来了,我控制不住自己,轻轻抽咽起来。

他帮我披了披被子角,轻轻地说:"好孩子,睡觉吧。"

他的话像有魔咒似的,说完,我心里不紧张了,也许白天也累了,我很快睡着了。

第二天,我一醒来,身边没有人了。我赶忙爬起来,穿好衣服出了院子。天已经微微亮了,一座大殿里传来念经的声音。我凑到跟前,看见肉和尚模糊地站在一群和尚中间,在念经,晨光一点一点把他照亮,他的样子慢慢清晰了起来,我觉得这个肉和尚不是我们大院里的那个肉和尚。

上午,肉和尚一直在忙。上山的人渐渐多了起来,可是我非常无聊,那些松鼠一只也抓不着,念经、拜佛我一点也不感兴趣,山上也没有人来卖寻常庙会上那些好吃的和稀奇古怪的玩意。我一刻也不想在山上待了。

中午,肉和尚没有和我一起吃饭,我被安排和一群居士一块吃,肉和尚好像一直忙。

下午,我没有半点抓松鼠的心思了,我只想回家。看着巨大的太阳车轮一样一步一步逼近山顶,我再也忍不住了。我找到肉和尚,也不管他在做什么,我大声说:"我要回家。"肉和尚仿佛一下没有听明白我的意思,等了半晌,问:"抓到松鼠了吗?"我委屈得要哭,但忍住眼泪,说:"山上一点也没意思,我要回家。"肉和尚哦了一声,慢慢说:"那明天送你回家吧。"

第二天,我又坐上肉和尚的马车。我问:"你没事情吗?专门去送我?"肉和尚说:"顺便下山买些东西,送了你我买上东西再回来。"我相信了肉和尚的话。下山的时候,车走得飞快,马像长了翅膀,我觉得路和来的时候也似乎不一样了。很快我们就到了滹沱河边。肉和尚说:"解个手吧。"我下了车躲到一棵小树旁,想起赵杲观和那漫山遍野的松鼠,又一下留恋起那个地方来。回去之后,狗小和白龙一定问我抓到松鼠没有,我不知道怎样回答他们。

再上车的时候,我希望走得慢些,再慢些。肉和尚把马车赶得嘚嘚响,我望着他光秃秃的脑袋,忽然对他有了一丝怨恨,去了赵杲观,他一下也没有管过我,也没有帮我捉松鼠。我问:"你以前真的是和尚吗?"

"阿弥陀佛。"肉和尚一本正经地回答。

"那你为什么不当和尚了呢?"

肉和尚说:"不让当了。"

"谁不让当了?你爸爸?"

"你不懂。"

我一下生气了,大声问:"你既然是和尚,为什么还娶媳妇,还吃肉?"

肉和尚嘴里快速地念着阿弥陀佛,身子在颤抖。我害怕起来,他真的生气了。

到了县城的时候,肉和尚赶着马车从一座石牌楼下进去。我问:"你要干什么?"

肉和尚说:"先买下庙里用的东西,吃了饭,再送你回家。"

肉和尚赶上马车进了县城的一家农贸市场,转了一圈,出来又去了另一家。我不知道他要买什么,也不敢问。忽然,他把马车停下来,说:"下车。"我乖乖地跟着他下了车,以为他要让我和他搬东西。他走到一个地方,停下来。忽然我看见了松鼠,眼睛一亮,但我什么也不敢说。肉和尚问:"你要哪个?"我不知道他什么意思。他指着松鼠说:"给你买一只松鼠,要哪个?"我不敢相信这是真的,但他的样子不像开玩笑。我小心地指着一只毛色棕黄相间的小松鼠,心里叫着它"松子",它和我梦里见到的一模一样。

拿上松鼠,我一下觉得肉和尚是世界上最好的人,我刚才不该问他那些伤心问题。我小心翼翼地问:"你还买什么?我和你一起买吧?"肉和尚说:"先送你回家吧!你不是早想家了?"我难为情起来。肉和尚掏出两个大馒头,说:"咱们路上吃吧,省时间。"我接过一只馒头,掰了一小块,递给松鼠,喊"松子"。

一进我家院门,我就高兴地喊:"妈,松鼠。"

正在玩玻璃球的狗小和白龙听到我的喊叫,跑过来。他们羡慕地望着我手中的松鼠,狗小问:"我可以摸一下吗?"我点点头。他伸出一根中指小心地摸了一下,白龙也摸了一下。狗小说:"可惜我妈妈不让我去,觉得太远。"白龙说:"我妈妈也是。"我大度地摇摇头,望着肉和尚感激地笑。肉和尚摸了一下我的头,说:"好孩子。"然后他掉转马车,喊,"驾!"我问:"你不回家了吗?"他说:"买上东西得赶紧回山上去。"

我和狗小、白龙玩着松鼠,天很快就黑了。妈妈喊我回家吃饭,我忽然非常担心起肉和尚,不知道他到了赵杲观没有,不知道他肚子饿了没有。

星星一颗一颗出来,很快铺满了天空。

树上的宫殿

小时候,我家住在土改时分到的一个大院里,里面有十几户人家,很是热闹。每家除了分到住的房子,还分到一小块空地,有的人家建了柴屋,有的做猪圈,有的种菜,有的养鸡,有三户人家做了厕所。因为厕所都不分男女,所以上厕所经常碰上尴尬的事情。时间久了,人们难免磕磕碰碰,于是一些人家条件好了,便慢慢搬出去。

1990年左右,我们这个大院子只剩下我家和李小猫家两家人了。记得在此之前,搬走的是海军家,他们家也是搬得最远的一家,居然搬到了临近蒙古的地方,开荒去了。

海军家临走的时候,把房子和那棵老榆树一起卖了。这棵榆树不知是哪个年代栽下的,村里人都知道这棵大榆树,有的人生了病还到这棵榆树前磕头求药,树腰、树枝上挂满了人们许愿时留下的红布条。

买榆树的是邻村种菜的张木头。他买下树之后,没有马上把它砍走,而是继续留在我们院里,打算盖房子的时候用它做柁。

我们家和李小猫家没有坚持要求张木头把树砍走,因为那么多人拜它、求它,也觉得它有些神奇,感觉院子里没有了这棵榆树,一点风水也没有了。

院子里的人家搬走了那么多,不再拥挤了,可是再也没有那么旺的人气了。一些老屋子慢慢开始坍塌,许多地方长起了一人多高的蒿草,老鼠多了,有时还能看到黄鼠狼。一天晚上,我们睡下之后,听到老榆树上传来猫头鹰阴森的叫声。第二天起来,没有看到猫头鹰,可是晚上它又来了,连续几天都是这样。

院子里要死人了。

在乡下我们都有这个经验,谁家院子里有猫头鹰一直在叫,谁家就会死人。

我们家只有四口人,爸爸、妈妈、我和弟弟。爸爸妈妈正当壮年,不大可能出什么事。

那肯定是李小猫家要出事了。他爸爸是煤矿工人,他奶奶虽然身体一向都好,但是也六十岁了,他的叔叔还一直生病。

很快,李小猫家请来了钟馗。钟馗是他的原名,还是他名字的谐音,或者是一个外号,我们不知道。只知道他是我们这一带最好的神汉,而且他的眉毛又粗又长,很像画上捉鬼的钟馗。

钟馗拿着罗盘在我们院里和李小猫家里转了一圈，闭着眼睛掐算了半天，说李小猫的奶奶命硬，是个妨主货，她必须要离开家方才能逢凶化吉，否则李小猫家就要大祸临头。

　　钟馗走了之后，李小猫家陷入了恐慌。李小猫的奶奶命硬，这大概是真的。她年轻的时候，死了丈夫，前几年女儿出了车祸，被我经常叫作二叔的二儿子一直生病，可能就是她妨的。再说，猫头鹰一直在叫。

　　那天，钟馗走了之后，李小猫家一直商量这个事情，到哪里给老人找个妥善的住处呢？

　　第二天，高高的榆树下架着一个梯子，李小猫的爸爸在树上砍树枝。一根一根树枝掉下来，堆得老高。透过砍下的树枝缝隙，天空被切割成许多有趣的图形，院子里好像一下敞亮了。等我中午回家的时候，看到榆树上搭了一个窝，像一个巨大的鸟巢。李小猫从鸟巢里探出头来，朝我挥手，让我十分羡慕。然后，我看到李小猫奶奶的铺盖和一些生活用品搬到了鸟巢里，接着李小猫的奶奶踩着梯子颤悠悠地上了树，钻进鸟巢里。她穿着黑色的对襟大褂、黑色的裹脚裤，花白的头发，像一只喜鹊。那天晚上，我们没有听到猫头鹰叫。

　　李小猫的奶奶住到了树上，很快成了我们镇上的一个新闻。放了学，许多同学跟着我一起来看李小猫的奶奶。他们指指点点，大声议论这个住在树上的老人。这个时候，李小猫大概觉得羞愧，躲进屋子里，一声也不吭。

从那个时候开始,李小猫变得陌生而孤独。他学习异常勤奋起来,而且对奶奶加倍关心。经常看见李小猫拿着吃的钻进鸟巢里给奶奶送去,也看见他星期天坐在榆树的一个树杈上,边读书边陪奶奶。有一次,他拿着一把篦子,仔细地给奶奶梳头。雪白的头皮屑盐一样从空中落下,院子里的几只鸡扑过去抢。他的奶奶笑着,张着掉了门牙的嘴。他们很像动物园里小猴子给老猴子捉虱子吃。我从来没有见过一个男孩给奶奶梳头,觉得李小猫和我们不一样了。尤其是我仰着头望着李小猫在高高的树上读书,觉得他离我们越来越远。

以前我和李小猫经常结伴上学,现在基本上他每天去得都比我早。经常校门还没有开,他就第一个站在铁做的校门栅子口,捧着一本书读。老师们不断表扬李小猫进步大。老师们越表扬李小猫,同学们越是捉弄他。隔三岔五,就会有女生收到李小猫署名的纸条,上面写着些从琼瑶小说里抄来的古典词语,有时还会有汪国真的几句诗,让人觉得酸得掉牙,其实根本不是李小猫写的。到了冬天,我们每个值日生都从自己家里带上柴火,生教室里的炉子。大家为了省事,经常前天晚上把炉子焖住,第二天去了捅开弄旺就行。轮到李小猫值日,他把炉子焖好走了之后,总有几个偷偷配了教室门钥匙的同学进去把焖好的炉子捅开,在烟囱里边塞上一团纸或几把柴。李小猫每次值日的时候,不得不把烟囱掏一遍。有一次,他挽起袖子伸手掏烟囱的时候,居然摸出一个喜鹊窝,里面还有一只死喜鹊。看见这只喜鹊,我一下想起李小猫的奶奶。不知道李小猫想到了什么,他脸色煞白,眼泪流了出来。几个同学大概觉得玩笑开得大了,他们赶快帮李小猫把死喜鹊扔了,七手八脚帮他生炉子。李小猫坐到自己座位上,任由别的同学忙着,他呆呆地望着窗外,眼泪一串一串掉下来。

那天回家的时候,我默默地陪着李小猫。不知道我们多长时间没有一起走了。李小猫不说话,我无聊地边走边踢着一块泡沫塑料。忽然李小猫大声对我说:"我以后要考上清华、北大,毕业后挣好多好多钱,给我奶奶盖一幢别墅,养一群仆人。"

李小猫说这些话的时候,眼睛里闪烁着狂热的光,他双臂叉开,仰望着天空。那时我有种感觉,李小猫一定能考上清华、北大,尽管我们学校毕业的学生没有过这个先例。

我想象李小猫奶奶住在别墅里,一大群人伺候着她的样子。

我问:"你奶奶不是住树上吗?怎么能住别墅里?"

李小猫说:"我奶奶为了我们住到了树上,但是只要住上十八年就可以下来了。"

十八年,多么漫长啊。李小猫的奶奶会不会再活上十八年?

我忽然想到,李小猫的奶奶冬天住到树上冷不冷?是不是她像鸟一样不怕冷?

我问李小猫:"你奶奶住到树上冷吗?"

李小猫狂热的眼神一下黯淡了,他说:"冷,冷得要命。尽管我爸爸把房子四周都糊上了泥巴,里面还订了一层纸板,可是风还像刀子一样扎人。铺上两层褥子,盖上两层被子还是冷。"

"我奶奶为了我们,她能忍住。"李小猫补充了一句。

我眼前出现一个老人哆哆嗦嗦缩成一团,在黑乎乎的树巢里打战。

"你奶奶下来,你们家真的会出事吗?"我问道。

李小猫没有回答我,他一脚把我脚下的塑料泡沫踢到旁边干涸的水渠里。

我有些不高兴,紧接着问了一句:"你奶奶住在张木头的树上,你们付他房租吗?"

李小猫鼻子哼了一下,说:"那是房子吗?再说,谁让他的树长在咱们院子里?"

我们一路没有再说话。

回家以后,我不停地往榆树上望,黑乎乎的晚上只能看到一团黑乎乎的影子。风吹着树枝发出唰唰的声音,像有人用鞭子抽打着什么东西。那天晚上,我梦到了李小猫的奶奶,她的脸怎样都看不清,那身黑色的衣服长到皮肤上了,整个身子黑得像炭。同样一个面目不清的人不停地划火柴,想把她点着,可是每次火柴一划着,就被风吹灭了。我心里非常着急,希望那个人赶快划着火柴,把她点着,可是一把她点着,她就会被烧死了,但是不把她点着,她又会冻死。

第二天早上,我一起来就跑到院子里,榆树上静悄悄的,刮了一晚上的风也停了。什么也听不见。难道李小猫的奶奶真的冻死了？我眼前出现一具青白的尸体，和昨天晚上梦到的黑炭一样的身体根本不一样。人们都说梦是反做的，难道？

这时，我感觉树枝好像颤了一下，一块黑褐色的东西从树上掉下来，我忙捡起来，是一小块榆树皮。然后，我听到一阵撕心裂肺的咳嗽声。接着李小猫从屋子里跑出来，高声喊着奶奶。他看见我站在树下，怔了一下，然后爬到树巢里。

上学的路上，我看到了张木头，他的脸冻得黑紫黑紫的，他正挑着一担白菜要去卖，白菜上结着一层薄冰。我想告诉他，他的树上住上人了，应该撵她下来。可是想到或许李小猫的奶奶住上去之前，李小猫的爸爸已经和他打过招呼了。或许张木头根本不在乎他的树上住上了人。再说，万一张木头把李小猫的奶奶赶下树，她往哪里住呢？万一她回了家，家里出了事，怎么办呢？一下许多问题涌进我的脑子里，还没有等我想清楚，张木头已经挑着白菜走远了。他没有戴帽子，头发乱七八糟竖在头上，越走越远。

那年冬天，李小猫的奶奶没有冻死，她住在树上奇迹般地挨过了一冬。

春天来了，老榆树的树干开始发白，然后变青，慢慢嫩叶子长了出来。李小猫的奶奶也像草木一样，泛起青来，她的头发比以前更有光泽，脸色也更加红润。她走在街上，好多人不相信她已经六十多岁了。

她像以前一样帮家里下地干活，闲暇时拾些易拉罐、啤酒瓶之类的破烂,从收购站换一些盘碗,但是她从来不进李小猫家的门。有时她和村里的一些老太太一起去邻村看戏,有时她端着一个海碗,蹲在大门口吃饭,除了住在树上,她似乎和村里的其他老人没什么差别。

雨季来临之前,李小猫的爸爸在她的鸟巢上盖了一层油毡。

下雨的时候,雨点从树叶中间掉到油毡上,发出沉闷的声音,然后汇成小股水柱流到地上。

妈妈把我们家那些怕湿的东西堆在一起,然后在漏雨的地方放上许多盆盆罐罐。雨点打在各种陶和瓷做的容器上,发出悦耳的声音,可是我们谁也没有心情欣赏,我们盼雨天赶紧过去,好把那些发霉的东西晒干。但是不下雨,我们也发愁,地里的禾苗喝不到水,地里一年的辛苦基本上就白费了。

我希望我们家的房子翻修一下,不再漏雨,可是爸爸总是忙,一年到头不停地忙,我们家的房子就像水帘洞一样。

我上高中的时候,终于有一天,爸爸说村里给我们批了一块地基,我们可以盖新房子了,我高兴极了。可是,我们又没有那么多钱,爸爸妈妈整天为钱发愁,到处找亲戚借钱。这个时候,李小猫家还住在大院里,他也上了高中,但和我不在一个学校,一个学期我们也难得见上几次。我想起他要给奶奶盖别墅的理想,不知道那要花多少钱。

暑假的时候,我和李小猫都回到家里。李小猫几乎整个白天都待在树上学习。不知道世界上哪里还有这么安静的学习环境。我却待在家里，听妈妈的唠叨，还得干点家务活，有时朋友们一来找我玩，就管不住自己，出去玩了。出去之前，我总要朝树上望一眼，尽管什么也看不到，但我知道李小猫一定在树巢里学习。

高三那年，我们家搬到了一个独门独户的小院子里。搬走之前，我看到那棵老榆树这几年不知不觉竟然又长高了一大截。以前李小猫奶奶上树的那个梯子已经够不着了，李小猫爸爸做了一个更长的。我忽然想，住在树上慢慢升高是什么滋味？十八年这棵树会长多高？我一下觉得李小猫的奶奶是一个神奇的老人。

高考结果出来之后，李小猫没有考上清华和北大，只考上了我们省里的一个师专。听说李小猫得到这个消息，待在树上一个多月没有下来。

八月底的一天，妈妈送我去汽车站赶早车，见到了李小猫。他没有要人送，独自背着一个大背包，背对车站，望着远处快要成熟的玉米地发呆。我上去轻轻地拍了一下他的肩膀，他转过身来看见是我，尴尬地笑了一下。我们上车的时候，妈妈在下边朝我挥手，我的眼睛不由得湿润了，我看见妈妈猛地转过脸，那一刻她哭了。我盯着她的背影，突然看到一个老人颠着小脚跑过来。我对李小猫说："你奶奶。"李小猫没有回头，坐到座位上。真的是李小猫的奶奶，穿着黑色对襟大褂、黑色裹脚裤，头发花白。她边和我妈妈说着话，边伸长脖子往车上看。由于车身很高,李小猫又不在窗口坐着,她什么也看不到,但她一直努力看着。

车开之后,我看见她像鸟一样张开手臂跑了几步,然后什么也看不见了。

大学几年,李小猫一次也没有回过老家,听说他在学校里刻苦钻研,准备考研。其间,我们另一个在外省上大学的同学说他暑假里在西藏看见过李小猫,可是他晃了一下就不见了。同学肯定地说,那就是李小猫,他那种狂热的眼神让人看一眼就忘不了。我不知道李小猫暑假跑到那么远的地方干什么,再说,去西藏得花多少钱啊!我也非常想去西藏,可是准备了好长时间,也没有机会。李小猫哪来的去西藏的钱?

那几年,我放假回到家里,几次路过我们的老院,看见那棵老榆树长得越来越高,李小猫奶奶住的树巢已经超过了屋顶和围墙,远远看去像压在头顶的一团乌云。我想榆树越长越高,李小猫的奶奶住得就越来越高,她每天在那高高的树上,会看到什么呢?

李小猫比我早毕业一年。一毕业他就去了西藏支教。这一年,他的叔叔死了。疾病折磨了这个可怜的人多年,他死之后,人们没有多大的悲伤,觉得他终于解脱了,家里人也跟着解脱了。这一年,李小猫的爸爸从煤矿上买断工龄,领了一笔钱回来了,回来之后,他和村里的几个人开始收粮,卖往内蒙古、四川、山东。

他们把粮食收购来之后,堆在我们大院里进行加工。玉米、瓜子、辣椒一堆堆分开,用扇车扇干净,打包装好。李小猫的奶奶白天下来和他们一起干活,晚上在树上替他们看东西,像麦田里的一个稻草人。她经常站在树上望着一大堆粮食,望着望着就走了神。

李小猫爸爸的第一笔货赔了钱,当他和伙伴们衣衫褴褛地从包头回来的时候,一个个像乞丐。听说他们把表卖了,才凑了点钱回来。他们几个人一次次算账,算着算着就吵起来。这时李小猫的爸爸就说:"要是我们家小猫在,这样的账就很好算清了。"

五年后,李小猫回来了,这时李小猫爸爸的生意已经做得像模像样了。他认识了一些生意上的新伙伴,从我们这儿收购瓜子,卖往青岛、芜湖;收购玉米,卖往四川。发粮的时候,给他拉货的大车一辆接一辆,装粮弄起的尘土简直把太阳都遮住了。他和别人说话的时候,经常叼着一根黑雪茄,口气大得要命。但是说着经常会说到,咱们这儿要是有火车,粮食运起来就更快了,那些香瓜、西瓜也不会烂在地里了。人们觉得他装,这么多汽车拉粮还不够?香瓜、西瓜用火车拉去哪里呢?这个时候,村里的人们就想,李小猫家挣钱,主要是因为他奶奶住到了树上。

李小猫回来的时候,非常牛气。人胖了一圈,头发梳得光光的,一根根能照见人影,穿着白色的衬衣,还把袖口扣子扣上。他带回一只黑色藏獒,头很大,肚子却瘪瘪的,瘦得柴一样,看不

165

出多威风。

　　李小猫在镇上最好的饭店请同学们吃饭。请客的时候,他带着他的藏獒。他说他的藏獒在西藏是獒王,往回带的时候,不能喂饭,只能喝水,所以成了现在这样。

　　李小猫说这话的时候,眼睛里还是闪着以前那种狂热的光,他的藏獒躺在他身边,懒洋洋的眼皮都不抬,真有点王者风范。

　　那天,李小猫喝酒非常痛快,来回转了好几圈,同学们敬他的酒他都毫不犹豫举起杯子就干掉。喝了那么多,他的神志还非常清楚,眼睛越喝越亮。他谈了许多对未来的构想,其中最让我们吃惊的是,他以后打算修一条从我们这儿到北京的铁路,让所有没钱的人都免费坐车,车上还提供不花钱的热水、食物。

　　李小猫没有再当老师,甚至连工作也没有去找。他一边帮着他的爸爸收粮,一边干些其他勾当。他那只藏獒,过了没多久,吹气似的胖了起来,威风凛凛,像一头狮子。人们看见那只狗,就主动让开一些距离。

　　李小猫先是在我们镇电影院门口摆了两张台球案子。每天中午吃过饭之后,台球案子旁聚起一大堆人。开始,人们赌一颗球一元钱。因为赌球,经常发生争吵。一般李小猫并不去管他们,他在旁边冷笑着,收自己的台费。一次,有个家伙输了几十元钱,拍拍口袋,没有和李小猫打招呼就走了。李小猫拿起桌子上的一颗球,谁都没有想到他照准对方后脑勺用劲打过去,旁边响起一片惊呼声。走在前边的人不知道发生了什么事,扭过头来看,台球擦着他耳朵打过去,把一只耳朵打坏了。李小猫没事似的,冲藏獒喊了一声,藏獒跑出去,把球叼了回来,放在李小猫脚边,舔了舔嘴唇上沾的血迹。李小猫掏出卫生纸,把球擦干净摆到桌子上。旁边的人看得心惊肉跳,想假如那颗球打到人脑袋上,可能就把人打死了。

谁也没有想到李小猫的脾气这么暴躁,办事不计后果。从那以后,再没有人赖过李小猫的台球钱。

后来,李小猫不断添置台球案子,一直把电影院前面的空位置摆满,人们赌球也从一元变成十元、一百元,据说最多的时候,输一颗球一千元。

李小猫挣了钱之后,特别喜欢请人吃饭。他请的人五花八门,有我们同学,也有社会上的混混,还有镇上各个公家单位的人。他请客的时候,反复描绘他的伟大理想,修一条从我们这儿到北京的铁路,让所有没钱的人都免费坐车。第一次听他说这话的人,和我们一样,以为他开玩笑。但是听的次数多了,觉得他可能是真的这样想。

当李小猫把整个旧电影院买下来,开了镇上第一家游戏机房、卡拉OK、舞厅之后,他的钱哗哗赚回来,简直比他爸爸收粮挣钱多了。

李小猫家搬了新家,离我们家很近。那个大院基本上成了李小猫爸爸的一个大仓库,每天晚上,李小猫的奶奶独自一人守着一大堆粮食。

这个时候,村里的人们猜测,当年李小猫的奶奶住到树上,是因为离开家没有住处。现在李小猫家有新家了,他奶奶也可以下来住了。可是出乎人们的意料,李小猫的奶奶并没有搬回自己原来住的家或者李小猫家的新家,还是一个人住在树上。

很快冬天来了,也进入了收粮的旺季。许多人来我们大院卖粮食,看到李小猫的奶奶都会用奇怪的眼神看她几眼。她在树上住了多年,人们都已经习以为常,很多人觉得她会死在树上,现在却觉得她不应该再在树上住了。有的人甚至悄悄趴在她肩上,掬耳朵说:"你应该回到屋子里住,住在树上多冷呀,再说上下也不方便。"这个时候,李小猫的奶奶会漫不经心地说:"住了十多年习惯了,我这腿脚还行。"

这年冬天,特别寒冷,河边的桥洞里已经冻死了两个外地来的疯子。每天晚上,风吹着电线发出凄厉的声音,像剥人的皮。一截一截的树枝被风吹断,掉在地上像一条条冻僵的蛇。人们去大院卖东西的时候,经常看见粮食堆上掉着一截截枯树枝。人们对李小猫的爸爸说:"你劝你妈下来吧,住在树上不安全。"李小猫的爸爸说:"人老了和孩子一样,喜欢耍性子,她不下来谁也没办法。"

李小猫继续描述着他的理想,他说他的钱已经够买我们镇上到县城这段铁路的枕木了,他已经给铁道部打报告了。李小猫说这话时候,眼睛里闪着狂热的光,一些人开始相信他真的会建起一条从我们镇到北京的铁路。

有人听完这话说:"李小猫,你奶奶住树上快冻死了,她最亲你,你劝你奶奶下来吧!她肯定听你的话。"

李小猫一听这话就火了,反问:"用你管?我劝过,她不下来。"

人们不知道是李小猫的奶奶固执,还是李小猫家里其他人有问题。

一天,张木头拉着一车粮食卖了之后,对李小猫的爸爸说:"我家要盖房子了,准备用那棵树做一根柁,还可以做些椽和檩。你让你娘下来吧,过几天我找人来砍树。"

李小猫的爸爸当场就愣在那里,然后大口大口地抽烟。

第二天,听说李小猫的爸爸去了张木头家,商量把这棵老榆树买下。张木头不同意,当初买这棵树的时候,就是为了以后盖房子用,又长了这么多年,要盖房子了,怎么能把它卖掉?

李小猫的爸爸说:"你要是不想卖,你让我娘再住上几年,她已经年龄大了,习惯了住在树上,搬下来恐怕不合适。你盖房缺钱,我借给你。"

这件事情商量完之后不久,下了一场大雪。李小猫的奶奶下树的时候,滑了一下,把腿摔断了。李小猫奶奶住院的时候,张木头又来找李小猫的爸爸,说:"老人因为住树上已经摔断腿了,再住树上恐怕不合适。"李小猫的爸爸说:"摔断腿不要你负责,就再让她住几年吧。"张木头觉得李小猫的爸爸话里有话,他不知道李小猫的奶奶住在他的树上,摔断腿和他有没有关系,但他想到李小猫那火爆的脾气,恐怕和他们家讲不清道理,他便不再提这件事了。想她出院之后,大概不会再到树上住了,那时自己再砍树吧。

李小猫的奶奶出了院,张木头买了十几颗鸡蛋和两个罐头去大院里看她。李小猫家里的人在树边搭了个架子,把李小猫的奶奶固定在一块床板上,往树上吊。张木头看到这一幕,一下想起自己爹爹下葬的时候,打墓的人抬着棺材缓缓往下吊的情景,他觉得这不是把老人往树上弄,而是往墓里填。

他忍不住地说:"摔断腿出了院需要静养吧,弄树上怎么办?"

李小猫大着嗓门说:"哪有买了树还长在别人家院子的道理?"

张木头忍了忍,没有再对他们说什么,但他在四处卖菜的时候和不同的人说这件事。他说那是他的树,他什么时候想砍就什么时候砍,谁能拦得住?

村里许多人在议论这件事,觉得李小猫家让老人住在树上,是讲迷信,他们这样对待老人太过分了。

那年冬天,人们一次也没有见过李小猫的奶奶。去大院里卖粮的时候,有时看到李小猫的妈妈拿着东西上树。她也五十多岁了,长得又胖,手里拿着东西,还得扶梯子,动作格外小心。她后边的衣服常常翘了起来,露出一截青白的脊背,像一只巨大的青菜虫子在梯子上蠕动。当她消失在那个树巢里的时候,好像虫子回了自己的洞。有时她也拿一些东西下来,两只手还是忙,屁股朝后撅着,一只脚战战兢兢地碰到一个梯子档,另一只脚才又下来,让人看了非常为她担心。

春天又来了的时候,李小猫的奶奶开始出现了。她没有像人们想象的那样拄着拐杖。她只是完全变成一个老人了,一冬天头发全白了。动作也没有了以前的利索劲,走起路来一只脚抬不起来,老拖着地,发出剌啦的刺耳声音。

她在街上走过的时候,发出一连串剌啦的声音,让人看了有些心酸。更让人吃惊的是,她有时候认不清人,看着一个熟人张三,能认成李四。人们都说李小猫的奶奶活不了多久了。

张木头听到人们这样议论,就叹口气说:"我就让她再住几天吧。儿子挣了钱怎样?孙子挣了钱怎样?还想修一条铁路呢!修天安门去吧!连自己家老人都不管!"

张木头尽管嘴上这么说,但是他心里不甘心。有一次他见了李小猫的奶奶说:"你住的那棵树我要做柁,你行走不方便了,让你的孩子们把你弄下来吧?"

李小猫的奶奶好像没有听清或没有听懂张木头说的话。

张木头又重复了一遍。

李小猫的奶奶说:"我是一只候鸟,该走的时候走了,该回来的时候就回来了。"

张木头觉得李小猫的奶奶老糊涂了,他后悔自己和她说这件事情,朝地下吐了一口唾沫,用鞋底擦去。

李小猫奶奶上树时,越来越慢,经常贴在梯子上半天,才上去一步。有时早上下来溜达一圈,往上爬,到了中午,还没有爬上去。但是她非常倔强,像在和谁较劲,不让别人扶她。要是有人扶她,她就用劲挣扎,并哇啦乱叫,所以只好由她一人上下。慢慢地,李小猫的奶奶上下树的次数越来越少。下来就坐在我们大门口的石头墩子上晒太阳,一动不动,像一尊石雕,任由太阳在她脚脖子上慢慢升起,最后到了头顶,然后慢吞吞上树。

谁都觉得李小猫的奶奶快死了,甚至人们感觉到猫头鹰又要落到老榆树上了。

猫头鹰没有落下来,李小猫的奶奶也没有死。每年冬天,她都一副奄奄一息的样子,像要挺不过去了。可是,春天一来,她也像返青一样,慢慢恢复了生机和活力。快到夏天的时候,就像一个健康的老人了。

张木头等了一年又一年,孩子慢慢大了,需要房子。石头、砖头、木材、工钱一个劲涨价。

这些年,李小猫把电影院经营成了一个娱乐城,而且在公路边租了一些地,开了煤场,这是当时我们镇最能赚钱的买卖。他收下当地一些小煤窑挖的炭,卖往河北、山东。

这个时候,他还是经常请客,但很少请我们同学了。他请交警、运管等一些政府部门的人和一些看起来很凶狠的社会上的混子,人们说这是他的狗腿和打手。

一年春天,当李小猫的奶奶又没有死,又挺过来的时候,张木头忍不住了,他找了几个伐木工,来到我们院子里,指着高高的榆树说:"今天把它伐倒。"

几个伐木工眯着眼睛打量了一下大树,说:"上面还住着人,怎么伐呢?"

张木头说:"这是我的树,我想什么时候砍就什么时候砍。我不信咱们砍,她还不下来。出了事我负责。"

伐木工们点点头说:"好大一棵树,有几百年了,或者上千年了。"

张木头说:"我要用它做根柁,其余的材料还可以做椽和檩。"

"这么大一棵树,能出好多材。"

伐木工找好放树的方向,张木头解下树上的红布条,还烧了一沓黄表纸,朝树磕了三个响头。

这时,李小猫的打手来了。他们二话不说,见人就打,那些伐木工抱着头赶紧跑。张木头想争辩几句,被那些人拖到了煤场。

张木头的儿子去煤场找他爸爸时,看到了一个比刚从井下上来的煤矿工人还黑的人,除了眼白,全身没有一处白的地方,牙齿也是黑的。张木头的儿子看见爸爸变成了这样,马上吓得腿软了。

一个头头模样的人过来,扔给张木头的儿子一沓子钱,说:"回去洗胃去吧。以后不要打那棵树的主意了。"

173

张木头的儿子赶忙领着他爸爸去了医院。

据说张木头被带到煤场后,因为不同意把那棵树让给李小猫,被他手下的人灌了一肚子煤。

"请你去李小猫那儿吃煤",马上成了我们镇上一句非常流行的话。

我不知道李小猫怎么变成了这么凶狠的一个人,不由得想起以前他坐在树上读书,梦想考清华、北大的样子,那时他像一条清澈的小溪,现在变成了洪水。

不久之后,李小猫买下了我们院子里所有的旧房子,把它们统统拆掉,盖成一个个粮囤,上面刷上白色的涂料,院子中间那棵老榆树一下显得更加巍峨壮观,李小猫奶奶树上的房子也好像华贵起来。

"我要修一条从咱们镇上到北京的铁路。"李小猫说。

听说李小猫为了弄够资金,把自己赚的钱都投在了我们县里的煤矿、铁矿上面。

李小猫还是经常请客吃饭,但他请的人已经变成了县里的领导和银行的行长。每次当他回到我们镇上,从那辆黑色的小车上挤下胖滚滚的身体的时候,他那条同样发胖的藏獒摇着尾巴迎上前去。有时张木头挑着菜远远看见李小猫的车,竟然缩着身子、夹紧双腿,还一个劲发抖。镇里的人们路过我们变成粮仓的院子时,许多人都会不经意地抬起头,望望那个树上的房子,眼睛里满是羡慕和敬畏的目光。许多其他地方的人来到我们镇里,都会特意去我们院子里瞧瞧那棵大榆树,看看上面那个房子。李小猫的奶奶有时坐在树枝上喝茶,真不知道她什么时候养成了喝茶的习惯。她的样子悠闲自得,像一位老神仙。据说,李小猫派人把树上的房子装修得特别豪华,像一座宫殿,比村里其他人家盖在地上的屋子舒服多了,还装了空调、电视。没有人怀疑这个说法,因为李小猫完全有这个实力。

那几年,是矿业疯狂发展的几年。在我们县,无论走到哪里,人们谈论的都是铁矿、煤矿。不管是干什么的人,都希望和铁矿、煤矿扯上关系。我有一个朋友,存下一万吨矿粉,一个钢厂来拉矿粉的车路上堵车,迟到了一天,铁矿粉价格居然每吨上涨了十元,让他一下多赚了十万元。

李小猫先是在别人矿上入股,很快自己成立了一个铁矿公司。他请了许多地质专家为他找矿,很幸运地找到一个储量大、品位高的矿。李小猫开始了自己的神话故事,谁也不知道他到底赚了多少钱。他到处捐款,办慈善事业。他经常出现在各种电视节目和报纸头版上。他说要把钱取之于民,用之于民,要建一条通往北京的铁路,让那些坐不起车的人免费坐车,帮助政府解决春运难问题。他的这个想法很快得到媒体的响应,许多经济学家和记者们讨论这个问题,中国能不能建一条私人投资的铁路?还有许多媒体把李小猫的想法作为民营企业家转型发展的典型,引导更多的民营企业家投资公益事业。

我们镇上用他的钱修了学校,重新铺了镇上主要街道的马路,修复了村子东边的那座奶奶庙。镇上谁家的孩子考上大学交不起学费,谁家孩子不上学了想去李小猫矿上工作,谁家娶媳妇缺钱,诸如此类的事情,去找李小猫,都能解决。当然人们很难见上李小猫,但这些事情他的总管都帮着解决了。

　　张木头不卖菜了,给李小猫打工,专门看护那棵大榆树。李小猫送了他一套房子,帮他儿子娶了媳妇。现在张木头一个月挣一份相当于镇上科员干部的工资,工作轻松得让人羡慕。只是给那棵大榆树浇浇水,捉捉树皮上的臭大姐,李小猫奶奶不喜欢闻那种怪异的臭味。偶尔也给大树剪剪枝条,但这活儿他很少干,担心枝条掉下来砸着李小猫奶奶的屋子。剩下的大把时间,他坐在一把小椅子上,和李小猫的奶奶聊天,有时候靠着白色的粮囤晒太阳、丢盹。现在他很庆幸自己当初没有把那棵树砍了,要是一买下就砍回家,那他现在一定还挑着担子在街上卖菜。

　　有一天,听说李小猫真的要动工建从我们镇上到北京的铁路了,几乎镇上所有的人都跑去看了。奠基的地方在108国道和滹沱河中间的一块玉米地上。周围方圆十亩的玉米早早被清理了,那些没有被清理的玉米地,被人群踩出一条条小道,嫩绿的玉米秆被人们踩得汁水四溢,空气里到处都弥漫着玉米汁的奶腥气。

　　张木头不能去看这次热闹,他得在树下陪着李小猫的奶奶。他像往常一样端着一碗银耳燕窝粥放在树巢上的时候,李小猫的奶奶没有习惯性地把粥拿进去趁热喝下,而是一脚把它踹在树下,然后她撕心裂肺地喊:"滚,你这个监视我的奸细给我滚!"她边喊边将巢里的东西一样样扔出来,先是一只碗,然后是几件衣服,一台亮晶晶的收音机,后来听见砸碎电视的声音……张木头心里一愣,很快他感觉到老太太真的爆发了。他心里有些窃喜,想谁能在树上住这么长时间呢?这下老太太或许要搬到树下了,他可以伐自己的大树了。但马上又想,不能让老太太下来,她要是搬到树下,自己一月两千多元的工资也没有了。

张木头一边躲着树上掉下来的东西,一边喊:"李奶奶,您安静些,李总现在正准备修从我们这儿到北京的铁路,给大家造福哩。修好之后可以让李总带您到北京享福去。"李木头劝说了半天,不知道李小猫的奶奶累了,还是他的劝说生了效,树上安静了。张木头赶紧跑去向李小猫汇报。

李小猫仍旧忙自己奠基的事情,奠完基张罗着宴请宾客。

张木头回到树下,紧张地听树上的声音,上面传来像小孩子委屈了以后哇哇的哭声。张木头不敢上去,又不知道该怎么办,围着树转圈子。好不容易等到半下午的时候,李小猫领着一群人醉醺醺地回来了。他塞给张木头一个红包,踩着颤悠悠的梯子爬上树巢。里面很快传来争吵声,然后又是摔东西的声音。树下的人们大气也不敢出。过了半晌,李小猫铁青着脸下来了,他吩咐张木头和几个人上去收拾一下。

张木头进了这座豪华的宫殿,不知道自己该往哪儿下脚,只好脱了鞋,小心翼翼地绕着角落走,但是踩在厚厚的地毯上,感觉像踩在云絮上,其他几个人也是满脸惊诧。他们把碎电视抱下来,把屋子里乱七八糟的东西整理好,又同时惊呆了眼。

李小猫派人把一台更大的液晶显示屏电视搬上去,还带上去一台笔记本电脑,以及许多生活日用品。

张木头回到树下的时候,坐在自己那把椅子上,还在回味树上的情景。他想不到李小猫能把树上收拾成这样,他觉得自己一辈子也住不进这样豪华的屋子。他在感叹之余,庆幸自己找到了这么一份活儿,可以看看这样豪华的住宅。

接下来的几天,李小猫的奶奶不吵也不闹了,但是整天一句话也不说,安静得让人害怕。张木头不知道会发生什么事,更加提心吊胆。

他送上去的饭没有拿进去。张木头喊:"李奶奶,饭凉了!"

树上没有任何声音。

张木头又喊了几声,树上还是没有声音。

张木头打开门,看见李奶奶直挺挺地躺在那豪华的床榻上,一动不动。他不敢进去,马上去向李小猫汇报。

大院里的粮囤闪着清冷的白光,因为不是收粮的季节,院子里空荡荡的,格外冷清。几只麻雀在地上寻找着遗漏下来的粮食,见了人也不飞走,只是跳跃几步。

突然,有条土褐色的蛇从树上滑下来,窜进墙上的一个洞中不见了。

李小猫的奶奶死了。

李小猫带着人把他奶奶抬下树来,张木头收拾被褥、枕头等东西。在这豪华的屋子里,张木头闻到一股臭味。当他卷起褥子的时候,看见发黑的纸板上画着触目惊心的十八个道道,最上面的那几条因为年代已久,色泽变得有些发黑,最下面的两道红得耀眼。最让人吃惊的是最下面的那道上面打着一个鲜红的八叉,像古时处决犯人的令牌。张木头把纸板拿出来,悄悄塞到衣服里面。他想起老人前些天莫名其妙的爆发,又把纸板拿出来看看。然后他想起当年李小猫对他说过的话:"我奶奶为了我们住到了树上,但是只要住上十八年就可以下来了。"张木头掐着手指算了一下,李小猫的奶奶住在树上已经超过十八年了。十八年,多么漫长啊。张木头不由得打了一个寒战,他看见一只黑色的鸟落到了树上。

李小猫奶奶的丧事举办得十分体面和隆重,五颜六色的花圈从大院里一直沿着镇上的街道摆到我们邻村。每一个去吊唁的人都会得到一盒中华烟和一瓶茅台酒,还有一张奖券。现场刮奖,一等奖是一辆帕萨特轿车,最末的七等奖是电动自行车,中奖率据说是80%。李小猫请来了中央台的一位电视节目主持人为他奶奶主持丧礼,还请来了一些获过梅花奖、杏花奖的北路梆子演员和上过《星光大道》的民间歌手来表演节目。所有来看戏、听歌的人到了吃饭时间都可以免费吃饭。

那场丧事整整办了十天,第九天他把奶奶埋掉之后,又延续了一天,答谢来宾。那十天,是我们镇上最热闹的十天,每天人山人海,许多外地的人听到这事,也赶了过来,专门看戏、吃饭。镇里为了安全,不得不让警察来维持秩序。后来几天,警察不够用了,把镇里的预备役士兵都用上了。

　　李小猫奶奶的丧事办完之后,我们镇上感觉一下冷清多了。乱七八糟的人们给我们留下了一堆一堆数不清的垃圾。李小猫出钱,让那些帮助维持秩序的预备役士兵帮着处理垃圾。一个连的人,干了十来天。

　　张木头又开始挑着担子卖菜,那棵树他还不能砍,因为李小猫不让。当他路过我们大院的时候,总会情不自禁地朝里面望一下,榆树郁郁葱葱,上面那座宫殿一样的房子被大树的枝叶完全遮住了。

　　铁路始终没有开工,那块奠基的玉米地慢慢长满了杂草。

黑色伞

清晨,蔚仙儿在睡梦中被雨声惊醒,接下来穿衣、洗漱、吃饭时,她一直心不在焉,心里在紧张地祈祷,盼雨突然停下来。一切妥当之后,老天那张阴郁的脸还在紧绷着,雨似乎越来越大。蔚仙儿叹口气,拿起蛇皮袋子,把底部的一个角折进去,披在身上冲进雨里。院子里的秋一打着把伞,也正好出门,那张开的伞面像观音菩萨膝下盛开的莲花。蔚仙儿不顾秋一和她打招呼,大步跨进泥水里,灰色的蛇皮袋子下摆在她身后飘起来。同时在雨中行走的还有许多蛇皮袋子,间或有几把伞或几顶破草帽,他们都没有蔚仙儿跑得快。

其实,只要晚上有雨,蔚仙儿就睡不踏实。蛇皮袋子会钻进她梦里,像蛇一样让她惊恐不安。蔚仙儿渴望有一把伞,哪怕比秋一那把小点、旧点也好,但是她知道自己不能和妈妈说。

黄昏时的雨，一旦下起来，比早晨的更大。闪电夹着雷鸣，震得学校大槐树上的铜钟嗡嗡响，树枝、树叶子箭一样落在积满水的校园里，像战后的沙场。放学之后，通常是快乐的时刻，现在却像到了世界末日。雨可能已经停了，天却依然昏黄，地上也到处都是昏黄的水，分不清哪里是哪里。沿着屋檐下垫着的砖头，蔚仙儿和同学们一起出了校门，那条青石板马路已变成一条河，河水打着旋涡湍急地流向未知的地方，上面漂着柴草、树叶、烂西瓜和破纸片。许多家长把裤腿卷在大腿根，招呼自己的孩子。蔚仙儿朝远处望去，她希望爸爸突然出现在自己的视野里。同学们爬上家长的背，或者被家长的大手牵着，在昏黄的天地、昏黄的水流中回家。蔚仙儿向人群中扫一眼，再扫一眼，没有父亲的影子。她咬咬牙，脱下塑料凉鞋拎在手里，挽起裤腿踏进冰凉的水中。她总是担心地下有一个大洞，会把她突然吸进去，每一步都走得小心翼翼。她还担心迷路，这昏黄的世界让她搞不清方向，她甚至觉得那些走在身边的大人已经迷了路，所以她不断地停下来判断方向，但怎样也搞不清到底该朝哪里走，只好随着住在一个院里的大人们往前走。直到回家之后，蔚仙儿还觉得自己走在那昏黄的没有尽头的世界中。

　　蔚仙儿在镇上见到修伞人时，是雨季来临之前的五月份的一个星期天。这个人孤零零的，又黑又瘦，眉骨突起，眼睛凹进去，一下子吸引住了她。她从来没有见过长成这个样子的人，更奇怪的是他像一颗钉子，钉在井房前那片永远湿漉漉的泥地上，皱着眉头问:"水怎么能这么浪费呢?"

蔚仙儿看到那两根黝黑的铁管中喷着白色的水龙,在水槽里迸裂成碎片,然后流入旁边的水渠里面。她知道这水管中原来插着两个玉米棒,谁要用水,拔下玉米棒,用完之后,再把玉米棒插进去。现在上一个用水的人可能为了方便,或许是忘了,拔下玉米棒没有把它再插进去。可是,为什么非要把玉米棒插进去呢?水管里流的是水,渠里流的也是水,村东的河里,附近的几个水库里,到处都是水。每年夏天都有游泳的小孩淹死在河里、水库里。蔚仙儿记忆中出现了那黄黑的庞大的雨柱。水根本永远也不可能用完。

但本来打算把手伸到水管下面,掬一捧来解渴的蔚仙儿迟疑了。

这时秋一的爸爸担着两只桶晃晃悠悠地过来。他问蔚仙儿:"看到秋一了吗?"

蔚仙儿摇了摇头,一颗汗珠从额头甩到地上。

秋一的爸爸似乎没有注意到这个陌生的南方人,他把桶放到水管下面,接满之后,晃晃悠悠挑着要走。

"你怎么用了水不把水管堵上呢?"南方人皱着眉,奇怪地问。

秋一的爸爸从来没有想过这个问题,他脖子梗了一下,用带着嘲讽的口气问:"为什么要堵上呢?这不更方便?"

"水,水不能白白浪费。"

秋一的爸爸呵呵大笑起来，他说："我们这儿有的是水！"然后轻蔑地瞟了这个置疑他的人一眼，挑着水桶走了。

蔚仙儿忽然为南方人难过，她想告诉这个人她们这儿不缺水，人们都是这样的，可她没有说。她看见这个眼睛凹进去的人从水槽沿上拿起一个玉米棒，比画了一下，麻利地塞进一根管子，一边的水堵住了，可是他怎样也找不到另一根。蔚仙儿望着那根还在淌水的铁管，知道另一根玉米棒一定是掉进水槽，被冲到渠里去了。她跑到井房后面，从一堆玉米棒里面挑了一根颜色最鲜红的，塞进另一个管子里面。水堵住了，蔚仙儿才觉得渴，她本来是来喝水的。

"小妹妹，谢谢你。"南方人咬着舌头说。

蔚仙儿吓了一跳，南方人的礼貌让她吃惊，她周围好像没人这样说话。而且刚才南方人说话时，她没有注意到他的声音是如此怪异。他一说话露出两排白牙，看起来非常干净，身上也没有她常能闻到的那种汗臭味，不像他们镇上的男人，一张口总是露出发黄或发黑的牙齿，身上还有一股怪味儿。

这个干净又礼貌的南方人给她留下了好印象，她感觉他说得应该有道理。

她伸出一只脚尖，搓了搓前面的一块泥巴，问："你来这儿干什么？"

"修伞，收伞，你们家有伞吗？"南方人手里举着一个黑匣子朝她扬了扬。

黑匣子里面传出一个女人唱歌的声音。

蔚仙儿的脸唰一下红了,她拔腿就跑,被一块什么东西绊倒,感觉有一双手把她扶起来,额角热辣辣的。南方人在后面喊:"你碰破头了!"蔚仙儿没有听见,她双手捂着额角,看见整个世界变成红色的,大步往家里跑去。

妈妈帮蔚仙儿把额头洗干净,烧了一块棉花,用黑色的灰烬按在伤口上面。

蔚仙儿听见外面喊:"修伞哩!有伞修吗?"那古怪的口音让她有些莫名地惊慌。她无望地在家里的橱子里乱翻。妈妈问:"你找啥?"仙儿说:"不找啥。"她明明知道家里没有伞,但还在翻。

随着那古怪的声音渐渐远去,蔚仙儿居然在一个满是尘土的柜子里找到一顶草帽。它的颜色看起来非常奇怪,既黑又白,帽顶下面一圈开了个口子,帽檐上有几个豁口。蔚仙儿举着它问妈妈:"这是啥?""呀,好几年前就找不到了,你怎样发现的?"蔚仙儿拿着草帽和一把刷子跑向井房。

蔚仙儿站在井房前,不知道刚才是什么绊倒了她,什么碰破了她的额角。南方人堵住的水管不知道被谁又拔开了,水从铁管里哗哗往外流着,那两条白色的水柱像翻着的两只白眼嘲笑南方人刚才的多此一举。蔚仙儿拿起玉米棒,把那两根可恶的管子堵住。她顺着水槽走到渠边,认真刷起草帽来。慢慢地,草帽黑色的污垢没有了,露出已经发白的麦秆。蔚仙儿沮丧地望着帽顶下的那道大口子,耳边又出现"修伞哩!有伞修吗"的吆喝声。她收起草帽,走到路上,没有南方人那又黑又瘦的影子,但水管上的塞子又被人拔开了,玉米棒不知道被扔到哪里了。蔚仙儿叹口气,到井房后面去找玉米棒,她发现怎样也找不到刚才那种颜色那么鲜红的玉米棒了。蔚仙儿把水管堵住,回家找来一截粉笔头,在水管上边的井房砖壁上认真写下"用完水请把水管堵上"。她仔细端详了一下这行字,又在前面加了一句"珍惜水源",她觉得大概就是这意思,隐隐约约蔚仙儿感觉自己做了一件了不起的事情。

然后,蔚仙儿顺着水渠往南走,水哗哗往前淌着,蔚仙儿不知道这些水要流到哪里去。水里面不时能看到一群鱼,它们和水一起往前游去。水边有几个女人在洗衣服。走到水流出村子的地方时,蔚仙儿停住,转向一个大坡,大坡上倒满了垃圾。蔚仙儿围着这堆垃圾慢慢转着,她记得以前好像在垃圾堆上看到过一把破伞,她还把它拎起来看了看,那是一把灰色的伞,灰不溜丢的没有一点图案,而且伞骨七零八落没有几根完整的,伞面也大概只剩下三分之一,蔚仙儿当时没有在意它,现在希望能找到它,或者运气好点的话,能找到一把更好一些的。

蔚仙儿看到一只死猪,肚子发胀,仿佛要炸开,苍蝇围着它不停地乱转。她还看见老奶奶们穿的那种小鞋,三四寸大,她一脚踩上去就完全压住它,连个影子也看不见了。可是没有找到那把伞,就连她想过的,找一个伞柄、几根伞骨、一个破伞面,让南方人帮她把它们串一起,这种愿望也没法实现。黄昏时分,夕阳照得垃圾堆金灿灿的,可是没有一个物件和伞有关。蔚仙儿直起累得发麻的腰,看见大坡下面的水塘那儿站着一大群人。在蔚仙儿的记忆中,跟着妈妈去地里经常路过这个水塘,它里面长着芦苇,水色墨绿,似乎从来没有见谁对它有过兴趣。

蔚仙儿来到水塘前时,看见有两个人在里面捕鱼。他们把裤腿卷到大腿根,上身穿着印有×××连队红字的两股巾背心,蔚仙儿知道这是驻扎在镇上的部队里的兵。他们一个人手里拿着网,另一个人赤着拳头,拿网的人把网往水里一撒,另一个人就过去帮着收绳子,每次网里都会出现几条活蹦乱跳的鲤鱼、鲫鱼或泥鳅。两个人快乐地用一种她听不懂的话交流着,然后其中一个人跑上岸把鱼放到一个大水桶里。蔚仙儿低头看了一下,桶里不知道放进了多少鱼,鱼褐色的身子密密麻麻挤成一堆,而且他们把泥鳅也收了进来。在蔚仙儿她们这儿,从来没有人吃泥鳅,只是因为它们耐死,小孩们才养着玩。蔚仙儿从来没有想过这个水塘里有这么多鱼,村里那些大人大概也没有想到,士兵们用的抓网蔚仙儿也从来没有见过。每次他们一抓起鱼,岸上就会传来一阵惊叹声。蔚仙儿听着他们的话,朦朦胧胧觉得和那个修伞的人有些关系,她拿不准他们到底是不是一个地方的人,但蔚仙儿感觉他们神奇极了。

一直等到天黑,两个人才收了网,抬着满满一桶鱼朝营房走去。他们一走,围在旁边的那些村里的人马上行动起来,他们回家取了铁锹、锄头,在水塘通向东河的一面挖了一条小渠,然后在水塘边开了一道口子,还有一个人用一只旧纱窗堵在那个口子上。

蔚仙儿踏着月光沿着水渠往回走,还没有走到井房的时候,就听见了水流冲击在水槽里的声音,走到跟前,她看到自己写在井房上的几个字在月光下白得好像要飘走似的。蔚仙儿拿起玉米棒子塞进水管里,然后四处寻找,找到一块砖头,她拿起砖头像钉钉子那样一下一下把玉米棒子往水管里面敲。听到有人过来的声音,蔚仙儿就藏到井房后面,人过去了,她继续把玉米棒子往里敲。不一会儿,两根玉米棒子都被敲进水管,白色的底部嵌在黑色的铁管里闪着柔和的光。蔚仙儿笑笑,仿佛听见井房像吃饱的人打着满意的嗝。

第二天早上,蔚仙儿看见秋一的爸爸担着两只空桶回来了,一进院子他就朝家里喊:"不知道哪个货把水管给堵住了。"蔚仙儿低头朝学校走去。

下午放学之后,蔚仙儿背着书包朝水塘走去,路过大坡上的垃圾堆时,她扫了一眼,那只死猪不见了,但一股动物尸体腐烂的臭味却往她鼻子里钻,她屏住呼吸,快步往前走。

一天一夜,满满一塘的水降下去许多,塘壁上露出许多黄色的泥泡,许多人卷起裤腿在塘里摸鱼,芦苇被踩成一片横躺在泛起黑色泥浆的水里,岸上乱七八糟摆着各种各样的鞋和水桶、脸盆。蔚仙儿望着这些撅着腚的人,吸吸鼻子,淤泥的怪味儿和鱼的腥味儿冲进她鼻子,她叹口气,沿着那条通向东河的小渠往前走去,走了一截路,看见小渠湿漉漉的,但里面没有水了。然后她转了一个大圈子从东河绕到井房,她昨天晚上塞进水管的两根玉米棒子已经被弄出来了,虚虚地塞着,细小的水滴从塞子和水管的缝隙里流出来。蔚仙儿轻轻地舒一口气,朝家里走去。

连续几天,蔚仙儿在电影院门口、水渠旁、校门口见到修伞的南方人,有时村里人围着他,他在摆弄伞,那个黑匣子放在他旁边,里面不同的人一会儿在唱歌,一会儿在唱戏;有时只有他一个人,他眯着眼睛靠着电线杆子,目光总是望着前方。蔚仙儿顺着他的目光往前望去,除了一排屋脊什么也望不到。这个时候,黑匣子里总是传出南方人那种怪腔调,好像许多人在说话,蔚仙儿听不懂。有一次,没人的时候她走过去,南方人似乎认出了她,把黑匣子上面的一个按钮按了一下。蔚仙儿问:"伞好修吗?"南方人点点头,望着她微笑。蔚仙儿的脸红了,她说:"我们这儿修伞的人多吗?"南方人摇摇头说:"不多。"蔚仙儿没话了,望着那个小小的黑匣子,奇怪里面怎么能有那么多人说话。南方人忽然按下一个按钮,蔚仙儿听见里面传来自己的声音:伞好修吗?我们这儿修伞的人多吗?蔚仙儿吓了一跳。她感觉自己的声音从那个黑匣子里传出来非常土,而且也有些古怪。怎么会这样呢?这是录音机,你说话它就可以录下来。蔚仙儿脑海中忽然出现几年前爸爸说话的声音,她问:"我爸爸的声音可以录下来吗?"南方人说:"只要他过来。"蔚仙儿摇了摇头,眼泪几乎要掉下来。

那天晚上,蔚仙儿脑海中不断出现熟悉的爸爸说话的声音,她几次觉得爸爸就在身边,可是一睁眼,房间里黑乎乎的,只有妈妈在轻微地打呼噜。

第二天上学路上,蔚仙儿希望听到那怪腔怪调的"修伞哩!有伞修吗"的南方口音,可是那个人像失踪了似的从那天起再没有出现。蔚仙儿问自己的同学,他们都见过这个人,可是谁也不知道他现在到哪里去了。

蔚仙儿开始学着南方人,靠在电线杆子上向远方望去。开始她只能望到一排排的屋脊,慢慢地她的目光能穿过屋脊,望到非常远的地方,有时候望到南方人孤独的背影,有时候望到一群羊,有一次望到爸爸在一艘轮船上向自己招手。她大喊:"爸爸!"爸爸消失了,轮船消失了。从那之后,蔚仙儿看到什么再也不敢大喊了,她知道有些东西只能自己安静地看。

蔚仙儿经常站在军营门口,希望碰到那两个说着她听不出口音的南方人,但在军营门口她遇到的士兵总是说着电视上的那种普通话,而且她分不清这些穿着一样衣服的人哪两个是上次捕鱼的人。

没事的时候,她开始喜欢去井房前转转,每次她看到水管没有堵上,就去把它们堵上。

转眼间,进入六月,雨多了起来。在蔚仙儿的记忆中,半夜的雨,尤其是凌晨下起的雨,基本不会在早上停。为了摆脱那该死的蛇皮袋子,许多个早晨,蔚仙儿提前起床,早饭也不吃,一头扎进漫天的雨水中。到了空荡荡的教室,只有她孤零零一个人。她把上衣脱下来,拧干水,再穿回去。裤子只能把裤脚狠狠拧一把。然后把身子缩成一团,用体温慢慢烘干那湿漉漉的衣服。在这漫长而又寂静的早晨,蔚仙儿盯着外边灰暗的天空,看着雨水穿透浓绿的大槐树枝叶,把自己想象成一个火炉,迎接新的一天的开始。慢慢地那些打伞、戴草帽的同学来了,更多的是顶着蛇皮袋子的同学,蔚仙儿看着他们把丑陋的蛇皮袋子摘下来挂在门口漆着绿漆的钉子上面,她骄傲地挺挺微微鼓起来的胸脯,发现衣服好像已经快干了。

暑假的时候,蔚仙儿看见那个水塘降下去的水面又高了起来,水好像比以前清澈了一些,水面的芦苇上有时还落着几只叫不出名字的小鸟。她经常围着村子一个人去更远的地方瞎转,到快开学的时候,居然找到了一把破伞,颜色是黑的,伞骨掉得没剩下几根,伞面有几个大洞,撑开它的时候,能看到头顶炽热的太阳和一朵朵白云。蔚仙儿踩着凳子,把这把伞放在家里那个油漆剥落、满是煤灰、油污的柜子顶上,上面还盖了一张报纸。

蔚仙儿听到南方口音的说话声,就跑出去看。她见过钉鞋的、理发的,也见过穿着军装的士兵,但再没有见过修伞的。她想到了明年五月,或许就可以看到那个修伞的人,就像每年到了五月杏子成熟一样。她要让他把伞修得完完整整的,她想象自己打着伞和秋——一起上学的样子。她甚至觉得自己有了一把好伞的时候,爸爸会突然出现。

蔚仙儿在心里产生一种奇怪的想法,她觉得井房里那些水和她有一种神秘的关系,水越多,她见到修伞人的机会越多。蔚仙儿着了魔似的,每天一放学,首先去井房前看看,只要看到水在白花花往外流淌,她就感觉自己的机会在流失,赶紧把水管堵上。然后到了晚上,不管水管有没有堵上,她都要用砖头、石头一点一点把玉米棒子钉进水管里,直到它只剩下那白色的底部。第二天早上,只要一听到秋一爸爸或者其他什么人担着空桶的咒骂声,她就会产生一种莫名的快感。

镇上出现这个堵水管的人之后,担水的人感觉到了极大的不便,但他们谁也没去想为什么有人会把水管这样堵上。他们一看到水管被堵,就咒骂,然后责怪看水房的冯老头不负责任。冯老头被责骂多次之后,终于忍受不住,连续几天躲在井房对面的一条巷子里,发誓要把这个堵水管的人抓住。

一天,蔚仙儿又来到井房前,打量四周没人,堵水管的时候,现场被冯老头抓住。

冯老头翻着白眼,含糊不清地骂了蔚仙儿几句,踢她一脚,揪着她的耳朵去找她妈算账。那一刻,蔚仙儿没有感觉疼,也没有感觉恐惧,她看见月光下她写在井房上的那一行字已经变得模糊不清,她感觉有些惋惜,觉得应该把它重新描一遍。

蔚仙儿的妈妈正在家里缝一个鸡毛掸子,听见冯老头说这些天在井房搞破坏的人是蔚仙儿,她抽起掸子朝蔚仙儿背上抽去。蔚仙儿看见无数红色的、金色的、白色的、绿色的鸡毛从掸子上飞出来,在空中轻飘飘落下,她轻轻叹口气,感觉妈妈半天时间又白辛苦了,不由得挺了挺脊背。妈妈疯了似的边哭边骂着抽打蔚仙儿:"你这个不争气的家伙,再敢不敢了?"蔚仙儿的目光越过地上那些五彩斑斓的羽毛,看见院里那棵高大的枣树冠盖如伞,看见天上有一朵蘑菇一样的云,她忽然扭转身子,一根一根地捡地上的羽毛。冯老头生气地喊:"找你们老师去!"他气冲冲地走了。妈妈一把扔下掸子,掀起蔚仙儿的衣服,抚摸着她背上一条一条的伤痕,哭着问:"你为什么不跑呢?"蔚仙儿的眼泪终于流出来,像水管里那两股白花花的水。

学校里郑重其事开了一次大会,惩罚犯有打架、偷东西、搞对象、破坏公物等过错的学生。开大会之前,老师找蔚仙儿谈话,她说蔚仙儿想让大家爱惜水没有错,但不该把玉米棒子钉进水管里,给大家用水造成困难。好意成了搞破坏,而且还不止一次地这样做,影响就更加恶劣,她努力和学校争取过,学校做了让步。

开大会那天,开始天气很晴朗。学校宣读关于这些学生的惩罚决定时,蔚仙儿站在台子上,强烈的阳光照在她身上,她感觉一阵眩晕。念到她的名字时,她不像其他犯了错误的同学低下头表示认错,而是昂着脑袋望着南方,仿佛那儿有救苦救难的观世音菩萨。校长为此在她名字那儿重重用了点劲,而且有意停顿了一下。蔚仙儿听见不念了,以为说完了,就要走下台去,一迈步惹得台下的同学一阵大笑,一下把严肃的会场搞得轻松起来。

大会快结束的时候,天忽然阴了,大风夹带着雨来临前泥土的腥味儿。校长快速总结了几句,雨点就落了下来。同学们遮头盖脸,急匆匆往教室里跑去。蔚仙儿却感觉这场雨是老天爷特意为她下的,她不急不慢地迈着步子朝教室走去,回到教室全身都湿透了,但她没有感觉一丝冷。外面电闪雷鸣,大风吹得槐树上的大钟当当乱响,蔚仙儿盼望雨下得再大些。

放学之后,雨停了,街上一片汪洋。蔚仙儿没有像以前那样把鞋提在手里,小心翼翼地跟在大人后面走,她直接就迈进那汪洋中,大步往前走。她不怕地下有大洞了,也感觉自己不会再迷路了。她的鞋里灌满水,每走一步发出扑哧的响声,蔚仙儿感觉挺带劲。甚至当一只西瓜漂到她跟前的时候,她一弯腰把它捞在怀里。

从那之后,下雨时蔚仙儿再没有披过蛇皮袋子。遇到下雨,不管大小,不管要上学还是放学,她大步冲进雨里面,任由雨水落在她的头上、身上,她不去找屋檐、大树这类地方躲避,也不等雨停,或者像以前那样提前到学校,她像一只刻意在雨中飞翔的麻雀,努力往前飞。

不久之后,蔚仙儿她们班发生了一件怪事。一天早上,学生们去了教室,发现自己放在教室里的圆珠笔的油珠都被削掉了。这件事情引得老师勃然大怒,同学们也议论纷纷,不知道是谁干的这样的缺德事。老师整整一天时间,什么课也没上,专门查这件事情,查到放学时,还没有结果。许多学生开始焦虑不安。老师说,犯错误的同学只要主动承认错误,保证不再追究,可是没一个人站出来。

最后,老师使出了撒手锏。她说:"我相信同学们的眼睛是雪亮的,既然犯错误的同学不愿意主动承认,那咱们投票吧。"

学生们把自己认为最有可能的同学名字写到纸条上,交到讲台上的一个空粉笔盒里。

老师一个一个念纸条上的名字,除了一张纸条空白,有四五个纸条上写着其他班级一个非常爱捣蛋的学生,还有一张上面写着班里一个男生的名字,其余的纸条上都写着蔚仙儿的名字。

蔚仙儿的脸变得苍白,老师还没有念完,她用哭腔大喊:"不是我!"

老师示意她安静,继续念下去。

念完纸条,老师让其他同学放学,蔚仙儿到她办公室。

……

从那之后,蔚仙儿变得沉默寡言。下课和活动时间,她不找其他同学玩,独自一人靠在大槐树下,默默地向远方凝望。

慢慢地,大坡下的那口水塘里面的水又变得墨绿,芦苇长出白花花的穗子,一群男孩弯着腰掰下临近路边的芦棒玩。那两个士兵捕鱼的情景蔚仙儿再也没有见过,许多人放干水塘的水捞鱼的场面蔚仙儿也再没有见过,一切好像没有发生过似的不真实。

　　蔚仙儿看到水房前的水管里淌水,不像以前那样直接过去堵上,她坐在水房前一直盯着这两根水管,仿佛她的眼里有魔力,能让流淌的水停止。她在井房前坐一会儿,冯老头就过来了,他像做错了事情似的,低着头骂骂咧咧嘟囔几句,把水管堵好。有几次还不放心似的,用劲把玉米棒子往里转一转。有时冯老头还没有过来,有人来担水,他们看到蔚仙儿的目光,许多人马上解释不是他拔的,然后就把水管堵上,直到把水桶放在接水管下面,才明白自己过来干什么,再把玉米棒子拔开,用完之后赶紧再堵上。有时蔚仙儿遇到对她的目光满不在乎的人,她便一边用指甲使劲掐自己的手心,一边垂着头看着翻溅的水花,嘴里念念有词,像在施咒语。然后冯老头很快就出现了,他翻着白眼似乎在瞪对方,等用水的人把水接满,就马上把水管塞上,弄得那些人很没面子。

　　转眼间冬天到了,水塘结了冰,淘气的男孩子们一把火烧掉上面那些枯黄的芦苇,在留着黑色灰烬的冰面上滑冰车、抽陀螺。

　　井房的水管上结了厚厚的冰,人们担水时必须先用开水浇在水管上,把外面那层冻的冰化掉,才能有水流出来。再也看不到白花花的水随便往外流了,也看不到可怕的暴雨和积满水的街道了。偶尔下点雪,反而使这个平庸的小镇变得如童话般美丽。

蔚仙儿从柜顶上拿下那把破烂的伞，小心地拂去上面的灰尘。放了几个月，这把伞仿佛更破了，打开的时候，发出一种火烧芦苇的那种声音，像随时要碎掉。伞面上出现几个老鼠新啃的洞。蔚仙儿心疼地抚摸着它，想象着到了明年五月份，它更加破烂不堪的样子，她开始自己动手修理。原来的伞骨是竹子的，蔚仙儿找不到竹子，从垃圾堆上找到几根废弃的窗棂，把它们仔细地剖成细片。她把牛皮纸剪成大小不一的样子，补在破了的伞面上。整整一个冬天，蔚仙儿有空就修这把伞，可是她缺少一些零件，伞骨装不上去，而且牛皮纸在伞面上怎样也黏不牢，一打开伞，许多地方就崩掉了。她还试过尼龙袋子、油毡子，效果都不怎么好。

到了腊月二十三，家家户户都在清扫屋子，妈妈让蔚仙儿把这些烂东西收拾起来，帮家里干活儿，准备过年。蔚仙儿把这些东西又一起搁到柜顶上，她想象明年五月的时候。

到年三十那天下午，人们家里一切都收拾妥当了，院子里的孩子们一起兴奋地大叫着、雀跃着，等待天黑下来，安神、响炮、发旺火。大人们都停下手中的活儿，打扫干净院子，把积攒了一年的各种垃圾和积雪弄到手推车里，倒出去，干干净净准备迎接新的一年的到来。蔚仙儿和大人们一起去倒垃圾。因为要辞旧迎新，垃圾堆上倒满了人们清理出来的东西，比平时多了几倍。蔚仙儿的眼睛像手电筒一样，搜索着这堆冷冰冰的东西。水塘的冰面上有几个耐不住的小家伙在放鞭炮，蔚仙儿看见冰在跳舞。

　　大年初一的时候,守完夜的人们半上午起床,换上新衣服,去拜年和迎喜神。孩子们玩着昨天剩下的鞭炮。蔚仙儿穿着她的新衣服,拿着一个铁做的钩子,去大坡那儿的垃圾堆。沿路遍地是红色的爆竹碎纸屑,空气中似乎还弥漫着火药燃烧后的硝烟味儿。有几个乞丐,瘦得能看见凸起的骨头,相互搀扶着,唱着一种蔚仙儿隐隐约约听过的小曲,挨家挨户给人们拜年。蔚仙儿盯着他们看了一会儿,继续往前走。

　　隔了一天,垃圾堆上又堆起许多新鲜的玩意儿,蔚仙儿闻着新年清冽的空气,心里充满喜悦。她从西头开始,小心翼翼地刨垃圾堆里的东西。烂衣服、半块砖头、完全掉了底的箩、树枝、柴草……蔚仙儿小心地翻着这些东西。快到中午的时候,她抬起头来,额头上有一排细碎的汗珠。远处水塘的冰面泛着白光,几个男孩在划冰车,他们穿着崭新的衣服像刚换羽毛的小鸟。蔚仙儿没有找到一丁点儿和伞有关的东西,她有些沮丧,但看着前面还有那么多没有翻过的垃圾,又生出许多希望来。她咬咬牙,继续用劲刨了起来,隔一会儿伸伸发酸的腰。

　　不知道什么时候划冰车的几个小孩已经不见了,蔚仙儿想是不是该回家吃午饭了。

　　忽然,她看见坡下两米多远的地方露出一把斜向上的伞尖,像一把指向远方的指南针,顺着伞尖往下看,一角黑色的伞面闪着神秘的光泽。蔚仙儿的心怦地猛跳起来,她想象着这把伞和家里那把伞拼凑在一起的完美样子,快步朝那把伞跑去。猛地她感觉到脚像被马蜂叮了一样异样的疼,然后蔚仙儿看见一块木板和自己的鞋连在一起,一根生锈的铁钉穿过鞋底扎在她的脚上。她的眼泪大滴掉下来,她看见那把伞就在旁边,伞尖发着亮光,一伸手就可以够到。蔚仙儿把鞋带松了松,那根钉子像虫子一样往她脚里钻。她咬紧牙,闭住眼,把脚狠狠往起一拔,又一阵尖锐的疼痛,沿着小腿迅速往上爬。蔚仙儿倒在垃圾堆上大概两三秒钟,然后她爬到伞跟前,用劲刨起来。这果然是一把"好"伞,比她家里那把还好些,尤其是伞骨比较完整。蔚仙儿擦了擦脸上的汗水还有泪水,抱起脚来,看见鞋底有一个黑乎乎的洞。蔚仙儿把鞋脱了,脱鞋的时候又一阵疼,看见脚底的那个洞里还在往外流血。她从旁边找了几块纸,擦了擦血,又在鞋壳里垫上几张,然后一瘸一拐朝家里走去。

　　路上,蔚仙儿看见许多人家屋顶上的烟囱里冒着灰色、黑色的烟,然后先是听见有零星的鞭炮声响起,后来鞭炮声越来越密集,她仿佛看见爸爸坐在饭桌边,等她回家开饭。

张晓薇,我爱你

1

赵小海中午放学走到粮站门口时,卖猪肉的胖子卷起袖子正在割肉,他满脸的胡子上都是油,神气得像张飞。卤肉浓郁的香味像一发炮弹,突然击中赵小海。赵小海晕头转向地站在粮站前,他看见太阳像胖子光秃秃的脑袋。一只狗忽然叼起地上的一块骨头,向前窜去。赵小海拍打着屁股,使劲追那只狗。狗窜过大街,跑到人少的麻袋巷时,放下骨头,忽然冲着赵小海大叫起来。赵小海打个趔趄,刹住脚步。狗从容地叼起骨头,一路小跑不见了。

赵小海顺着麻袋巷从后院往家里走,路过张晓薇家的房子时,看见她家后墙上写着"张晓薇,我爱你"几个大字。张晓薇吐着香气,用细长的舌头叫赵小海的样子立即出现在他眼前。赵小海朝四周望了望,没有一个人。他捡起一块土坷垃,在那行字上面写下更大的几个字,"张晓薇,我爱你"。

　　下午到了学校,赵小海迎面碰上张晓薇,他想到自己写在墙壁上的字,微微有些脸红,头一扭,就要走过去。张晓薇喊了一声,小海,那种软软的香气扑了过来。张晓薇歪着头,眼睛亮闪闪的,一缕头发卷成小圈贴在白皙的脸颊上。赵小海的脸腾一下红了。张晓薇伸出一只白嫩细长的手,上面躺着一颗大白兔奶糖。她说,这是我爸从保定带回来的。小海伸出颤抖的手,捏了几次,才抓起那颗糖。抓糖的时候,他的指尖触了张晓薇手心一下,马上缩回来。他抓着大白兔奶糖,手里像真的抓住一只小兔子。张晓薇走进高年级教室。赵小海呆呆站了几分钟,想起刚才张晓薇吆喝自己时亲切的样子,感觉心里甜滋滋的。他把手中的奶糖小心剥开,牛奶的醇香扑进他的鼻子,他想张晓薇说话那么香,大概就是这种香味。他咬了一小口糖,那种奇异的香味一下袭击了他,他的身子颤抖起来。他把剩下的糖都塞进嘴里,眯着眼睛,仔细体味口齿间的那股醇香。一下午的课,他上得心不在焉,总在回味口中的异香。

　　下午一放学,赵小海第一个走出教室,冲出校门,拐进麻袋巷,跑到张晓薇家的房子那儿时,看见他上午写的那行字上面又多了两行字,第一行上面写着"张晓薇,贱货!",第二行写着"张晓薇,我×你!"。一股热血冲上赵小海的头脑,他伸出脚狠狠踢了一下墙壁,墙壁撞疼了他的脚,而且踢在"张晓薇"那几个字上,让他感觉对不起张晓薇。他忍住脚疼,爱惜地看着墙壁上的张晓薇,掏出作业本,撕下一张纸,用劲擦起来。他先把那行"张晓薇,贱货!"擦掉,本来打算再擦那行"张晓薇,我×你!",但心里突然产生一种奇怪的想法,停了下来,改擦最下面的一行小字的"张晓薇,我爱你"。这一行刚擦完,他忽然听见背后传来一阵嚷嚷声。他赶忙站起来,可是李建军他们几个家伙已经站在他背后。

赵小海说,不是我写的。

李建军说,我们明明看见你。

赵小海说,不是,我擦它们,他把藏在背后的手拿出来。

李建军一把夺过赵小海手中的纸,对着上面的字和墙上的"张晓薇,我爱你"比较,然后扬着手中的纸,对周围的几个家伙说,你们瞧瞧,这不是一模一样吗?

赵小海的头大了,嗡嗡直叫。他说,不是我。

李建军说,赵小海,你耍流氓。这么点儿大,就如此下流。

赵小海几乎要哭了。他喊,真的不是我。

李建军说,都抓住你了,还不承认。他一把抓向赵小海的档部,说,你这个生瓜蛋子,这么早就熟了。

其余几个人围上来,三下五除二脱了赵小海的裤子,抬起他的四肢上下左右大幅度晃动,边晃边喊,筛灰喽!

这个平常玩的游戏现在让赵小海感觉非常屈辱,他边使劲喊不是我,边疯了似的挣扎。李建军他们抓得紧紧的。赵小海的身子不停地飞向空中,又落到地上,一左一右,划出巨大的弧形,赵小海感觉自己像正在被处车裂的犯人。尤其是他的胸口,气得快要爆炸了。赵小海希望自己马上炸掉,自己的血肉像暗器一样杀死李建军和那几个下流鬼。奇怪的是,"张晓薇,我×你!",这一行不是他写的字却随着他身体的每一次大幅度摆动,不停冲击着他的脑海,他忽然想自己刚才不擦那几个字是不是因为自己想……他的脸唰一下红了,更加糟糕的是他的下边慢慢硬了起来。

硬了,起来了。还不是你?李建军他们几个喊,忽然把他扔到地上。

第二天,赵小海到了学校之后,感觉几乎每个同学都知道他写下流话了。他想向同学们解释,那句下流话不是他写的。可是没有一个人问他,大家只是盯着他笑。赵小海感觉无地自容。他后悔自己疯了,怎么就跟着别人在墙上写那样的话。写就写了,还去擦别人的,而且没有把最下流的擦掉。赵小海趴在桌子上,他怕别人提张晓薇,他又希望别人提到张晓薇,他想只要一有人提到张晓薇,他就上去解释。这个上午,让赵小海感觉非常漫长。阳光从窗户一格一格照进来,从一个同学身上照到另一个同学身上,像给他们轮流照相。照到赵小海身上时,没有让他感觉到往常的温暖,他像一条怕光的虫子一样把自己缩成一团。

他想张晓薇对自己那样好,自己却让她被别人嘲笑,他恨自己,更恨那个写下流话的家伙。他想张晓薇可能再也不理他了,这也活该。他把昨天吃完糖的那张大白兔糖纸拿出来,经过一天时间,糖纸在书里已经夹得平平展展,凑上去,还能清晰地闻到大白兔奶糖的香味,好像张晓薇又在吐着香气和他说话。

中午放学铃声一响,赵小海第一个冲出教室,他想赶到那面墙壁前,把墙上的话都擦掉。在校门口,他碰见了李建军和张晓薇,李建军说了一句什么话,张晓薇扑过去,伸出拳头去打他,李建军一闪,抓住张晓薇的拳头。赵小海呼吸有些急促,他没有想到李建军在校门口就敢抓张晓薇的拳头。他想抓起一块石头,把李建军的那只狗爪子打烂。可是李建军一返脸看见他,大声喊小海,赵小海不由得哆嗦了一下,想起昨天的事情。他想跑,又不敢,只好慢腾腾走过去。边走边用眼角瞟着张晓薇,他不知道张晓薇知道了这件事没有。张晓薇要是发脾气,他该怎么办?到了他们跟前,张晓薇还和以前一样,叫了一声小海。那种熟悉的香味一下冲了过来,可是赵小海完全没有以前那种亲切的感觉了,他像一个被审判的犯人,身上的汗毛唰一下立了起来。李建军说,小海,晓薇对你打招呼呢!你怎么不说话?你不是……李建军没有把话说完,而是做了个怪怪的表情。赵小海把头深深埋下去,心里想,一离开他们,就赶紧跑回去把那两行字擦了。张晓薇冲李建军说,你就爱开玩笑。你走吧,她冲赵小海说。赵小海马上拔腿要走,可是李建军坏坏地说,我只是开玩笑,可是人家小海呢？什么都想干。李建军一说这话，赵小海不敢走了。他害怕自己一走，李建军什么难听的话都能说出来。以前他从来没觉得住在一个大院里，比自己大几岁的像哥哥一样的李建军这么坏。

那天放学路上，赵小海一直紧张地跟在李建军和张晓薇的后面，像一只将要被卖去屠宰场的羊。张晓薇身上淡淡的雪花膏香味执着地钻进他的鼻子，像一条看不见的羽毛拂得他身上麻酥酥的，可是每一次李建军说话，都让他心惊肉跳，他害怕李建军对着张晓薇说出那行下流字。他拼命讨好李建军，帮李建军掸去他袖子上沾的一片粉笔灰，路过商店的时候，用口袋里放了好多天的一角钱买了几颗玻璃球，送给李建军，还把自己费了好大劲借来的一本没有皮子的武侠小说转借给李建军。赵小海一直和他们一起进了大院，看着张晓薇走进自己家的门，他的心里才轻松了些。他想去把那两行字擦掉，又怕碰上住在后院的李建军，而且他忽然想到，假如自己把那行字擦掉了，那以后再调查时就没有证据了，那就肯定是他写的了，为了自己，还得把那行字保存下来。

这件事情，折磨了赵小海好长时间。他怕人们擦去那行字，每天想去看看在不在了，又不敢去，害怕看见李建军他们。他不知道张晓薇知道了墙上写的字没有，他开始有意避开张晓薇，每次远远看到她过来，他会进路边的一家商店或拐进旁边的一条小巷，估摸张晓薇走远了，他才偷偷出来。望着张晓薇渐行渐远的背影,惆怅和失落把赵小海心里塞得满满的。

为了讨好下流货李建军,赵小海把过生日时父亲送他的一把团剪送给了李建军,这样的剪子在小镇根本买不到。而且赵小海把自己好不容易攒下的一点零花钱给李建军买一种叫安纳卡的白色小药片。更过分的是,李建军经常把自己的作业本丢过来,让赵小海帮着他抄。每次赵小海抄着自己还没有学过的高年级作业,看着李建军用烧红的铁丝烫着药片,叼着纸卷嘶嘶吸着一副迷醉的样子时,他心里不停地骂,吸,吸死你。

2

张晓峰作为张晓薇唯一的一个弟弟,有点娇气。他的娇气不是那种十分霸道、不顾一切的,而是像一株夜来香,在人们不易察觉的时候,丝丝缕缕地表现出来。比如他想要的东西,总是想尽一切办法得到,有时妈妈答应他一件东西,没有及时买下,他会回了家几天几夜不说话,直到那件东西到手。院子里的人们说话不小心惹了他,他会一年半载不理人家。人们说张晓峰不是他妈妈亲生的,是从别人家抱来的孩子。他的样子也确实和张晓薇不一样,张晓薇是鸭蛋脸丹凤眼,张晓峰是小圆脸三角眼,而且长着一头卷发,和他爸爸妈妈也大不一样。

张晓峰每天早晨总是拿着一个白茶缸,站在门口呼噜呼噜刷牙,有时整个院子的人们都在捧着碗吃饭,他在呼噜呼噜刷牙。乡下的人不是每个人每天都刷牙,就是刷,也没有一个像他这样郑重其事,当着大家的面刷。张晓峰挥舞着一把牙刷,像拉小提琴。但他那种单调机械的嚓嚓声,人们觉得比九月的蝉叫都烦。夏天的时候,溽热把人们都赶出屋子,大家燃一堆艾火,围着火堆谈天说地。孩子们有时围在外面,听大人们讲故事,有时一起呐喊着在闪烁的星空下捉萤火虫。张晓峰喜欢端上脚盆,坐在大人们旁边,边听大人们说话边洗脚。他一双脚泡半小时、一小时以上,脚上每一处地方都细细搓到,每次讲话的人说得唾沫星子乱飞的时候,张晓峰总是在认真搓脚,那些讲话的声音像在给他伴奏。人们看到他这个样子,觉得这个男孩有些怪怪的,大家私下里议论,这样的男孩子村里他肯定待不住,而且他有个城里的爸爸,有指望。

张晓峰学习成绩很不好,每天上课他都坐在那儿仿佛认真听着,但总是走神,几次老师叫起他提问,他的回答都驴唇不对马嘴,有时老师的粉笔头打在他身上,他居然喊一声"到",真不知道魂到哪儿去了。他每次考试成绩都是倒数,几乎没有例外过。但好多男孩子都是他的好朋友,尤其是一些高年级的男孩子。他们不仅喜欢和这个有些过分癖好干净的小男孩做朋友,而且喜欢到他家里,帮他家干活。张晓峰虽然从小父亲不在身边,但从来没有受过村里那些野孩子的欺负。

"男怕拔麦子,女怕坐月子",张晓峰的爸爸常年在保定工作,家里没有成年壮劳力,但他们家的活儿从来不用发愁。来他家里的那帮半大不小的男孩子在他家里眼勤手快,表现积极。每年拔麦子的时候,他家只要定好时间,那些男孩子第二天早上不到五点钟就集合到了地里,太阳还没有爬上山头,麦子已经铺倒一地。那些有壮劳力的人家在地里顶着大太阳汗流浃背大干着,麦芒刺得他们脸上、胳膊上满是血印子,汗一道一道流下来,流进那些血印子里,像撒了一层盐。汗水眯住他们的眼睛,他们边加紧干着,边不时望望天空,他们害怕老天突然变脸,下大雨、刮大风。这时,张晓峰家的一捆捆麦子已经装在车上,孩子们吹着口哨,仰着一张张通红的脸,等待他们的是张晓峰家里的绿豆稀饭、精致的咸菜和张晓峰爸爸从保定带回来的点心。

张晓峰的这些朋友,每一个都是张晓薇的朋友。张晓薇几乎没有同性的朋友,也许是因为她的异性朋友太多了,忙不过来交同性朋友。她的周围总是有一大帮男孩子,她给别人介绍的时候,说这是张晓峰的朋友,这也是张晓峰的朋友,这些人都是张晓峰的朋友。他们每天和这些朋友玩在一起,张晓薇看起来有些大大咧咧,对什么都满不在乎,但所有的男孩子都围着她转。张晓峰做事情小心谨慎,安静得像一只猫。他们姐弟关系看起来非常亲密,比起院子里其他人家那些一母同胞的兄弟姐妹,看起来好一百倍,人们几乎没有看见过他们吵架。

张晓薇、张晓峰姐弟俩先后上完初中,都没有考上高中,就不上学了。他们家比起以前,更热闹了。张晓峰养了一群鸽子,每天早上天不亮鸽子就在他家屋檐下叽叽喳喳把人们吵醒。大家吃完饭后,鸽子啄食着地下撒落的饭粒,然后齐刷刷落在他们家的屋脊上,有的一动不动像砖雕的兽头,有的交头接耳像亲密的朋友。傍晚天气凉爽的时候,鸽子在屋顶上起舞戏耍,使热闹的院子更加热闹。

赵小海这时的成绩在全镇的几所中学中遥遥领先,大家觉得他是个上大学的料。他上学、下学的时候经常碰上从张晓薇家进出的各色男孩子,他想起几年前写在墙壁上的那几行字,觉得有趣而好笑。张晓薇已经长成个大姑娘,胸脯鼓鼓的,白皙的脖子上有一颗鲜红的朱砂痣。赵小海遇到张晓薇的时候,目光经常从朱砂痣那儿顺着血管往下滑,这时张晓薇身上的香味就淡淡地扑进了赵小海的鼻子,他觉得张晓薇真是一个有味道的女人,镇上学校里的哪一个女生都比不上她。小海,张晓薇叫他。赵小海身子一抖,像个读书人一样羞涩地笑了。他想张晓薇长成这个样子,大概和她有一个在保定城里工作的爸爸分不开。赵小海想自己一定要考上大学,以后也到城里工作。他望着屁股一扭一扭走远的张晓薇,想张晓薇要是好好学习就好了,将来谁娶上她都是一种福气。将来,一想到将来,赵小海加快了脚步。

李建军没有上完初中就辍学了,成了镇上一个有名的小混混。他经常领着一帮兄弟,站在村子东边那条小河的桥头上,冲走过来的年轻姑娘们吹口哨。外村来镇上的人落了单,他的兄弟们就会上去讨个烟火钱。他年纪不大,手指已经变成焦黄色,据说他敢用两根手指从炉子里往外夹烧红了的炭。赵小海几次见他站在张晓薇家后墙边,用手指戳墙。据说把中指和无名指弄齐之后,从人口袋里往外夹出钞票就会神不知鬼不觉。赵小海不知道他是不是在练这种功夫,每次看见他把手指戳在墙上,都感觉好像戳在张晓薇身上。有一天,他忽然意识到,当年那行歪歪扭扭的"张晓薇,我×你!"就是李建军写的,只有他这样的流氓敢这么大胆地写这样的下流话。他想自己真是蠢,当年帮着李建军抄作业时就没有想到和墙上的那一行字比对一下。现在那行字早已不见踪影,就连写那几行字的砖头,也不能肯定是哪几块了。

李建军站在桥头上,手中经常握着一把甩刀,他不停地把刀子甩出来甩回去,雪亮的刀刃在阳光下闪着明亮的光泽。他的头发长长的,风吹起他的长发,像河水中漂浮的水草。赵小海听说李建军在练刀,他看见李建军这个样子,想起小时候自己为了讨好他送给他的那把团剪,也是雪亮的。

给买盒烟。李建军的一个小兄弟对一个外村的男孩说。

我没钱。男孩紧张地瞪大眼睛。

李建军的甩刀在阳光下闪了一下,男孩摔倒在地上,李建军抓起男孩的一只脚,把他的鞋子用劲甩进河水里。刀子握在他手上,像一把没有张开的剪子。男孩哭着跑下河床,追水里慢慢沉下去的鞋子。

李建军搞出的臭事越来越多,据说他打架不要命。有几次,赵小海看见他头破血流地跑进院子，拿起一把铁锹或叉子再冲出去。有几次，派出所的警察来到大院，找李建军。人们躲在背后窃窃私语，李建军出事了。二十不到，他已经被拘留过几次，每次放出来后，好像孙悟空进太上老君的宝葫芦炼了一次，更加厉害了。李建军成了一个混世魔王，村里谁受了外村人的欺负，第一个都会想到找李建军。李建军领上他的兄弟们，和周围村子的小混混们不停地打架。他们拿着棍棒、铁锹、洋镐把子，打得血肉横飞。打过架之后，坐下来喝酒，不久之后，周围村子的小混混都和李建军成了弟兄。他们更多的人纠集在一起，坐上拖拉机，骑上自行车，去更远的地方打架。李建军的地盘越来越大，简直像个要一统江湖的武林盟主。

围在张晓薇周围的那些男孩子没有一个上高中的，他们一个个勤勤恳恳地跟上父亲或师傅学裁缝、理发、修自行车、蒸碗托、卖面皮、做小买卖……地里的各种农活他们也已经慢慢学会。他们聚在一起，就是一个小社会群体。他们在一起打打扑克，吹吹牛，设想并不复杂的未来。张晓薇是他们理想中的媳妇，他们都心照不宣地希望自己能娶上她，各自像工蜂一样认真表现着，张晓薇像个蜂王。

赵小海每天都在读书，世界上有读不完的书。他看见鼻青脸肿的李建军和花枝招展的张晓薇时，想起当年放了学，李建军和张晓薇走在一起亲热的样子，觉得时间过得真快。

3

张晓薇那天大清早坐在院子里哇哇大哭，完全没有了往日的矜持与骄傲。她清秀的脸上挂满泪水和鼻涕，像糊了一张蜘蛛网。她的那些朋友远远站在她家门口，谁都不敢过来。他们的眼神里有些痛苦，也有些掩盖不住的兴奋和希望。

她妈妈出来劝了她几句，被她愤怒地顶回去。

张晓峰在门口露了一下脸，没出来就又缩回去。

张晓薇一直哭，哭得院里的几个吃奶的婴儿都被吵醒了，也跟着哇哇大哭。女人们哄着自己的孩子，说，这孩子，被惯坏了，这么大了，还瞎哭。

快到中午的时候，她还在哭，声音不如早上大，带着些嘶哑，让人听起来更加揪心。她那些朋友缩在门口，太阳不断升高，屋檐下的阴影一点一点退去，他们待在日光下，像一堆正在风化的木头。

这时李建军摇摇晃晃从后院里走过来，边走边说，谁在哭呢？他穿着一双天蓝色的塑料拖鞋，一副吊儿郎当的样子，像是刚起床，又像刚从外边回来。他看见张晓薇，径直走过去，在她面前站住，盯着她看。张晓薇忽然发觉前面的阳光被挡住了，哭泣的她停了大概有几秒钟，然后她挥舞着手喊，不要你管。李建军看着披头散发的她，微微笑着，一动不动地盯着。张晓薇的哭声越来越小,奇迹般地止住了。

　　李建军蹲下去,轻轻地问,发生什么事了？我帮你。

　　张晓薇忽然站起来,冲着家门大声吼道,他们骗了我。

　　门口的那群后生朝屋里看,她妈妈和张晓峰都没有吭声。

　　李建军拍拍她的肩膀说,跟我走吧,别紧张。

　　张晓薇惨烈地笑了一下。躲在门后面的妈妈和弟弟看到张晓薇的笑,尽管是大夏天,但浑身都有些发冷。张晓薇跟在李建军后面,一前一后朝后院走去。刚走几步,张晓薇就拉住了李建军的一只胳膊,李建军顺手把另一只手搭在她肩膀上,张晓薇向李建军靠了靠,把头靠在李建军的肩膀上,她真的哭累了。

　　他们俩以这种亲热的姿势走出众人的视线。那群敛了翅一直呆呆望着她哭泣的鸽子忽然叽叽咕咕大叫起来,然后它们一只接一只起飞,飞向南边的天空,开始还能看到几点银白色的光闪烁,后来天空中只剩下太阳。

　　赵小海看到他们俩离开前院,几年前李建军和张晓薇走在一起的样子又出现在他的脑海里,他觉得他们俩这几年根本没有分开过,他们一直在互相靠近。屋檐下其他的那些后生,鸽子飞走之后,他们一个个失魂落魄,一张张年轻的脸在正午的阳光下像蜡像一样一点一点融化。

　　很快,大院的人们都知道了事情的来龙去脉。

　　张晓薇的爸爸要退休了,他和张晓薇的妈妈商量好让张晓薇接班。他们打算不让张晓峰知道,一切悄悄地来,等生米做成熟饭,张晓峰也没有办法了。没想到张晓峰知道了这个消息后,他一个人偷偷拿着户口本跑到保定,找到爸爸,不知道对爸爸做了什么工作,爸爸答应让他接班。等他从保定回来的时候,他已经办了那边的手续,变成一个城里人了。而本来以为自己十拿九稳要成为城里人的张晓薇却永远也没有机会了。

人们知道了这个原因,替张晓薇惋惜,一个跳出农门的机会失去了。张晓峰这孩子,平时看着挺腼腆,没想到关键时这么利索。

赵小海知道了这个原因,惆怅了好长时间。他想张晓薇要是接了他父亲的班,成了城里人,他大学毕业后也要分到保定。他要光明正大地对张晓薇说,张晓薇,我爱你。我小的时候就爱你,我在你家后墙上写过"张晓薇,我爱你"。

张晓峰收拾东西,准备去保定上班,每天进出院子都低着头,看不出半分得意的样子。人们都说,这孩子真能装,领养个这么阴的孩子,以后怎样指望他呢?

张晓薇几乎整天不着家,经常半夜才回来,回来一句话不说,灯也不拉,摸着黑像甩一包麻袋一样把自己甩在炕上,有时衣服也不脱。妈妈问她干什么去了,她就顶嘴说,不用你们管。她一顶,妈妈觉得这是因为自己做了对不起张晓薇的事情,不再吭声。他们的那些朋友来安慰张晓薇,张晓薇头一歪,好像没看见他们似的招呼也不打摔门出去,他们遇到几次这样的情况,也不来找她玩了。张晓薇家里忽然冷清了。张晓薇的妈妈经常穿着一件灰色的对襟褂子,坐在门口对着天空发呆。赵小海每次看到她这个样子,就觉得她好像在往过去的日子里后退,他甚至能看到她一点点变老。

张晓峰接班,他爸爸回来。

他爸爸回来时,头发已经全白了,确实像个该退休的老头了。可是他梳着背头,一种村里人从来不梳的发型,给人感觉很精神。他不怎么和院子里的人说话,总是侍弄院子里的一些花草。他养了石榴、吊兰、洋绣球、海棠等一大堆各种各样的花,这些花每一株都长得郁郁葱葱,该开花的时候开花,该结果的时候结果。院子里的人们不大注意他,仿佛他还在保定待着。有时他喂鸽子的时候,学着鸽子咕咕叫几声,人们才觉得这个一直待在城里的男人回来了。

过了几个月,张晓薇的肚子大了。李建军领着大肚子的张晓薇到了他们家,说,我要娶她。张晓薇的爸爸问,你能养活她吗?李建军神气地说,我让她过得比你们都好。张晓薇的爸爸问自己的女儿,你愿意吗?张晓薇鼻子一哼,把脸扭过去。

张晓薇和李建军的婚礼办得很简单,只是邀请了一些近亲、好友和院子里的邻居。张晓峰没有回来参加张晓薇的婚礼,而是上了三千元的礼钱。这是个很大的数目,大概他一年的工资不吃不喝才够。

4

结婚后,张晓薇很快有了孩子。生过孩子之后,她变得丰满、白皙,好像真正发育成熟。李建军家的活儿基本什么也不用张晓薇干,她唯一的任务就是做李建军的老婆。张晓薇领着孩子,像一条生活在池塘中的大鱼领着小鱼,生活对她来说快乐而简单。孩子饿了,张晓薇找个地方坐下,不遮不掩地哗啦一下掀开衣服,乳房耀得太阳失去颜色。

李建军在社会上的名头越来越大,很多事情他一句话就可以摆平。尽管他年纪轻轻,许多人称他李哥。人们都觉得认识李哥、做李哥的朋友很荣耀。私下里年轻人聊天,总喜欢说,我李哥……

成为李哥的公众人物李建军,生活毫无规律,也没有办法规律。他经常昼伏夜出,几天几夜不回家是常有的事情。张晓薇对他的事情不闻不问,常常是领着孩子游荡时,听到街头巷尾传说这几天李建军干什么事情了,才知道他去了哪里,做了什么。但这些传说往往不靠谱,因为那些闲人的消息也是从各种渠道听说而来,然后自己加工想象的。所以有时张晓薇听到李建军在城南收拾一帮河南来的骗子时,同时在城北和一伙人赌博赢了一大笔钱,又在三岔路和东北人打架,像会分身法的孙悟空。她听到这些消息,会和那些讲故事的人一起一惊一乍,分享故事中人物跌宕起伏的生活,仿佛他们说的真是一个传说中的人物。他们说什么她都喜欢,因为李建军不管在外边做了什么,还是像一头老马,总是在该回家的时候回家,而且无论他多么英雄,回了家就像一个套上笼头的骡子,乖乖地听她的话。

  张晓薇的爸爸妈妈和他们房前屋后住着,李建军的各种传说他们自然听到不少。这对长期两地分居的老人希望自己的女儿和她嫁的男人安安稳稳、踏踏实实地过日子,可是他们又不好直接去说什么,张晓薇今天的生活,都是他们造成的。

  张晓薇的爸爸常常想,明明已经和老婆商量好让张晓薇接班,怎么张晓峰一去他那儿,他就心软了?其实张晓峰也没有和他怎样哀求,他只是说我是你的儿子,我想做好这个儿子。在那一刹那,他感动了。多年来,他在张晓峰身边时间少,对他投入的爱也少,了解也少,他总是担心这个抱来的孩子长大之后会离开他们。这种担心,成了他独自在外多年来的一块心病。张晓峰说,想做好他的儿子。他就觉得应该给他这个机会,而且他想,自己把最珍贵的机会给了张晓峰,让他一下子鲤鱼跳龙门,张晓峰没有理由不好好做他的儿子了。这件事情,他决定之后,没有和老婆商量,多年来他习惯了家里的大事都自己做主。老婆也没有问为什么,她一直生活在村里,嫁了他这个吃公家饭的,仿佛觉得自己低人一头,在家里很少发表意见,什么都听他的。但他感觉到老婆对这件事情不满意,她的不满意他能理解。女人总是心眼小,不管怎样她一定还是觉得自己生下的可靠,她希望自己亲生的女儿在城里工作,嫁个城里人,而且人们都说女儿是妈妈的贴身小棉袄,张晓薇又长得那么讨人喜欢。

他们两地分居多年,他退休回家之后,本来觉得两个人可以好好做伴安度晚年了,但从来不养小动物的老婆养了一只猫,她把自己的时间和精力都花在了这只猫身上。晚上,这只猫睡在她被子里,她不理他,抚摸着猫轻轻说话。白天,她经常呆呆地坐在屋檐下,怀里抱着那只猫,不知道在想什么。他感觉到他们之间的距离比他在保定时都远。有一天,他买菜回来,走到院子里时听到鸽子惊恐地尖叫,他抬起头来,看见她养的那只猫三只爪子抓着鸽子箱,一只爪子伸进鸽子窝抓鸽子,几只鸽子挤在屋顶上尖叫,空中散落着一些羽毛。她仰着头看着她的猫微笑。他觉得因为顶班的事,她不仅恨他,还恨儿子和他的鸽子。他开始养花,不管喜欢不喜欢,什么花他都养。

张晓薇领着孩子出现在前院时,爸爸和妈妈总是热情地招呼她的孩子,他们拿出家里的一切好东西给孩子,两个人像比赛似的争宠,爸爸给孩子一颗白兰瓜,妈妈会想办法拿出一颗哈密瓜;妈妈给孩子织一件纯毛毛衣,爸爸会给孩子买一双真皮皮鞋。他们两个争着让孩子喊他们姥姥、姥爷,叫谁的声音高一些,谁竟然会乐得半天合不上嘴。张晓薇看着孩子乐,她也高兴,但一想起爸爸让张晓峰接了班,心里总有一丝淡淡的怨恨,她打定主意只生这一个孩子,把自己全部的爱都给他。

每次,爸爸或妈妈问,建军这几天干啥呢?张晓薇总是把话岔开。但是张晓薇慢慢地耳朵上有了金耳环,手上戴上金戒指,脖子挂上了金项链。这些金光闪闪的东西似乎证明了张晓薇和李建军的日子过得金光灿烂,而且张晓薇在村子里第一个骑上"小木兰",第一个每天早上喝牛奶的。他们的日子像早晨八九点钟的太阳,朝气蓬勃地向上升着。

但是李建军忽然出事了。李建军出事那天出奇地热。张晓薇搂着孩子睡在炕上,风扇呼呼吹着,身上还是一个劲儿出汗。孩子四脚摊开,嘴里流着哈喇子,身上湿漉漉的都是汗。张晓薇看见地上出现好多蚂蚁,还有一些蚂蚁络绎不绝地从门外进来,连成一条黑色的线。张晓薇不知道蚂蚁怎么会进屋,她想是不是要下雨了。但以前下雨前,也不见蚂蚁进屋里。她害怕蚂蚁蹿上炕,钻进孩子耳朵里、嘴巴里、屁眼里,把孩子咬着。她跳下地,用扫帚使劲把那些蚂蚁往外扫。李建军忽然闯进来了。张晓薇根本没有看见李建军出现在院子里,他就忽然进家了。李建军脸上带着惶恐,大声喘着气说,给我拿钱和衣服,我出事了,得赶紧跑。张晓薇不明白李建军说什么,炎热让她晕头转向。李建军开始自己收拾东西,他离开家时,望了一眼炕上的孩子,抱了抱张晓薇说,你走吧,别等我,孩子给我家里留下。李建军旋风一样离开了。张晓薇望着空荡荡的院子,怀疑自己做了个梦。四周静极了,那些蚂蚁哗哗吃着地上滴的奶滴,热气像一只铁桶,把张晓薇匝得密不透风。忽然,张晓薇哇一下哭开了。

张晓薇的爸爸热得睡不着,可是身子软得不想动,汗把身下的床单弄得湿湿的,他感觉自己好像躺在一条热气四溢的河里,快被煮熟了。在这么热的天气里,老婆居然睡得熟熟的,还打着小呼噜。她那只猫趴在她头边,也打着呼噜。他看着她们两个一唱一和,心里来气。他重重咳嗽一声,呼噜似乎中断一秒钟,接着声音更大了。他拿起苍蝇拍,用劲朝猫身上打去,没有等拍子落到猫身上,猫睁开眼睛跑了。她醒过来,看着握着苍蝇拍的他,翻个身,继续把眼合上。这时他们听到屋后传来排山倒海的哭声,她一下坐起来,侧耳听了一下,鞋也没有找到,只穿着一条两股巾背心冲出去。他望着冲出家门的她,替她拿了鞋和裙子,临出门时,那只猫跟过来,他狠狠一脚踢去,猫发出一声惨叫,窜进屋里柜子下。

很快,街上就沸腾了,许许多多的人拥向医院,他们听说有人被打死了。那具尸体已经躺进阴冷的太平间,但越来越多的人聚到医院门口,人们栩栩如生地讲着这个中午的故事。李建军帮别人作保,借了一笔钱,可是那个家伙不还,李建军讨钱的时候,一火枪打死了那个家伙。关于故事的细节,不断地被人纠正。那天,是近五十年来最热的一天。

5

李建军跑了之后,再没有回来。

过了很长一段时间,张晓薇还不相信发生的事情是真的。

她每天睡觉时,留着门,希望半夜里李建军悄悄回来。每天早上她第一个起床,想在院子里发现李建军留下的一张纸条,或是回来过的蛛丝马迹。可是李建军像从世界上消失了一样,没有任何消息。

张晓薇经常半夜醒来,摸摸枕头旁空着的地方,想或许李建军像以前一样,办什么事情去了,会突然回来。她睡了一觉醒来之后,身旁还是空着,仿佛身边从来没有过这个人。时间久了,张晓薇恍惚起来,家里到底有没有过李建军这个人。可是,他穿过的衣服还整整齐齐放在衣橱里,他用过的打火机还在茶几上摆着,他喝水的杯子上面还有淡黄色的茶垢,他的剃须刀里面还有没有清扫干净的胡须沫子……

张晓薇等了一年又一年。

赵小海大学毕业之后,回到镇里教书,张晓薇还在等李建军。几年来,她卖过面皮和碗托,养过兔子和乌龟,种过菊花和红芸豆,还学过理发和裁缝,她的生活似乎越来越和那些曾经喜欢过她、盼望娶她当媳妇的男孩子一样,可是那些男孩子干这些营生可以使小日子过得有声有色,她却不能挣钱过上富足的日子。辛苦的劳作使她已经丰满起来的身子变得消瘦,仿佛又回到了少女时代。当镇上越来越多的女人结婚时要金戒指、金耳环、金项链和木兰摩托时,张晓薇的这些东西都已经悄悄变卖,花在孩子的身上。

她的孩子已经长到她一半高,模样像极了李建军小时候的样子。张晓薇望着孩子时,肯定世界上真有李建军这个人,他像风一样,在她生命中出现过,可是再也看不见了。以前那些日子像放电影倒带一样,一幕幕回放出来,世界上真的有李建军。他和她嘻嘻哈哈打闹着走出校门,一眨眼他脸上满是胡子,山一样堵在她面前,遮住了阳光,也堵住了她对世界的恐惧,然后他在那个非常炎热的夏天不见了。

在一次次的回放中,李建军的样子越来越清晰,清晰得比他本人在的时候还清晰。张晓薇怀疑以前和自己在一起生活的李建军是真的,还是现在这个活在她回忆里的李建军是真的。

有时有人问孩子,你爸爸呢?

孩子回答,爸爸出远门了,我考上大学就能见到他了。

张晓薇忘了这个回答是自己教的,还是孩子自己编的。慢慢地,她相信了孩子考上大学之后李建军就会回来。有时她觉得自己就是《薛仁贵传奇》中的王宝钏,李建军去外面建功立业了,最终一定会回来。她数了无数次,孩子考上大学正好是十八岁。王宝钏等薛仁贵也是十八年。李建军一定会回来。

人们经常听到张晓薇对孩子说,你要好好学习,长大考清华、北大。

他们家简陋的屋子里,墙上贴着几张张晓薇和孩子在北大、清华的照片,有一张孩子穿着黑色的袍子,戴着博士帽,肃穆地站在未名湖前的照片,醒目地与张晓薇与李建军的结婚照摆在一起。张晓薇每天用细布仔细地擦拭这两张照片,经常望着它们一笑就是半天。

赵小海经常在学校里看到衣着寒酸的张晓薇领着孩子去找老师学习钢琴,两个瘦瘦的人在阔大的校园里急匆匆地走着,像两片树叶飘零在大海上。他不由得想起张晓薇小时候吐着香气、说话软软的样子。那个时候自己大概比张晓薇的孩子只大几岁。他想起自己写在墙壁上的那句话,一句流行歌词飘进他的脑海,"什么山盟海誓到头来都是一场空"。自己和张晓薇没有过山盟海誓,甚至张晓薇并不知道自己喜欢过她。他想,要是这时娶上张晓薇,不仅有了一个自己喜欢的妻子,还有了一个聪明伶俐、半大不小的儿子。他觉得张晓薇这时候真需要人疼爱、呵护。

赵小海在镇上当老师,但他并不满意。学校里的许多老师是他少年时代的老师,他们在他这个年龄,或者比他现在更年轻的时候就当了老师。有些是多年的民办教师,随着国家政策转了正。他们中的大多数要是不出车祸,不得绝症,碰不上地震、泥石流、火山喷发等自然灾害,一辈子就要这样过去了。他们无一例外地都婆婆妈妈、斤斤计较,活像《大话西游》里的唐僧。镇教育办公室的那些领导,隔三岔五来到学校,逗逗年轻女老师,在办公室打上半天牌,中午海吃一顿,赵小海对他们充满了鄙夷。县教育局的也经常来,不是卖学习资料,就是给学生照毕业像,都给自己捞好处。但就是这样的人,老师们一个个尽力巴结。他常常听着学生们琅琅的读书声,心里走神、恐惧。他恐惧自己过上十年、二十年、三十年,也变成周围那些同事的样子。

赵小海去青岛看大海的时候,是国庆节。他觉得待在小镇上像一块慢慢氧化生锈的铁,多待一天进化成他们那样子的时间就早一天。他想换个环境,哪怕短暂的几天。

一到青岛,赵小海下车排队买回程票的时候,惊奇地看到了领着孩子的张晓薇。她排的那条队紧挨着他排的这条队,她瘦瘦的脸庞上眼角有了几丝皱纹,牵着孩子的手粗糙、红肿,和农村妇女的手一模一样。赵小海没有想到隔了这么多年,第一次近距离地看张晓薇竟然是在青岛。赵小海想起张晓薇小时候拿着大白兔奶糖,满身香味,那么多男孩子围着她,愿意为她做任何事情,不由得感慨世事难料,有的人生活多少年一成不变,有的人生活却说变就变,朝不知夕。他想,要是李建军不出事,张晓薇来青岛一定是坐飞机,而且满身珠光宝气。

他喊,晓薇。

张晓薇看见他,眼睛亮了一下,喊,赵老师。

那一刹那,赵小海觉得时间和地位真是可以改变一切。多少年来比他大几岁的张晓薇总是叫他小海,现在却叫他赵老师。赵小海觉得张晓薇和他生分了。他轻轻叹口气说,为什么这样称呼我呢?叫我小海。你来青岛玩?说到小海时,他语气重重地强调了一下。

张晓薇说,看看大海。

他们不再说话,赵小海先到了窗口,他本来想给张晓薇和孩子把票一起买下,回程的时候坐一起,但不知道为什么,犹豫了一下。售票员喊,去哪儿?他不由自主地只买了一张自己的票。赵小海买好票,退出队伍,等了张晓薇几分钟。张晓薇买好票,拉着孩子站在赵小海身边,赵小海觉得他们站在一起像一家人,忽然想到他们虽然住在一个大院子,可是快二十年没有离这么近了。

赵小海问,有住处吗?

没有,我们随便在海边找个小旅馆住几晚就可以,我们主要是想看看大海。

张晓薇接着问,你要住宾馆吧?

赵小海说,咱们住一起吧,可以互相照应。

张晓薇的脸微微红了一下。

赵小海也感觉到自己说的话有问题。他赶忙说,咱们就在海边找个小旅馆。

他们沿着滨海路一直往前走,看到擦肩而过的一对对情侣,赵小海想,他们大概觉得我们是一家三口。

找到一家叫"长江旅店"的小旅馆。老板看了他们的身份证,问,一个标间?

赵小海说,两间。

张晓薇说,两间单间。

老板疑惑地望了他们一眼,把102和103的房间钥匙给了他们俩。

赵小海拿着两把钥匙,把两间房子都打开,房子有些小,收拾得倒干净,一走进去有股潮乎乎的味道,和赵小海想象的大海的气息非常相似。一台小台式电视、一张床,没有卫生间。赵小海望了一眼那张窄窄的床,说,你们收拾一下,一会儿咱们一起出去吧。

赵小海回了自己的那间屋子,把简单的行李放下,摇了摇暖壶,里面有开水。他取出自己带的杯子,冲了一杯茶。打开电视,换了几个台,屏幕上都是雪花,什么也看不到。赵小海换了一件衣服,开了门,等张晓薇母子俩。

张晓薇出来的时候好像化过妆,但不像赵小海学校的老师出门那样认真收拾自己。她洗脸湿了的一缕头发贴在脸颊上,使那块皮肤像被特意漂白过一样,显得出奇地白。

赵小海问,去哪儿?

孩子想看大海,游泳。张晓薇回答。

他们各自带了泳衣,一起去海滨浴场。

十月的青岛,海水有些微凉,但浴场里仍然有许多游泳的人。赵小海先下了水,张晓薇和孩子跟着一前一后下了水。孩子一下就兴奋起来,鸭子一样向前冲去,张晓薇大声喊着,跟上去。赵小海看见穿着浴衣的张晓薇身子不胖不瘦,像一株挺拔的白杨树,她哺育过孩子的乳房有些肥大,像白杨树上挂了两个钟,使她的身体一下嘹亮起来。赵小海想起学校那棵老槐树上的古钟,不知道挂了多少年,每一次钟声响起,方圆几里的人都能听到。他的目光随着波光粼粼的海面在张晓薇身上闪烁。

从海里上来的时候,张晓薇身上挂着一层盐,让赵小海想到糊着面粉将要下锅煎的鱼。他不知道李建军杀人后跑了的这几年张晓薇是怎样过来的。这个问题困扰着他,使他变得忧心忡忡。

忽然,他拉住孩子的手说,咱们在沙滩上写字吧,叔叔想看看你会写多少字。孩子高兴地拍手,拿起一根小木棍,写下爸爸、妈妈几个歪歪扭扭的字。赵小海问,会写妈妈的名字吗?不等孩子回答,他写下"张晓薇"三个大字。张晓薇看着那三个大字,脸红了一下,拉着孩子的胳膊说,走吧,回吧。赵小海跟在她们后面,一脚把"爸爸"两个字踩碎。

晚上睡觉的时候,赵小海躺在床上,眼前不停地晃过张晓薇。海水腥湿的味道他已经闻不到,远处海浪拍打海岸的声音赵小海也听不见,青岛离他遥远了起来,他只想着张晓薇。他又打开电视,还是一片雪花,他不知道是不是所有房间的电视都这样,他没有去找服务员,任由雪花唰唰响着,一股倦意袭来,可是他脑子里乱得厉害,睡不着。他穿好衣服,走向夜色中的青岛。他不知道青岛哪个地方热闹,青岛也没有他的熟人。乱走了半天,感觉非常无聊,越来越孤单。回了旅馆,他竟然怔怔地走到张晓薇门前,那个写着102的房间的门在走廊昏暗的灯光下像潜藏着暗流的旋涡。他举起右手,想起多年前在张晓薇家墙壁上写下"张晓薇,我爱你"时发生的事情,重重叹了一口气,返回

103。电视里还是一片雪花,他啪一下把电视关上,黑暗包围了他。

赵小海想,张晓薇现在在干什么呢?她是不是也睡不着,想李建军,或者想他?他用拳头轻轻敲了一下墙壁,没有回应,也没有声音。

赵小海想自己从小就喜欢张晓薇,其实根本就不了解她。他渴望了解张晓薇,走近张晓薇,此时青岛和大海变得对他无关紧要,他只关心张晓薇。

赵小海希望在青岛的每时每刻都和张晓薇在一起,他希望别人看见他们的时候,以为他们是一家三口在海滨度假。可是张晓薇有意回避着赵小海,她喜欢独自带着儿子出去玩,尤其每天吃饭的时候,她总是找种种借口避开赵小海。赵小海知道张晓薇害怕他给她们花钱,也不想让他看到她们简陋的伙食。他不能和她们在一起,反而更想亲近她。

赵小海在海底世界遇到张晓薇的时候,发现她一个人站在出口等着孩子。

赵小海问,你为什么不进去?

张晓薇回答,我大人了,感觉没啥意思,让孩子看看长长见识。

一阵酸楚从赵小海心头涌起,他想起小时候家里生活困难,妈妈做什么好饭总是做一份,给他吃,她和爸爸不吃。过春节买衣服,也是只给他买一件,说不能让别人小瞧自己家的小孩。

他买了两张票,递到张晓薇面前说,咱们一起进去吧。

张晓薇一下脸红了,变了嗓子尖声说,我不去,我不去。

赵小海感觉到自己冒犯张晓薇的尊严了,他憋红着脸,把给张晓薇买的那张票叠好,装进口袋里。当他满怀悔恨地一个人正要进门的时候,张晓薇追上他,说,对不起,你既然已经买了,我们一起进去吧。

赵小海舒了一口气,高兴地把两张票拿在一起,张晓薇那张折过,放在他的下面,他想回去之后把这张票压好,压得平平展展的,没有一丝折过的痕迹。他想起小时候张晓薇给他的那颗大白兔奶糖的糖纸,他不知道它现在搁哪里了,还是已经丢弃了。

一起进去之后,张晓薇马上离开了赵小海,她的目光根本不在那些千奇百怪的海洋动物身上,她在密密麻麻的人群中搜寻自己的孩子,很快张晓薇走出了赵小海的视线。赵小海看着展览馆中陌生的人群和关在巨大器皿中的海洋动物,觉得自己也像被关在了一个巨大的笼子中,周围许多的人围在外面看热闹,他失去了看这些东西的兴趣。

那天,赵小海在海底世界没有再看到张晓薇。他吃了晚饭,准备休息一会儿去五四广场。张晓薇敲了敲他的门进来了,她给他带了一把飞利浦剃须刀。赵小海摸了摸胡子,他的胡子很硬,也长得很快,每天处理胡子得花好半天时间。早想买把飞利浦剃须刀,可是觉得有些贵,没想到张晓薇带来了剃须刀。赵小海有些感动,觉得张晓薇很会体贴人。这种剃须刀赵小海以前就留意过,价格比海底世界的门票贵十几元。赵小海觉得不该要这把剃须刀,可是他不能不要,不要的话就又伤了张晓薇的自尊心了,可是收下却让张晓薇破费了。他接过剃须刀的那一刻,感觉今天犯了一个很大的错误。赵小海知道张晓薇不会在经济上占自己便宜的,对她又多了一份尊敬。

  接下来的几天,他有意避开张晓薇,张晓薇也有意避开他。他们偶尔在旅馆门口或院内碰上,只是互相点点头,问一声对方今天去哪儿玩了。回的前一天半夜,赵小海上完厕所时在走廊里碰见张晓薇,张晓薇穿着一条白色的睡裙,头发乱糟糟的,看见他,红了脸低下头,赵小海也红了脸低下头。他们两人擦肩而过。赵小海悄悄瞥了一眼走廊里的张晓薇,没有风,她的睡裙却飘了起来,她像一条摆动的鱼,没有回头,直接消失在卫生间。

  回的那天,他们两人退了房,一起离开旅馆,坐公交到了车站,一起等车。回程的车票两人买的不是同一个车厢。火车来的那一刻,互相问了好,各自朝自己的车厢走去。登上火车的时候,赵小海想他们坐的是同一列火车,可是坐的好像不是火车,而是像坐在两条平行的轨道上。

6

  国庆节过后,老师们上班待在办公室谈论怎样过的假期。

好多老师都出去旅游了,他们去绵山、五台山、晋祠、乔家大院……都是近处的地方,没有一个人走那么远的地方去看海。赵小海想自己看海去了,张晓薇领着孩子也看海去了,他一下又觉得自己和张晓薇心灵上有共通之处。

办公室里的一个大眼睛女老师忽然问,赵小海,你去哪儿玩去了?不知道什么原因,赵小海撒谎说,我哪儿也没去,和家里人一起掰玉米了。大眼睛女老师的眼睛居然有两点亮光溢出。赵小海说,一个人去哪里也没意思。女老师笑了。

学校的生活不咸不淡地过着,每天就是上课、抄教案、批改作业。下午的阳光斜斜照在办公室黄色油漆刷过的木头桌椅上,使整个办公室显出一幅落后时代的色彩,这些从建校初就置办的办公用品一动就吱吱扭扭地响,整个下午便恍惚起来。赵小海望着这些桌椅,望着那些衣服上总是沾着粉笔灰,年轻或不年轻的老师,感觉时光好像在这里拐了个弯,一下就缩回过去了。那个大眼睛女老师的眼睛有时会从这死水一样的生活上冒出来,泛个泡,但马上又沉下去,这种生活,就是这个样子。

赵小海没想到张晓薇会卖猪肉。第一次看见她站在大院对面马路边电线杆旁一个新的猪肉摊点前,他以为她在买肉。可是她拿着油光发亮的刀子,熟练地给顾客割下一块五花肉时,赵小海觉得生活真是不可思议。他怎么也不会把卖猪肉的人和张晓薇联系到一起。他印象中的卖猪肉的人都是满脸胡子,一身肥肉,身上永远散发着猪肉的腥臊味儿。

张晓薇看见赵小海,客气地喊了一声,赵老师。

赵小海生气地说,不要叫我赵老师,叫我小海。

说完之后,他有些后悔,奇怪自己对赵老师这个称呼的过分敏感。

他慢腾腾地朝张晓薇走过去,张晓薇站在挂起来的猪肉前,浑身油光发亮,好像过去的好日子又回来了。

赵小海问,什么时候开始卖肉的?

今天是第二天,张晓薇甜甜地笑着回答。

赵小海心中有些苦涩。他想假如李建军在,一定不会让张晓薇去卖肉;假如张晓薇嫁给他,他也不会让张晓薇去卖肉。

他说,给我割一块肉吧。

要哪块?

赵小海的目光在猪肉上飞快地扫了一下,说,来块猪头肉吧。

张晓薇麻利地割着肉,称好之后,说其实猪身上的肉猪头肉最好吃。

赵小海想自己和张晓薇竟有心有灵犀之处。接肉时手背和张晓薇的手背碰了一下,他感觉那块地方滑腻腻的。赵小海提着肉,阳光照在他手背上,那块地方亮晶晶的像有只小虫子在爬。

赵小海迷上了吃猪头肉,隔三岔五总要去张晓薇那儿买一块猪头肉。他没有想到张晓薇干这种活儿能让他有这么多机会正大光明地接近她。

张晓薇和人说话时,自然大方,没有讨好谁的意思。院子里的人去买肉,她总是在称好之后,再添一小块上去,人们都说这孩子厚道。那些税务啊、工商啊,过来买肉,张晓薇也是称好之后,再添一小块上去,然后飞快地报出价钱。张晓薇卖肉,不像粮站门口的那家,总是要一斤割二斤,知道割下来人们也不好意思不要,刀法从来没个准。她是顾客要多少,老老实实割多少,至多差一二两。她卖的猪肉也煮得烂,味道醇,老人、小孩都喜欢吃。镇上的人们很快都喜欢到张晓薇那儿买肉,她的生意一天比一天好。有时,赵小海看着张晓薇卖肉,觉得她潇洒从容,又有尊严,比他当老师有意思。他觉得自己当初鄙视张晓薇卖肉真是浅薄。

赵小海闲暇时,经常坐在院子门口,看张晓薇卖肉。他发现张晓薇提着刀子英姿飒爽,像古代一位将要出征的将军,和他周围那些灰扑扑的人不一样。赵小海每次看见张晓薇笑嘻嘻地割着猪肉,就觉得她在用锋利的刀子主宰生活、分解生活。没有客人时,张晓薇也过了马路和院子门口的人聊几句。她一走近来,猪肉的味道就先飘过来。赵小海发现自己喜欢闻这种味道,这种味道比那些女人用的油啊粉啊的味道闻起来都好。

有一天,赵小海买好一块肉后,没有马上离去,而是在旁边看着张晓薇给别人割肉、称肉。

张晓薇回过头来,看见赵小海还在,说,小海,你还在?

一句小海,仿佛提醒了赵小海。他有些恍惚地说,晓薇,我想和你一起卖肉。

张晓薇呸了他一下,说,你是大学生,是人民教师,我哪敢让你跟我卖肉?

赵小海说,我觉得和你卖肉比教书有意思。晓薇,我喜欢你。

说完这句话,赵小海觉得浑身都轻松了。

张晓薇愣了一下,眼眶里有了泪水。

赵小海慌了。

张晓薇抹了一下眼睛,笑着说,李建军这个死东西,也不知道这么多年死哪里去了。可能孩子考上大学他就回来了。我得好好活着,等着他。生活嘛,就是过日子,过着就习惯了。张晓薇切下一块猪肝,扔进嘴里肆无忌惮地嚼起来,嚼着嚼着噎住了,大声咳嗽,咳出了泪花。

张晓薇的爸爸妈妈已经老了,两人出门时拄着拐杖还是摇摇摆摆。张晓薇卖肉的柜子里总是放着一包东西,两个老人出来时,她和他们说几句话,就把小包递给他们,两个老人拿着小包再摇摇摆摆地回去。赵小海想,人可能都是在摇摇摆摆中慢慢长大,再在摇摇摆摆中忽然倒下,不再起来。

赵小海单位的一位教师忽然得了肝癌死了。这位教师平时不抽烟、不喝酒,不知道怎么就得了肝癌。查出肝癌以前,他经常在办公室捂着前胸说肚子疼。老师们都以为是胃病,他自己也以为是胃病。舍不得花钱去检查,买了一大堆胃药。镇上的一个医生也说他是胃溃疡。有人说胃不好多吃些大豆和馍馍片。他不停地吃大豆和馍馍片,但是他的肚子越疼越厉害,等他实在忍不住了,做了胃镜发现胃没有问题,进一步检查时,癌已经在肝部扩散。他去了省城医院做手术,回来的时候人又瘦又黄,头发化疗全部掉光了。家里人隐瞒他的病情,他自己也不相信他得了不治之症。

赵小海去他家里看他的时候,他缩着身子躺在床上,又瘦又干,全身皮包着骨头,像一片随时被风吹走的树叶。他说,我完全看开了,身体最重要,等我好了之后,我要……

赵小海从他家里回来之后,觉得自己不能再等下去了,等自己哪一天也成了这位老师这个样子时,后悔就迟了。他也不能再去习惯学校这样的生活了,习惯了自己一辈子也完了。他准备考研究生,永远离开这个地方。

他开始埋头苦学。英语几年不用已经忘得差不多了。赵小海一拿起英语书,就想起张晓薇拿起刀子熟练地切割猪肉的样子。他想,从小娇滴滴的张晓薇能学会杀猪,他就能考上研究生。为了保证时间,赵小海把家搬到学校单身宿舍。每天早上学校一打上早自习的铃,他就和学生一起起床。白天除了上课、批改作业这些必须做的事情,其他事情他一概不做。整个镇上的老师都知道赵小海要考研究生。赵小海觉得自己好像一个叫《一桩事先张扬的凶杀案》的小说中的主角,他把自己逼到绝路上,不再回来。

无数个夜晚,赵小海捧着英语书,猪头肉和馒头是他必备的东西。他嚼着猪头肉,背着英语单词,觉得自己和张晓薇在慢慢靠近,但是他知道他永远不可能和张晓薇在一起生活了。随着每一次自测成绩的提高,赵小海觉得自己离张晓薇越来越远。他困了的时候,眼前就会出现张晓薇深夜在磨石上哧啦哧啦一下一下磨刀子;张晓薇在寒风里使劲地用刀子划开肉和骨头;张晓薇满头大汗地把刀子捅进猪的内脏掏出血淋淋的肠子、肚子等一大堆东西,张晓薇的刀子越来越快;张晓薇……

快过元旦的时候,大眼睛女孩给他发了一张请帖,她要结婚了。她的新郎是镇上分管教育的副镇长的儿子。赵小海拿着这张请帖,看见大眼睛女老师的眼睛从请贴上浮了出来,眼角流溢着幸福的光彩。婚礼就在学校的几间大教室举办。赵小海没有参加她的婚礼。在婚礼上震耳欲聋的鞭炮声和一拜天地、二拜高堂的呐喊声中,赵小海躲在宿舍里做英语练习题。

赵小海去省城参加考试出发的前一天晚上,他站在张晓薇卖肉的柜子前,用左手在柜子上写下歪歪扭扭的六个字:"张晓薇,我爱你。"他希望张晓薇看到这六个字,猜出是他写的,知道他喜欢了她好多年。

考完试,马上要过年了,大雪整整下了一天一夜。赵小海赶到汽车站,所有的汽车都停运了。赵小海挤上火车,坐在一群群回家的民工中间,他闻到了类似张晓薇身上那种浓郁的生活的气息。路上走得很辛苦,每一个小站上都不停地上人、下人,过道里、厕所里都挤得密密麻麻。挤在这满满当当的人中间,赵小海觉得自己以前的空虚是多么苍白,他盼望早早地赶回家,拿上铁锹、扫帚,把这年前的雪清理出去。

中午的时候,车到了赵小海他们镇的那个小站,他几乎是被从车上挤下来的。火车停了一分钟,又哼哧哼哧开动。火车消失在白茫茫的原野,赵小海朝村中走去。整个村子都是白的,像一个刚出生的婴儿。

在院子门口,赵小海惊奇地遇上了张晓峰。他好像一条待在地下冬眠刚出来的虫子,脸色苍白,身上满是一种异乡人的味道。

很快,赵小海知道张晓峰下岗了。他在保定虽然工作了几年,但是人生地不熟,下岗后做了几件事情都不顺利,趁春节回来看看这边有没有好项目。

大雪没有影响人们对年的兴致,每天大街上都挤满了人,割肉、买糖、买菜、买炮、买衣服、请神……人们要把一个正月的生活提前安排好,踏踏实实过一个年。

张晓薇的生意好得不得了,她戴着一双五指没有指头的手套,手上的刀子闪着寒光,一直不停地忙活。她的脸被风吹得红扑扑的。赵小海想起学校办公室里同事们那些沾着粉笔灰的苍白的脸,他对着答案估分。他想张晓薇哪里是个随随便便过日子的女人,她心里有股劲儿,她一直在寻找着自己的幸福,只是在另一条路上寻找。

　　张晓峰站在张晓薇旁边帮忙,这个毁了张晓薇前半身幸福的人,转了一圈又回来了,总是笨手笨脚,干什么都慢半拍,卖肉还怕弄油手。他那半吊子异乡人的腔调,一听就让人觉得腻应,不舒服。

抬着担架的父亲

1

1937年,日军侵入山西,进攻忻口受阻,在阳明堡村南靠近滹沱河的地方修了飞机场。飞机白天去轰炸太原和忻口,运送军用物资,晚上停落在机场。一个联队的大队伍驻扎在阳明堡镇上,机场只有一小股警卫部队守卫,八路军129师第769团奉命炸毁机场。

赵康健的爹那个时候是地主家喂牲口的,在八路军的动员下成了担架队的一名成员。

10月19日黄昏,日军二十多架飞机带着硝烟和寒光穿过血一样的云层,降落在飞机场。风卷起滹沱河的水汽使埋伏在树林和芦苇丛中的战士们感觉到一阵阵寒意。几声夜归的鸟叫声,增加了气氛的紧张感。

担架队跟在最后面,忽然看到前面冒出一阵火光,然后听见机枪声、手榴弹声和呐喊声,一场大火扑上飞机场上空,照亮了漆黑的夜。一声令下,他们奋不顾身往前冲。很快,一个血肉模糊的人被抬到了担架上,他的肚子还在咕咕冒血。赵康健的爹胆子比较大,他从怀里掏出一个东西,塞在那个人肚子上的窟窿眼里,然后和大家抬着担架朝后方飞奔……

后来,战役胜利了,八路军消灭了飞机场的守卫,并烧毁了所有的飞机,这场战役辉煌地记载在了中国抗战史上。

土改时分地主财产,因为赵康健的爹上过战场,把我们大院正面最好的三间廊房分给了他。

赵康健的爹虽然只抬过担架,但他走路时抬头挺胸,两眼目视前方,总是一副雄赳赳、气昂昂的样子,把功劳很清楚地表现在一举一动上。他说话像他走路一样,直堂堂的从来不拐弯,爱找机会和人抬杠,镇上人都叫他"杠死天"。他先在队里赶牲口,老和畜生抬杠,脾气比牛都犟,后来和队长抬了几次杠之后,牲口赶不成了,去参加集体劳动。谁也不愿意和他一起搭班子,队长便经常把他和女人们分一起,年底分工分,他的总是要少些。他老婆生的前几胎都是不带把的,家里人口多,壮劳力少,生活比那时大多数老百姓过得苦一些。

赵康健是他的最后一个孩子,而且终于如愿以偿是个男孩,为了好活，起名康健。后来父因子贵，人们叫他的时候，便叫他赵康健的爹，他的原名人们几乎忘记了。

赵康健的到来，并没有马上使这户人家的生活增加起色。直到1976年，李红军到阳明堡公社当了主任，开三干会时，打听赵康健他爹的名字。1937年，李红军参加夜袭阳明堡飞机场战役时只是一个十几岁的少年，负伤之后发现塞在肚子里的荷包上绣着一个人的名字，从此，他在几十年的戎马生涯中一直记挂着这个人。传说他本来可以当大官，但是犯了错误，便被一贬再贬，来了我们这儿。人们知道公社主任认识赵康健他爹，便开始对他另眼相看。这一年县里组建农村放映队，要招一批农村电影放映员，李红军把赵康健报了上去。没过多久，二十岁出头的赵康健成了一位人人羡慕的农村电影放映员，负责阳明堡镇三十六个行政村的电影放映工作。

为了配得上这份工作，赵康健让他爹托李红军买了一辆永久牌自行车。每天赵康健用崭新的自行车驮着那种手摇式胶片放映机和两盒子胶片去放映电影，这是他最快乐的日子。无论赵康健走到哪里，都非常受欢迎。只要他在村口的照壁前或两棵距离合适的树之间一挂幕布，马上会引来一群小孩围观，然后很多人家拿着小板凳来占位置。电影开映前，前面已经黑压压坐满了人，小孩们高兴地围着幕布乱跑，在放映机和幕布前做着各种古怪的鬼脸和手势，姑娘和小伙子们在一起嗑瓜子、聊天。

去坐落在恒山脚下的上官院中心的七个村子放映电影时，

已经快过新年了,空气中到处洋溢着欢乐的气氛。村里派了一辆大马车来接赵康健,马脖子上系着铃铛,每走一步都发出好听的清亮的声音。因为要去放映一个礼拜,赵康健特意多带了几部片子。到了上官院已近黄昏,村长和一帮子人候在村口,一群小孩在旁边的打麦场上快乐地翻跟斗。赵康健被人们簇拥着迎进村子。他说,天色不早,先把幕布挂起来吧。村长说,先吃饭,狗日的人们不会嫌迟哩!赵康健被领进大队部,附近七个村子的村长都到了。他们拉开桌子、板凳,摆上山里夏天腌上的野菜和一盆子鸡蛋,开始吃饭。每个人都捏着杯子恭恭敬敬走到赵康健跟前敬他酒,没几下赵康健就喝得晕晕乎乎。他说,不喝了,晚上还要放电影。村长说,再喝几杯,反正七个村子的人都来了,来,小红,敬赵放映员一杯。一个漂亮的姑娘过来敬酒。

出了大队部,天完全黑透了,但感觉到处都是黑压压的人。那些喝了酒的村干部七手八脚帮赵康健把幕布挂好,各自坐了自家儿子早给他们占好的座位。赵康健摇摇晃晃地把机器架好,一摸放映机的手柄,头脑清醒过来。那天放映的电影是《侦察兵》,王心刚扮演的侦察参谋郭锐刚一出场,就引来一阵叫好,随着郭锐深入虎穴,在吃饭时听见王队长和还乡头子的重要谈话,拿到了重要的火力配系图。电影一步步走向高潮,观众们激动起来。那一刻,赵康健觉得自己神奇极了。

晚上,赵康健被安排睡在村长家。他看见那个叫小红的敬自己酒的漂亮姑娘一晃,进了隔壁屋子,他仿佛觉得她像是从电影里出来的。

赵康健梦见自己在急行军,走了好长的路,尿憋得不行,忽然抬头看见一个圆圆的大月亮,终于到了,他解开裤子痛快地尿起来。赵康健一下从梦中醒来,发现褥子尿湿了。他大囧,不知道第二天该怎么见人。接下来的半晚上,赵康健故意把身子贴在褥子上尿湿的那部分,盼望天亮时能把它温干。

村长家里人起床时,赵康健趁着混乱把褥子和被子卷起来,他隐隐闻到那卷铺盖和自己身上有一股尿骚味。

小红从隔壁屋子出来,端来洗脸水。赵康健发现她真是一位漂亮的姑娘。

第二天白天,村长领赵康健去附近的一个村子吃狍子肉。赵康健尽管从来没有吃过狍子肉,但他一点也没有尝出这种野味的香,他想的是自己尿湿的褥子被人发现了怎么办。晚上放电影时,他还一直惦记这件事,几次把胶片搅在一起,看着坐在屏幕前混乱的人群,他的头涨得疼。他想现在就收拾东西,趁村长家的人发现那片尿渍前离开这个地方,可是他知道自己不能走,必须放完这七天电影。

片子放完之后,好多人还沉浸在电影里,不愿意离去。赵康健决定再放一部影片,推迟自己回村长家面对尿渍时的尴尬。屏幕前的人看见赵康健又开始放电影,大家不明白怎么回事,但都惊喜地大呼。人们又赶紧抢地方,赶紧招呼自己家走了的人。赵康健快放完这部片子的时候,他想,是不是再放映一部?这时忽然一阵雨滴噼里啪啦掉下来,那些住在别的村子里的人看着黑乎乎的天空,怕雨下大,于是急忙站起来往家里走。赵康健收拾东西时,盼望村长家的屋子漏水,漏在他那卷铺盖上。

赵康健回到村长家时,看见铺盖已经弄好了,小红端来一盆洗脚水放在地上。赵康健想,是不是这个漂亮姑娘给弄的铺盖?他盼望一个雷电把自己劈成两半。

洗完脚赵康健钻进被子时,发现里面干干的,似乎还有一些棉花的香味。他用手摸了摸自己昨天尿湿的地方,没有那种发硬的感觉。赵康健心里一阵惊喜,他借口取口袋里的东西,爬起来看了一下,这确实是一床新褥子,新得好像还没有人睡过。赵康健不知道谁帮他调换了褥子,但心里一下踏实了,这晚美美地睡了一觉。

接下来的几天,赵康健心里没有了顾虑,放起电影来专心致志。每天晚上,当他放完预先准备好的影片时,看到观众们还意犹未尽,就再放一部。最后在观众们的啧啧称赞声中,赵康健疲惫而又满足地收拾着东西,他感觉那些明亮的星星都在为他闪光。在村长家崭新的褥子上躺下时,赵康健眼前总出现小红那忽闪忽闪的大眼睛。

到了第五天,所有准备好的影片都放完了。赵康健为难地对村长说,要不我回去再取几张?村长说,就把放过的片子再放一次就可以了,狗日的人们看过几次?赵康健先把第一天晚上放过的片子拿出来,观众还是那么多,那么兴致勃勃。赵康健放心了,他依然像第一次放映时那么认真,他的心情仿佛从来没有这么好过。

下山的前一天晚上,天还未黑,赵康健就挂好幕布,开始放映。他想把带来的所有片子都再放映一遍。挂幕布的时候,小红待在他身边,默默地帮忙,村长反而不知道躲到哪里去了。电影开始放映后,小红没有像以前那样去坐前边占好的位置,而是继续待在他身边。赵康健感觉小红的眼神一直在盯着他,但他不敢回头看,他怕一回头,吓走小红,也怕电影出错。放到半夜的时候,天越来越冷,赵康健快要冻僵的时候,一件羊皮大衣披在他身上。赵康健看见小红像电影中陈冲扮演的"小花"那样的漂亮、可爱。他忍不住握了一下小红的手,两人脸上马上都冒起红晕,小红害羞地把头低下,但没有走开。赵康健放心了,他开心地继续放着电影,感觉一点也不冷了,小红那冰凉的手在他的记忆中保存了一辈子。

不知道谁在旁边点了一堆篝火,本来已经有些睡意又冻得缩成一团的人马上兴奋起来,他们嗑着瓜子和麻子,大声议论着电影中的故事。有的姑娘和小伙子悄悄钻进了路边的柴堆。

天亮之后,小红眼圈红红地望着赵康健。赵康健说,我回去让我爹来提亲。

2

赵康健和小红结婚的那天,早上就开始下雨。

赵康健他爹让总领招呼亲戚和来宾,他带领一对新人去阳明堡飞机场。路上雨越来越大,坐在自行车后架上的小红披着雨衣,但还是被雨打湿了裤腿和袜子。她瑟瑟发抖地抱着赵康健的后腰问,为啥爹非要咱来飞机场呢?雨打得赵康健睁不开眼,他说,爹当年在这个地方救了一位八路军,后来他当了咱们公社的主任,我才成了电影放映员,才有了咱们的今天。来这儿大概是让咱们不忘本吧!

他们好不容易到了飞机场,当年停飞机的地方现在是一片废墟。半人高的蒿子在风中摇晃,混浊的泥水顺着低洼的泥沟四处流淌。小红蜷缩在赵康健怀里,等了大约半小时,赵康健的爹才步行着赶到。他望着乌黑的天空,喃喃说了些什么,声音马上被风吹走,赵康健根本没有听清楚,但他记住了爹那严肃认真的样子,他眼前出现爹抬着担架往前冲的镜头。

回的时候,雨小了些,风却更大了,顶得赵康健载不动小红,她只好下来走,很快鞋湿了,走一步沾一个泥坨子,快到镇上的时候,她摔了一跤,把新衣服弄脏了。她强忍住泪里的泪水没有让它掉下来。回到家,由于没有另一套红衣服和红鞋子可以替换,小红只好换了一双干净的红袜子,把弄脏的衣服擦了擦,和赵康健拜堂成亲。

雨一直到半下午才停住,小红和赵康健送各位亲戚和宾客时,感觉身子一阵阵发冷。

晚上,赵康健在镇上放映了一部电影,五里八村知道的人都赶来了。路上到处都是明晃晃的水洼,它们比起那些暗黑的地面更像地面,许多人踩在水洼里,发出惊呼和咒骂老天爷的声音,但他们想到能看电影还是满心欢喜。看电影的人似乎比平时多,他们第一次因为有人结婚而看到电影,感觉分外开心,一边祝福着放电影的新郎,一边为《闪闪的红星》里潘冬子的机智勇敢而发出赞叹。

遗憾的是新娘没有一起来。

赵康健放完电影回家后,发现小红正在发烧。他给小红吃了几片退烧药,小红便昏昏沉沉睡着了。赵康健开始洗小红白天的那些脏衣服,这时,他想起自己在小红家尿湿的那条褥子,瞥了一眼昏睡中的小红,他小心翼翼打开了小红陪嫁来的箱子,在最下面赵康健看到了一条叠得整整齐齐的褥单,上面有一块发黄的尿渍。那晚,赵康健一直没有睡,隔一会儿就用湿毛巾擦一下小红的额头和腋窝,用筷子蘸点水润润她的嘴唇。小红醒过来时,赵康健对她说今天晚上放的《闪闪的红星》,等她病好了之后,独自为她放一场。

小红病好之后,赵康健问起那条褥单的事情。小红扭捏着说,你是电影放映员,哪敢高攀你呀!看到你尿湿的褥子,我爹以为你有尿炕的习惯,才……

赵康健明白了小红为什么嫁给他,有些好笑,他庆幸自己那天尿了裤子。

赵康健在他家屋檐柱子和枣树中间挂了一张幕布,专门给小红放《闪闪的红星》。

那天晚上,我们院里的人早早回家,把大门闩上,吃完饭之后每个人搬着板凳在幕布前坐好,蓝天上的星星像挂在枣树上,伸手就能摘到。柔和的灯光灭了,电影开演。那是非常美好的一个时刻,只有三四十人一起看一场电影。尽管电影内容人们前几天就看过了,但是大家还是看得很开心。当然最快乐的是小红,那天的电影是专门为她放的。她脸上洋溢着一种说不出来的幸福的光彩,我觉得比银幕上的潘冬子的母亲都漂亮。

从那之后,赵康健经常在我们院里放映电影,开始几次放映的时候,小红早早坐在正面她最喜欢的位置,大家围在她周围。后来一放电影,无论小红来得迟早,她喜欢坐的位置都被预先空出来。

我们秘密看电影这件美好的事情没有延续多久,就被打断了。原因是不知道谁家先告诉了自己的朋友和亲戚,于是几个不是我们院子里的人在放电影的那一天来到我们小院。后来,几乎每家都把看电影的事情告诉了自己觉得最亲近的人,于是越来越多的人来到我们院子里看电影。后来,我们院子里放映电影几乎成了一件公开的秘密。每次放映电影的时候,许多人从外面早早来到我们院子里占座位,一排一排的人从幕布前一直排到院门口,连幕布的背面也挤满了人。我们院里的人去得稍晚,就会没有位置,人们也不再给小红预先空特殊的座位了。看电影的时候,外面来的人们渴了进屋子寻水喝,累了找东西坐。每次演完电影,院子里就会留下烟蒂、浓痰、冰棍纸等一地乱七八糟的垃圾。柴奶奶家树上的枣子还没有红,能够到的地方早被人采摘一空。我家的玻璃被挤烂三次。后来人们还发现经常丢东西。有一次,修自行车的孟胜利发现自己四五十斤重的铁砧子不见了,那么大、那么重的东西,怎样就能丢了呢?愤怒之下,他找到赵康健,要求他以后不要在院子里放映电影了。他们谈这个问题的时候,院子里的其他大人也参与进来,既然已经不能自己独享好处了,就不要在院子里放映电影了。

赵康健不在院子里放映电影之后,好长一段时间,还经常有人来到我们院子里,探头探脑看半天,或者直接张口问什么时候演电影,仿佛我们院子是个公共放映院。

我们院里的人们习惯了经常看电影,一下看不到电影感觉很不舒服。人们为了看电影,又像以前那样追着片子跑,只要附近五里之内的村子演电影,大家就跑去看。但是在别的村里看电影,哪能比得上在自家院子里看呢?半路上会遇到野狗,我们还可能被那些半大不小的流氓欺负,而且每次去了别的村子,好地方基本都被占满了,我们只好挤在边边上,不时被眼前走过的人挡住视线,一部电影看下来,脖子都发酸。看完电影,还得走四五里的夜路往回赶,碰上下雨就更倒霉。人们都怀念以往能随便看电影的日子。

忽然有一天,孟胜利抱回一个四方盒子一样的怪东西,他说这是电视机,接上天线可以看电影,还可以看电视。他让赵康健帮助他接线。两人因为这个东西到底能不能看电影争执了起来。人们都不大相信这么小一个玩意能把那么大的电影内容放进去,但心里都盼望它真的能演电影。线接好之后,人们离开电视机几米远,害怕这个东西一下子爆炸。孟胜利小心地打开按钮,里面首先传来声音,然后有了一尺多高的小人,人们一下子兴奋起来。后来我们知道了正在播的电视连续剧是《血疑》,人们马上记住了那个漂亮的女主角叫山口百惠。电视屏幕虽然不如电影幕布大,但它里面演的片子比电影长,看完几十集的《血疑》,我们又看墨西哥的连续剧《卞卡》,然后是香港的《万水千山总是情》。孟胜利的家里每天晚上挤满了人,许多人很快学会咬着舌头唱主题曲"万谁(水)千山总谁(是)情"。

过了不久,院里有人买回了第二台电视机。没过几年,几乎家家户户都有了电视机。

只有赵康健家没有买,他只在帮孟胜利接线那天看了一眼电视,从那之后,谁也没见过他看电视。但小红爱看电视,每天一吃完晚饭,她就搬一个小板凳去邻居家,自觉地找一个角落,仰着头看,完全没有了以前看电影的那种气势。后来他们家有了孩子,也经常跟着小红去别人家看电视。

赵康健依然每天驮着他的电影放映机去各个村子里播放，但是看电影的人越来越少。有时在镇上放映，幕布挂好了，半天才稀稀拉拉坐十几个人，电影一开演，有人看上几眼扭头就走，那些内容他们早看过了。有时一部电影还没放完，人就走光了。

赵康健半下午时分收拾东西准备出去放映时，以前总是很多人围过去看热闹，但现在已经没有人关心他摆弄的那个机器，也没有人关心他去哪个村子里放映。小红帮他收拾东西，一低头，发现他俩头顶都有了白发。收拾好东西，赵康健和小红挥手再见，这个过程中，两个人一句话也不说，像电影里的默片。然后赵康健驮着一大堆东西，一个人慢慢地走出村子。

这时听说以前飞机场那块地方要建一个新的机场，镇上的人们一下兴奋了。大家感觉飞机场建好，来我们这儿旅游的人肯定一下就多了，大家可以开旅店、饭馆，卖土特产，还可以从义乌那儿贩些玩意儿卖旅游纪念品。我们这儿有雁门关、白人岩、赵杲观、杨忠武祠、边靖楼、阿育王塔等国宝级文物，离五台山、恒山又那么近，说不定我们镇会像深圳那样发展起来。那段时间，滹沱河两岸经常有飞机飞过，人们认为这是国家在考察地形，不久应该就开工建设了。可是过了一段时间，没有任何动静了。

后来又说那块地方要建一个纪念八路军抗日战争的纪念馆，上面来了很多人来考察，镇里派人把这块地圈起来，还用水泥硬化了飞机场到镇上的道路。人们觉得这下一定没问题了。

那个曾经停满日本人飞机的地方,将重新摆上飞机、大炮、机枪,一定更加威风,更多的人将知道我们这个地方曾经是多么的辉煌,要是赵康健的爹活着,听到这个消息不知道得有多么高兴!可是这件事情张罗了一阵子,也没有消息了。那块圈起来的地方又慢慢长满野草,通往镇上的路方便了不少人,但时间一久,没人维修,水泥路热胀冷缩,加上来往车辆的倒腾,开始龟裂、变碎,后来成了一块一块的水泥坨子,走起来碍事,人们便把它们都铲到路边,路上出现了一个一个的大坑。

赵康健还在放电影,他的手摇式电影放映机已经变成了VCD投影仪,但看电影的人似乎更少了,因为好多人家里自己有VCD,自己想看啥弄个碟就可以了,没有必要专门跑到几里远的露天电影院去看。

有一年秋天,赵康健放一部电影,这是北方农村户外看电影最舒服的季节,不冷也不热,可是那天看电影的只有一个人。赵康健听着碟片在机器里均匀地沙沙响动,他感觉好像秒针在他心上一圈一圈地划动。赵康健和那位唯一的观众一起看完了这部电影,屏幕上出现片尾字幕的时候,他递给了那位观众一根烟,并小心地给他点上。

赵康健回去之后,病了一场。

3

县里的农村电影放映员要联合上访,领头的那个人找赵康健时,他正在门口擦他那架老式电影放映机。自从他病好之后,就经常看见他把那架老式电影机拿出来擦拭,仿佛怕它生锈了似的。

他们两个一见对方,眼圈都红了。那些年,两个人一起开会,一起领奖,一起到县里取片子,谁会想到以后会这样呢?领头人告诉赵康健他们要去上访,动员他一起去。

他说,我们一辈子琢磨如何放好电影,给党做好宣传,给别人带来欢乐,谁也想不到,一下却没人看电影了!这么大岁数,学啥也迟啦,城西的老王已经得脑溢血死了。

赵康健听过老王的事,他长叹一口气。

领头人说,我们有当年省电影公司发的《电影放映证》、省文化厅发的《电影放映技术资格证》、地区文化局发的《电影放映单位登记证》,应该是政府的人,一起去找政府讨个说法。

赵康健仰着头听老伙计说完话,待了半晌,傻傻地问,你说不会没人看电影吧?

领头人说,大哥,人们都喜欢看电影,但他们喜欢在电视里看、电脑上看、电影院里看,谁愿意再看露天电影呢?你上次放片子是什么时候?

赵康健尴尬地笑了笑,他已经快两个月没去放露天电影了。最近的一次还是有人死了位高龄的母亲,喜丧为热闹,请他去放了一场。

两人对坐着沉默了半天,赵康健请领头人在他家里吃饭。

他买不起好菜,把过年时卧在猪油上的一块猪肉拿出来,又让小红炒了盘花生米,切了一块咸菜疙瘩。

两个放电影的人回忆起当年的时光,马上兴奋起来,一盘猪肉很快就吃完了。但说起现状,两人又难受起来。领头人马上就跳起来,说要再通知别人去。临走时,他再三叮嘱赵康健第二天一定要按时去。

组织大家第二天去上访。

他临走时,赵康健不甘心地问,没人看电影是不是没有好片子啊?我相信有好片子还是有人看,只要我们能先拿到一步。

领头人说,明天早上八点整在县政府门前集合,别忘了时间。

第二天早上,小红六点就叫醒赵康健。

赵康健一看这么早,问,今天有事吗?

小红说,你不是要上访吗?

赵康健磨磨蹭蹭地穿衣服,他拿不准主意去不去,而且他心里不想去。

七点钟吃完饭的时候,赵康健对小红说,我不去了吧?

小红说,去看看吧,这样下去等死也不行啊!

赵康健慢腾腾地骑着自行车,他盼望别的人都不去,八点钟到了政府门口,如果看见没人,他就马上返回来。可是他到了政府门口时,别的放映员都已到齐,正在等他。大家见了面,都唏嘘不已。

他们等了一上午,只见到文化局的一个办事员,她把他们反映的情况登记上,说等领导回来汇报。

他们回去等消息。

后来别的放映员一直上访,他们去市里和其他县的会合到一块,再去省里,一直到北京。直到国家下来政策,解决了他们的待遇问题。

赵康健只去了那一次,他受不了办事员那爱理不理的态度,他不想放电影被冷落,上访再去被冷落。但政策是国家给大家的,赵康健享受到了相当于机关事业单位工作人员的养老保险及医疗保险,他的腰杆一下又硬了起来,像那些真正吃了一辈子国家饭的人一样。

我们镇北边开发雁门关旅游,东边和西边都发现了铁矿,镇上一下热闹起来。许多外地人拥到我们镇上,饭店、旅馆、小姐一下都多了起来,数不清的拉矿的车日夜不停地从我们这儿拉上矿粉运往外地。镇上盖起了许多高楼,一条条外环路不断地向四面扩张。飞机场那块地方竖起一个石碑,上面是陈锡联题的"阳明堡飞机场遗址"几个大字,碑前还修了一个花坛。但是来这儿的人还是非常少,人们都去寻热闹、挣钱,不久这儿又长满了荒草。后来,镇上为了利用这块地方,把它弄成了一个旧货市场。每到周末,许多来自四面八方的二道文物贩子、古董赝品制造者、新产品推销员带着自己的东西来这儿摆摊交易。附近许多老百姓也在这儿设个摊子,把自己家里不用的旧桌子、板凳、收音机、褡裢、油瓶子、煤油灯、月饼模子等东西拿出来卖,碰到个喜欢的主顾,价格比卖到废品收购站高许多。人们没事的时候,也喜欢来这里溜达溜达,顺便怀旧。

  2008年,出来一部新片子,叫《夜袭》,专门讲阳明堡飞机场这场战役。赵康健拿到片子后迫不及待地放起来,他感觉自己看电影从来没有如此认真过,一个多小时,他几乎眼睛也不敢眨。电影播完了,他非常失望,没有看到想象中的父亲抬着担架在枪林弹雨中冲锋的镜头。赵康健感觉自己看得还是不够认真,他把电影速度放慢两倍,又继续看了一遍,看得他眼睛发疼,还是没有发现他希望看到的镜头。他不甘心,觉得一定是中间自己注意力不集中错过了,他让老婆和孩子帮着他找,可是她们也没有找到。赵康健沮丧了一会儿,又兴奋起来,他相信电影中一定有这样的镜头,只是他们不知道因为啥原因没有看到,他带着自己的投影仪开始了"寻宝游戏"。他每到一个村子,挂好幕布,等有人过来时,说要放《夜袭》,是演八路军夜袭阳明堡飞机场的。人们一听说电影里演的是镇上过去发生的事情,就有人会出现许久没有见过的热情。然后,赵康健拿出父亲的照片,对准备看电影的人们说,谁能在里面找到这个人,有赏。他说

"赏"字的时候很神秘,人们想象一定能得到一种想不到的奖励。于是,许多人看电影的时候注意力非常集中,尤其是一些小孩,像探寻宝藏一样看电影。当他们看完电影的时候,没有一个找到这个相片里的人,他们失望,但还是有些兴奋,毕竟电影里演的是发生在他们附近的故事。

赵康健凭着这一招,在镇上每一个村子里把这部电影放映了一遍,而且吸引了相当多的观众。镇上所有的村子都放映完之后,赵康健在飞机场的旧货市场租了个摊位。每到周末,他就挂块幕布,播放《夜袭》。

开始来看电影的人还不少,当然看完的人没有一个能找到关于相片上的那个人的镜头,时间久了,人们就传这个放电影的是个骗子。人们看腻了这部片子,甚至路过这儿一听到这部电影的声音就烦。但赵康健乐此不疲,为了吸引观众,他把家里收藏的胶片放映机、旧胶片和旧电影海报都带了过来。那些旧电影海报一挂,马上吸引了许多喜欢民俗和怀旧的人,这些东西把他们深深带入了那些过去的岁月,让他们激动不已。他们兴致勃勃地挑选这些海报和旧电影胶片,但一问价钱的时候,没有一个人不愤怒的。赵康健要的价钱太离谱了,远远超出了一般的市场价钱,尤其是那个胶片放映机,赵康健在机头不显眼的地方贴了一块白胶布,上面标了一个可怕的数字。人们觉得赵康健要价太狠,都用劲杀价,最慷慨的人也只给他出十分之一的价钱,但赵康健不像其他摆摊的,见到有人诚心买东西会做出些让步,和大家商量一个比较合适的价钱,他少一分钱也不卖,买东西的人觉得赵康健不可理喻。他的东西一件也卖不出去,但他还是风雨无阻地来摆摊。

有一天,来了两个喜欢中国民俗的外国游客,走到赵康健的摊子跟前停住了,他们对这些玩意产生了很大的兴趣。他们一张张翻看那些电影海报,翻到赵康健父亲的相片时,他们看了赵康健一眼,忽然大笑起来。许多人过来围观。两个老外指着相片上的人对着赵康健笑,人们一下发现赵康健和相片上的人是一个人。不知道赵康健故事的人觉得这个家伙真逗,让人们去电影里寻找他自己,他们不知道赵康健拿的相片真是他父亲的相片。

一个老外对那架电影放映机有了兴趣,他朝着它比画。有一个懂外语的热心游客帮赵康健翻译,那个人打算把这架机器买下。赵康健指着上面贴着的白胶布让他看价钱。在翻译的帮助下,他们商量了半天,赵康健坚持要他的价钱。旁边的观众告诉老外,赵康健卖东西一分钱也不会少。老外歪着脖子打量了赵康健半天,对他竖起了一个大拇指,同意以这个价钱买下这架机器。人们觉得赵康健走狗屎运了,一架这机器可以卖这么多钱!赵康健看到他同意了,怔了一下。

人们都以为他高兴得惊呆了。

那个外国游客开始掏钱包,没想到赵康健拿起笔,认真地在那个标价的白胶布数字后面加了一个零。老外掏钱的动作停住了,周围的人们传来惊诧的议论声。

　　赵康健的目光越过喧嚣的人群,他在正在播放的电影里,看见年轻的父亲抬着担架飞奔,那些子弹嗖嗖从他头顶飞过,父亲鸟一样躲着这些子弹,越跑越快。

黑蚂蚁

1

黄昏时分,我们在树下玩麻雀,蝙蝠在树那么高的天空中盘旋、飞翔。

八十几岁的柴奶奶屋里突然传来急促的叫娘的声音,声音嘶哑、干瘪、恐惧,梦魇一样,惊了我们一跳。

"老杂毛叫谁娘呢?"海军把那只满身粉肉的小麻雀扔在地上,狠狠踢了一脚,抬起头来朝我们询问。

我们面面相觑。柴奶奶八十多了,怎么还有娘呢?

我朝四周乱看,想象一位银白头发拖在地上的老婆婆出来。没有白发老婆婆,那只几小时前就落在枣树上一直尖叫的大麻雀俯冲下来,悲伤地围着小麻雀啼叫。海军用手指捅了捅我们几个,我们蹑手蹑脚朝柴奶奶家走去。

大概过了几分钟,我们适应了她屋子里的光线。"蛇!"海军猛喊一声。我们惊了一下,发出很大的响动,互相嘘了一下。没有看到蛇。海军对天发誓,有一条蛇从柴奶奶身边游进墙洞里。

柴奶奶发现我们之后,两只眼珠从眼皮上一层层赘肉中浮上来,马上又像受到惊吓后蜗牛的触角一样缩了回去,闭着眼睛害羞而惊恐地继续叫娘。她的两条腿不住发抖,几滴黄色的尿液从裤腿流出来,掉在前面一大摊黄汤汤上面。

柴奶奶疯了!我马上这么想。

香莲抱着一堆湿漉漉的衣服从大门洞里走进来,阳光跟在她后面像一条金色的尾巴。我闻到她身上散发出肥皂和洗衣粉的香味儿,觉得她可怜,不由得替她担忧起来。我没有告诉她柴奶奶疯了,而是拗口地说:"你娘找娘呢!"

"我要我要找我爸爸,走到哪里也要找我爸爸。"海军忽然怪模怪样地唱起《咪咪流浪记》中的这句歌词。

香莲皱起灰色的眉头,走进屋子。柴奶奶看见香莲后,叫得更急促了。香莲扔下衣服向她跑去。柴奶奶孩子一样一头扎进香莲的怀里,像要吃奶一样拱着她,不停地喊娘,还委屈地哭起来。海军他们轰的一声笑了起来。我的眼睛有些发酸,觉得香莲家发生大事了。香莲从盆里揪起一件湿衣服,朝我们抡着喊:

"去,一边玩去!"

我们四散跑开。海军唱起他修改的"我要我要找我妈妈,走到哪里也要找我妈妈"。

那只可怜的小麻雀身上爬满黑黑的蚂蚁,只露出黄色的嘴壳,树上的大麻雀不见了。

晚上,整个院子的人,包括街上的人都知道了柴奶奶管她闺女香莲叫娘。人们觉得柴奶奶老糊涂了。

第二天,我在院子里看到柴奶奶,她一夜之间突然变小了,以前脸上那副凶巴巴的样子变得稚气、胆怯,而且皮肉放松之后耷拉下来,像淘气的孩子戴了一张老人脸的面具。我喊:"柴奶奶好!"她茫然地看着我,露出疑惑的表情,显然没有认出我是谁,一下子许多感觉涌上心头,以前她骂我,向我家里告状,积攒下的那些怨恨消失了。我觉得她可怜,还有点可爱。我不禁伸出了手,打算像她以前拍我的脑袋一样拍拍她,但发现她头上有一层白色的头皮屑,然后闻到了那种上年纪的人特有的老人味,我的手没有落下去,而是离开了她。

2

午饭后,我在大门口遇到香莲。她问:"你见你柴奶奶了吗?也不知道吃饭。"我摇摇头说:"没有。"香莲叹了一口气,伸手理了理掉到额前的一缕头发。她的胳膊举起时,磨破的袖口露出絮状的纤维,里边衬衫的袖口也露了出来,同样磨破了。看到这两层袖口,我心里一软,说:"我和你一起去找吧。"

我们沿着街道一直往东走,问了许多熟人。

杂货铺的老板说:"柴婶半上午进来,拿了一块钱的糖。"我们临走时,老板吞吞吐吐地说:"她还没有给钱呢!"香莲掏出一块钱给了他。肉摊子的老板说,十一点左右的时候,柴奶奶买了他一只猪耳朵。水果摊的老板说,柴奶奶十一点买了他半斤苹果、半斤梨。我们一路走过烧饼铺、五金店、文具店、服装店、化妆品店、铁匠铺、纸货店……每一位老板都说柴奶奶上午买了他们的东西,有一块饼子、一个苹果、一面鲜艳的红领巾、一把直尺、一盒指甲油、一把手锯……他们都说柴奶奶没有给他们钱。

香莲开始每听到一家老板说柴奶奶拿了他的什么东西,她就赶忙把钱补上。后来,她每进一家店铺,首先就问:"我娘拿你什么东西了?"但她很快地意识到柴奶奶拿走的许多东西根本就用不着,而且她也没钱了。她只好为难地让人家把账记住。走到纸货铺的时候,那个牙齿发黄的老板装出一副悲伤的样子,问:"你家里有人走了?柴婶拿走一只花圈。"

最后进的理发店,老板像做证似的说:"柴奶奶中午在我这儿理了发,拿着一大堆东西,有饼子、红领巾、手锯,还有一只花圈!"他有些为难地说。

我看到香莲的脸越绷越紧,越来越难看,我担心她变成柴奶奶以前的样子,拉了拉她的袖子。她眼里突然迸出晶莹的泪珠,赶忙用袖子去擦。我想柴奶奶真是疯了,居然买这么一堆五花八门的东西,还有花圈!

我们循着店铺老板们提供的线索,一路追踪,在下午三点左右才回了院子。柴奶奶正在门口焦急地等待着香莲,一见她,马上踮着小脚迎上来说:"娘,我饿。"

我在屋子里看到柴奶奶一上午的战利品,那只白纸做的花圈显赫地摆在炕的中央,围着它摆着红领巾、铁锹、苹果。柴奶奶指着炕上的东西说:"娘,你看多好看!"

香莲眼睛里噙着泪说:"娘,你最喜欢哪个咱们留下,余下的我去退了。"她抓起花圈。

"我要那个花环!"柴奶奶呜呜哭了,她的哭声像小孩受了委屈那样肆无忌惮。从她身上,我想到了自己,多少次哭着要东西。那一刹那,我发誓以后再也不这样要了。

见柴奶奶哭,香莲放下手中的东西也哭了起来。两个女人的哭声像两把粗细、长短不一的鼓槌,敲破了午后宁静的时光。院里的人们虽然觉得柴奶奶以前太霸道、不咋样,可现在成这样子了,又同情香莲,便端上吃的,来到柴奶奶家里。大家看到炕上的花圈直叹气,精明强干的柴奶奶怎么一下就变成这样了?

柴奶奶看到吃的,停止哭泣,拿起猪耳朵让香莲先吃。香莲又掉下泪来。柴奶奶赶紧用粗糙的黑手去给香莲擦泪,而她自己枯瘦的脸上泪痕还没有干。

那天下午,柴奶奶和香莲再没有出门。那只惨白的花圈沉甸甸地压在人们心上,谁见过活人往自己家里拿花圈呢?大家一边咒骂纸货铺的老板为了做生意不分青红皂白把花圈让老人拿走,一边盼望香莲把花圈赶紧拿出来送走。

黄昏时香莲出来了,她拿着花圈和一大袋东西。她走出大门的时候,人们不由得长出一口气。

3

香莲退了东西,拎回一块猪肉。那是一块冒着油的五花肉。倚在门口的柴奶奶看见猪肉,快活地颠着小脚迎过去,接过来用舌头舔了一口。我们这些在院子里玩耍的小孩立刻往下咽口水。

不大一会儿,院子里飘出了炖肉的香味,开始,肉的味道夹杂在炊烟和熬稀饭、蒸馒头、煮面条以及各种烩菜的味道中,还不太浓郁,后来肉的香味驱逐开其他味道,一个劲儿地往人们的鼻子里钻。我们张大嘴呼吸着,回味着上次吃肉的美妙时刻,感觉远不如柴奶奶家这次的香。香莲这次炖肉的时间似乎格外漫长,我都以为她炖肉的时候睡着了。肉出锅的那一刻,我明显看到家里昏暗的灯猛地亮了一下,像一只眼睛突然睁大了,周围的空气仿佛被抽空了,都扭曲着往柴奶奶家跑。我张着鼻子,在妈妈的催逼下,勉强坐到饭桌前,没有一点胃口。

吞了两口饭,我说,不饿了。

推开门,看见海军正往柴奶奶家门口溜。很快,柴奶奶家门前站了一堆小孩,轮流从门缝里闻里边的香味。

柴奶奶对香莲说:"娘,你先吃。"

香莲禁不住咽了一下口水,说:"娘,刚才炖的时候我尝过了,你吃吧。"

柴奶奶夹起一块红白相间的肉塞到嘴里。

我们都咽了一下口水,竟然发出重重的咕的声音。

柴奶奶嚼了几下,肉应该还没嚼烂,就一仰脖子咽了下去,然后眉头舒展开来,脸上荡起幸福的笑容。这种笑容,我们都非常熟悉。我们轻轻往前挤了一下。柴奶奶说:"娘,你也吃。"

香莲说:"你吃吧。"

"这狗日的娘母俩!"海军骂道。

柴奶奶夹起一块又一块肉喂进嘴里,前一块还没有嚼烂,后一块就塞了进去,然后又用筷子夹碗里的另一块肉。边吃边说好吃,还用眼睛警惕地望着香莲,既希望她吃,又怕她吃的样子。

一碗肉,十几分钟就被柴奶奶吃下一多半,她的动作明显慢了下来,但她还是继续伸筷子夹肉。香莲望着碗底剩下的不多的几块说:"娘,咱们下次再吃吧。"

柴奶奶夹起一筷子高粱面做的鱼鱼,说:"我再蘸点肉汤。"

吃了两口,她开始打嗝。一个又一个响亮的嗝不停地打出来,像顽皮的金鱼在吐泡泡。随着打嗝,她嘴里出来的全是肉香,完全不是以前那种臭烘烘的味道。我们又往前挤,门被挤开了。柴奶奶一把捂住碗,警惕地瞪着我们。香莲皮笑肉不笑地问我们:"你们都吃过了?"我们没有回答,一起张开了鼻孔和嘴巴。

柴奶奶咳嗽一声,一块肉从她嘴里掉出来,黏糊糊的泛着光。她赶忙捂住嘴巴,可又控制不住,连续咳嗽了几声。香莲赶紧给柴奶奶拍背,又倒热水喝,让她深呼吸,把纸搓成细条刺激鼻孔让她打喷嚏。柴奶奶还是边咳嗽边打嗝。她怕肉再掉出来,每次忍不住张开嘴后,马上迅速合上,动作敏捷得像大河马。

她一个接一个不停地打出响亮的嗝来,仿佛在向全世界宣布,我今天吃肉了。

让人受不了。

吃多了肉的柴奶奶嗝还没有打完,开始跑茅房拉稀。院子里的灯大多拉灭之后,在铺满月光的院子里,柴奶奶上茅房稀里哗啦的声音夹着打嗝声十分响亮。夜里还听到她家的门响了几次。

天一亮,妈妈碰上香莲,她说柴奶奶昨天跑了一晚上茅房,得赶紧找医生来看看。

医生说柴奶奶体虚胃寒,吃多了肉,所以腹泻,大便稀溏。他开了一些补脾和帮助消化的药。

柴奶奶服了药之后,还在继续上茅房,而且她的肚子胀了起来,并开始呕吐。我们都没有见过这样的怪事,上边吐,下边泻,肚子还能胀起来。到了半上午的时候,柴奶奶的肚子胀得像个皮球,香莲又叫来医生。他敲了敲柴奶奶的肚子,发出鼓一样的响声。他说还是消化不良,按时吃药就好了。

柴奶奶捧着肚子,眼巴巴地望着香莲说:"娘,肚子难受。"香莲叹口气,让柴奶奶躺床上,给她揉起肚子来。香莲像推磨那样,一圈一圈地揉着柴奶奶的肚子。海军说:"活该,饿死鬼投胎也不会这样吃。"我们猜测剩下的那些肉她们什么时候吃。

4

下午,我们玩丢沙包,柴奶奶突然站在了我们面前。我们以为她上茅房路过,没人去搭理她。可是,半天不见她上茅房。有几次,沙包扔到她跟前的时候,她努力弯下腰拾上给我们扔回来。大家有些吃惊,以前我们不小心把沙包扔到她身上,她总会大骂一声"没头鬼",然后一脚把它踢开。我们发现柴奶奶真的变了,但是谁都记得她以前的凶样,她现在这么异常,万一不小心撞到她身上,或者沙包打到她眼睛上,她会不会讹我们?

柴奶奶越是这样,我们越觉得有问题,盼她赶紧回家去。但柴奶奶眼巴巴地等着帮我们捡沙包,有时沙包还没有出线,她就跑过来,弄得我们碍手碍脚。

当她又一次过来时,海军喊:"一边去!"

我们惊呆了,以为柴奶奶会大发雷霆,骂出一串串脏话,海军家的几代人都要跟着遭殃了。但柴奶奶没有发作,而是害怕似的缩着身子往边上挪了挪。

我们仔细端详,柴奶奶的脸色黄中带白,看起来身子很虚,大概拉肚子伤了元气。脸上布满蚕豆大的老年斑,像阎王爷在她身上打了密密麻麻的戳子。人又瘦又小,一把就可以拎起来。我们诧异自己以前竟怕这样一个半死的人。现在海军碰开了一个口子,呵斥她没事情,我们便脚往土虚处踩,也跟着呵斥:"一边去!"完全不把她当个老人,也忘记了她以前的凶恶。

好笑的是,只要有人一喊,柴奶奶就往后边一缩,但仍然眼巴巴地望着我们。再有人一喊,她再往后缩一缩。有时,沙包和她屁事也没有,有人仍然大喝,她会耸起脖子,往后缩一缩。后来,她已经离我们有段距离了,还是有接不住沙包的人喊"往一边去",仿佛她的视线也影响接沙包。

再后来,我们的乐趣不是玩沙包了,而是捉弄柴奶奶。我们故意把沙包扔她脚边,扔她身上,她笨拙地缩着身子,躲着沙包,然后用力地给我们扔回来。

忽然,海军拿着沙包进了茅房。他出来时,沙包滴着水向柴奶奶头上飞去,她根本来不及躲,沙包打在她眼睛上。我们呆住了。看见柴奶奶的眼睛马上红肿起来,眼泪流出来。我们猜测柴奶奶一定要生气了。

柴奶奶一只手捂住眼睛,身子慢慢蹲下去,另一只手拾起沙包颤颤巍巍走到海军面前扔给他。从掉下来的水滴中,我们闻到了尿骚味儿。

我们觉得海军有些过分,都盯着他看。海军说:"看我干啥?我也不是专门的。"

柴奶奶捂着眼睛,慢慢走回家里,啪一下关上了门。

5

第二天,柴奶奶像以前一样早早起床、出门,我以为又去拾破烂。

从我有记忆起,柴奶奶就爱拾破烂。杏核、骨头、树枝、烂纸箱、空酒瓶、废纸片、一截铁丝或半个铅笔头。不管什么东西一股脑儿往家里拾。经常看见她把大小不等的纸箱拆开踩平,整齐地摞在一起,仔细地捆好,卖给上门收破烂的。柴奶奶门口的那座炉子也基本不用炭,常年烧她从外边捡回来的不能卖钱的东西,有时是树枝柴棍,有时是废纸烂布头,有时就是塑料和橡胶。她烧塑料或自行车旧轮胎的时候,整个院子都弥漫着难闻的气味,要是只引火还好些,有时她做整顿饭都用这些东西,我们出去的时候,身上都有种难闻的味道。

海军妈说过柴奶奶,她说:"不要烧塑料橡胶了,有毒。"

柴奶奶马上回敬道:"妨你啥事?毒死谁了?"

海军妈知道柴奶奶厉害且极不讲理,不再吭声。

柴奶奶却不罢休,不住口地一直骂,她的嘴像射子弹一样,各种脏话滔滔不绝冒出来,还捎上海军家的祖宗几代。

海军妈委屈地退回家里,说:"我也是好意呀!"海军气得拿起一把菜刀,说要剁了柴奶奶。她妈妈一个巴掌扇过来,"她已经是老得半死的人了,和她较什么劲儿?"她这样说儿子,但不能忍住自己不气。

柴奶奶堵上门来,她才不管你是好意还是恶意,惹了她她就要不停地骂。那天整个下午,她就在海军家门口不停地骂。院子里的人们都知道她的性格,没有人出来劝。

这次柴奶奶没有像以前那样背回一捆柴火,或者用蛇皮袋子装回些乱七八糟的东西,而是拾回了一些烟盒和几块糖纸,还有一把穿冰糕的棍子。她在大门口遇到我,把手中的冰糕棍子塞我手里,友好地对着我微笑。我感觉怪怪的,不敢接。在记忆中,柴奶奶好像从来不给别人东西,反而是趁人家一不注意,就把别人家的东西悄悄拿回自己家里。

那时,我们没有玩具,平时玩的东西不是废物利用,就是亲手制造。"挑棍"是经常玩的一种游戏,所以冰糕棍就特别需要。我们走到马路上,一看到冰糕棍就捡,有的小伙伴甚至跟在吃冰糕的大人后面,等他吃完一扔,马上捡起来。但吃冰糕的人少,只有碰上庙会,才有机会捡一把。

现在柴奶奶手中握着一把冰糕棍,给我。我不由得咽了口唾沫,望了望她的眼睛。她的眼睛里满是期待,我什么也不管了,一把抓住它。握着这把冰糕棍,我开心又好奇,不知道柴奶奶从哪里捡来这么多冰糕棍,心里对她佩服起来。

柴奶奶看我接下冰糕棍,开心地笑了。然后把手中的那些烟盒和糖纸一张一张翻开,烟盒中有大境门、丰、鹿角、黄金叶、大前门。糖纸是几个小人,没有什么稀罕的,但柴奶奶一上午捡来这么些东西,还是让我羡慕。我拿起一个大前门烟盒,叠了一个三角,放在柴奶奶手里。柴奶奶乐得张开了嘴,把剩余的都塞在我手里,让我帮她叠。

我们扇三角时,柴奶奶站在我们旁边跃跃欲试。

海军说:"让柴奶奶来玩吧。"边说边冲我们挤眼睛。

自从柴奶奶骂了海军妈,他一直不怎么搭理柴奶奶,老叫她老杂毛。我们有些意外,让开一个位置。

柴奶奶大概从来没有玩过三角,不一会儿,十几个三角都输完了。她眼巴巴地看我们玩了一会儿,说:"你们等着,我出去再找。"

我心里有些不安,似乎不该这样做,虽然她的三角大部分被海军赢了。我对海军说:"咱们把三角还给柴奶奶吧?"海军撇了撇嘴说:"这是咱们赢的,又不是骗的,赢死她才活该,再让她凶?"

院子里的人们都开始吃晚饭时,柴奶奶还没有回来。香莲着急地喊着娘,出去找她了。我扒拉了几口饭,放下碗,也帮着去找。

香莲去柴奶奶经常串门子的人家家里问,都说没有见过她。街上的商店大多已关了门,我和香莲去那些漏着灯光的店铺问,万一她又去赊东西呢？但是也没有。

我忽然觉得柴奶奶一定在戏场院。

我们路过水渠的时候，白花花的月光铺在水面上，像一条通向远方的神奇的路。我忽然觉得水渠边一定有一个烟盒。我跑下马路，跑向自己感觉到的那个地方，果然有一个烟盒躺在那儿，是牡丹烟，盒子还没有拆散。我兴奋地把烟盒捡起来，里面还有一支压得瘪瘪的烟，我兴奋极了。"一云二贵三中华，凑凑乎乎阿诗玛，黄果树下一枝花。"我居然拾到了一枝花——牡丹烟盒，里面还有一支烟。我想象着把这支烟交给爸爸时，他那高兴的样子。

我们到了戏场院，戏台正面的广场上空荡荡的，没有半个人影。香莲叹口气说："去了哪里呢？"

"那儿，那儿呢！"我喊。

柴奶奶弓着腰，头埋在南边的一大块杂草中寻找东西，月光将草叶子涂成银白色的，她的头发也是银白色的，像一块移动的草丛。她看见香莲，应了一声娘。我看见柴奶奶一只手中拿着几个烟盒，另一只手中握着几个冰糕棍。她看见我把冰糕棍递过来。在翻手的时候，我忽然看见下面那张烟盒上面有块发黑的硬巴巴的东西，我一下想到那是人们擦屁股后扔下的，有些恶心。柴奶奶带着期待微笑地望着我，没有注意到我的表情。我有点不情愿地接过她手中的冰糕棍。她用腾出来的手指着戏台前面说："那边找不到了，我来这儿找找。"一种悲凉的东西涌上我的胸口,我把那支瘪瘪的烟留在口袋里,掏出牡丹烟的烟盒,指着柴奶奶手中那个恶心的烟盒说:"我换你那个好吗?"柴奶奶高兴地拿出那个烟盒,还得意地抖了抖,交给我。香莲大概也看清了上面的东西,皱着眉扭过脸去。我把这个烟盒有屎块的一面折在里面,叠这个三角的时候,我没有感到脏,想明天把这个烟盒输给海军,屎的臭味会沾上他所有的三角,还会从他放三角的木头盒子里向全家扩散,说明白了,就是他家藏着一块屎。想到这里,我不由得感到一阵快意。

十几天后,香莲在枣树下缝一只袜子,突然扔下手中的东西跑向茅房。出来之后,香莲自我解嘲说:"不知道咋回事,肚子一下就疼起来。"话刚说完,马上又扔下东西跑茅房去了。香莲跑茅房的阵势比上次柴奶奶还厉害,她去找医生的时候,我们想莫非她也是吃多了什么东西,消化不良?柴奶奶说:"娘说家里的肉快坏了,让我吃,我怕肚子胀不敢吃,结果她吃了。"我们才知道,上次剩下的那些肉她一直舍不得吃,柴奶奶不敢吃,直到放坏之后,她舍不得扔掉,吃完之后就拉肚子了。于是人们想起过春节的时候,也没有看见她们家割肉,觉得两个女人过日子真是恓惶。

6

那之后,院里每户人家逢年过节吃肉,都会给柴奶奶拿去几块。柴奶奶吃完之后，就会想办法给人帮忙。可是她实在帮不上多少忙，反而给别人添乱，人们便让她歇着。柴奶奶总觉得欠了大家，为了表示感激，就从家里拿半盒火柴、几个扣子，送给给她肉吃的人家，人们哪里会要她这些东西，可是小孩们稀罕这些东西。

柴奶奶失去记忆之后，特别爱和我们玩，尽管她老胳膊老腿跟不上我们，但别人叫她做什么她就做什么，所以大家也愿意和她玩。跳绳的时候，谁都不愿架皮筋，就让柴奶奶架。捉迷藏的时候，谁都想藏，就让柴奶奶找了一次又一次。偷杏、偷瓜的时候，让柴奶奶第一个进去，有时看园子的人都不会以为她是来探路的，甚至会送她几颗杏或一个瓜。

有时我们玩，香莲就站在旁边，她看见我们欺负柴奶奶，脸色顿时阴了下来，喊："娘，别跟他们玩了，回家吧。"柴奶奶却说："娘，再玩会儿嘛！"柴奶奶毕竟是香莲的娘，香莲拿她没办法。

柴奶奶经常帮助我们解决一些天大的难题。我们玩沙包需要几块布，做毽子得找铜钱、鸡毛，弄洋火枪要去寻自行车链条，这些东西以前都得央求家长想办法。自从柴奶奶加入我们的队伍，大家一缺什么，柴奶奶马上说她去寻。她会根据需要把自己家的包袱或抽屉拿出来，让大家挑花布、配铜钱。没想到柴奶奶家有这么多小布头，一块一块仔细叠着，数也数不清。她家的铜钱也多，康熙、雍正、乾隆……我们知道的皇帝除了大禹和秦始

275

皇,似乎别的她都有。柴奶奶不仅帮我们找东西,而且还会动手做。她缝的沙包针脚密密的、细细的,特别耐玩;她做的毽子非常好看,踢起来还稳。那段时间,我们院里的孩子们非常神气,几乎想要什么都能从柴奶奶那儿找到。慢慢地,除了海军,没有人再欺负柴奶奶了,玩游戏大家都会照顾一下她,希望自己寻个东西的时候,更方便些。

　　院子里经常听到柴奶奶开心的笑声。香莲经常说:"一个大老人了,啥也不管,整天和孩子们混在一起像个啥样?"她说这些话的时候,嘴里笑着,那常年灰白黯淡的脸上神奇地泛着金属的光泽。

　　一次,我们想野炊,没有人敢从家里拿锅,海军说:"咱们去找柴奶奶吧。"他对柴奶奶说:"咱们一起去野炊吧?"柴奶奶一听高兴得手舞足蹈,马上答应。海军说:"咱们每人从家里拿一样东西。"柴奶奶毫不犹豫地说:"行。"海军便安排,你拿盐,你拿油、花椒……最后他说:"柴奶奶,给你安排个最重要的任务,拿锅。"柴奶奶高兴得合不拢嘴。

　　我们挖土豆、掰玉米、捉蚂蚱,一会儿就有一阵香味飘起,谁也没有想到这些东西能做得这么好吃。吃了一气这些乱七八糟的东西以后,我们炒了满满一锅高粱面鱼鱼,大家用树枝做的筷子你夹一口,我夹一口,很快见到锅底了。

　　这时,我发现柴奶奶缩在旁边咽唾沫,便问:"柴奶奶你吃饱了?"

"没有,我还啥也没吃。"她可怜巴巴地说。

我把围在锅上的人赶开,从灰里刨出半个烧土豆递给柴奶奶。

柴奶奶把土豆凑到脸上用劲啃,大半个脸弄得黑乎乎的。吃完她又一抹嘴,整个脸都花了,然后她一脸满足地吃剩下的那几根面鱼鱼,同样吃得十分带劲。

吃完饭,我们开始疯玩起来。大家从高低起伏的土堆上面往下跳,练习"飞"。柴奶奶不敢跳,但每次有人鼓足勇气从一个高高的土堆上跳下去的时候,她都会用劲鼓掌,并张开黑洞洞的嘴开心地大笑。我们越跳,选择的土堆越高,真有一种飞的感觉。

大家要回家时,柴奶奶忽然发现她的铁锅不在了。她四处寻,寻不到。最后柴奶奶站在一个土包上,焦急地喊:"谁见我家的锅了?"金色的夕阳聚集在她身上,她像一个闪闪发光的蜂窝,她的每一句话像蜂针一样刺向四周。我们意识到闯祸了,帮着她找,怎样也找不到。我想幸亏拿锅的是柴奶奶,假如是我,找不到的话,爸爸会把我打死。

天慢慢黑了下来,锅还没有找到,柴奶奶急得哭了起来,自从她失去记忆之后,动不动就哭。她的哭声被广袤的原野稀释,像蝉翼在微微震动,后来和黑暗汇集在一起,越聚越浓,浓得像一块铁。

小伙伴们一个个悄悄消失在夜色中,我也似乎听见娘在唤

277

我回家吃饭。我说:"柴奶奶,咱们回家吧?"她蜷着身子蹲在土包上,手抠着几棵草,停止了哭泣,眼睛毫无生气地望着我,摇摇头。这时,一个人轻轻靠近我,拉拉我的手说:"咱们回吧,家里要急的。"没想到海军还没有回。从他手上传来一阵暖意,我不由得向他靠了靠,然后顺着他往家里走。快拐进村子的时候,我回头望了一眼,看不到柴奶奶了,我忽然想到她蹲的那个地方可能是个坟包,不由得打了个冷战,这时我又依稀听到了柴奶奶的哭声,像传说中女鬼的声音。

回家之后,我告诉香莲柴奶奶丢了锅不敢回家,香莲骂骂咧咧去找她。我预感到会有什么事情发生,尾随在她后面。

到了那块高地的时候,香莲大声喊娘,她焦急的声音中带着缕气恼。忽然一个黑影从月光里站起来,走到一个丈把高的崖头前,张开双臂像鸟一样飞下去,然后扑在地上抽搐着。

"娘!"

"柴奶奶!"

香莲往起扶柴奶奶,柴奶奶哭着喊疼,香莲只好抱起她的头来。柴奶奶头伏在香莲怀里,腿伸得直直的,几只黑色的蚂蚁在银白色的月光下顺着她的脚踝往身上爬。我帮她赶了一下蚂蚁,她大声叫起疼来。在叫疼的间歇,柴奶奶哭喊着说:"娘,我怕,丢了锅了。"又说,"娘,我敢飞了。"

我叫了院里的大人来,把柴奶奶抬回去,她的一条腿摔断了。

7

柴奶奶的腿接好之后,在炕上躺了好长时间,等她拄着拐杖能在院子里活动时,一下瘦了好多,整个人就像几根树枝搭起来的。

过了几个月,柴奶奶的腿好了,行动一下迟缓许多,还落下个毛病——肚子疼,一疼起来惊天动地,疼得要命。

她不能跟我们玩了,但喜欢待在一边看,还继续给我们提供布头、铜钱。

她的肚子开始疼时,先是吃止痛片,后来止痛片不行了,换成颠茄,再后来颠茄也不行了,医生让她打阿托品。阿托品是管制药品,哪里那么容易找?香莲便托熟人帮忙,邻居们也想办法托关系帮她买阿托品。

夏天快要过去的时候,有一天下午柴奶奶的肚子突然疼了起来,她大喊大叫,不住地叫娘,从来没有见她疼得这样厉害过。

香莲赶紧去叫医生。医生来了之后,香莲拿出一支阿托品,让医生帮忙打。医生看了看药瓶,摇晃几下,给柴奶奶注射了进去。

打完针几分钟后,柴奶奶不疼了,而且很快进入睡眠。不久,她开始出汗,不一会儿,头上满是汗珠,然后蜷着身子,两只手紧紧夹在两腿中间,身子不时抖一下。我觉得柴奶奶十分可怜,想拿钱给她买点东西,便对妈妈说:"我想把夏天攒的杏核卖了,给柴奶奶买块手绢。"妈妈说:"行。"

我把一夏天攒下的杏核放在书包里,去镇上的收购站。一书包杏核,居然只卖了八毛二分钱。我不知道这点钱够不够买一块手绢。出收购站大门的时候,忽然发现海军鬼鬼祟祟地拎着一个东西进来。我躲在门背后,等他进来时我猛拍了一下他的肩膀。海军没想到这儿会有个人,往前走的身子一下钉住了,脸顿时变得煞白。

我问:"你手里拿的什么呀?""没啥。"海军说着想把东西藏到背后。我一下看见这是一口完好无损的铁锅,马上想起柴奶奶丢失的那口锅。我喊:"这是柴奶奶的锅。"海军赶紧捂住我的嘴说:"我在草丛里捡蘑菇时发现了这口锅。"

那天我们把四周都找遍了,也没有找到锅,怎么海军在草丛里就找到了?我觉得一定是他当时把柴奶奶的锅藏了起来,现在拿出来想卖掉。

我问:"你要干什么?"

海军说:"你想不想吃冰糕?"

我坚决地摇了摇头。

"我给你三本小人书。"海军说。

我说:"柴奶奶今天肚子那么疼,咱们把这口锅拿回去给她,或许她一高兴以后就不疼了。"

海军说:"这是我捡到的,不一定是柴奶奶的,卖了我分你一半钱。"

我说:"你要是卖了,我告诉香莲。"

海军马上笑了,他说:"我和你开玩笑呢!哪能把它卖了呢?"

我们俩一起往回走,路上海军不停地说一斤铁多少钱,这口锅有多重。我知道他还是想把锅卖掉,故意不接他的话茬。

回到院子里,我看见柴奶奶门口围着一大群人,里面还传来一阵阵惊人的叫喊声。我心里一惊,发生什么事了?顺着人缝挤进去,看见柴奶奶身上搭着条毯子,在炕上挣扎。旁边有一堆湿衣服,院子里的几个男人和香莲正按着她。柴奶奶声音嘶哑地喊:"别拦我,热死了,让我出去凉快凉快!"

我问妈妈:"柴奶奶怎样了?"

妈妈说:"你柴奶奶睡着突然就跳起来,说热得不行了,跑到锅渠那儿跳进了水瓮。"

柴奶奶一直大喊大叫,有几次趁按她的人稍有松懈,猛不防挣扎开,用不可思议的速度朝水瓮跑去,又一次差点跳进去。人们没有办法,只好把水瓮里的水倒掉,轮流着去按她。我也上去帮忙,用全身的力气紧紧地按住她一条胳膊,她一用劲,一下就挣脱了。

请来医生,他也不知道咋回事,看了一会儿说,不行送城里的医院吧。

柴奶奶的屋子一直开着门,里面到处都是蚊子。它们大概从来没有见过这么多人聚在一起,吃饱了也不肯离去,密密麻麻地趴在屋顶上。我和海军比赛谁打死的蚊子多,我们的手都拍红了,蚊子还是密密麻麻的。院子里的人们不敢都走了,轮流着回家吃饭,吃完赶紧又来照看柴奶奶。随着院子里慢慢吹来的凉风,柴奶奶的燥热渐渐过去了,她挣扎的力气越来越小,最后肚皮朝天用劲蹦了一下,仿佛力气已经用尽,不再挣扎,很快就沉沉地睡着了,我看见一只蚂蚁从她身上爬了下来。

人们松了口气,感觉比干一天活儿都累。又等会儿,看柴奶奶没事了,就各自回家休息。临走时,我让海军把锅给了香莲,说是在外面找到的。香莲感激地看了我们一眼,没有多问,向大家道谢。

我们刚回屋子,一道闪电震得玻璃嗡嗡响,然后下起大雨来。一道又一道闪电劈着天空,一个火球打在枣树上,突然停电了。

8

雨仿佛下了一整夜。我惦记着柴奶奶,第二天早早就来了。刚走到门口,我就听见隔壁在骂:"你个枪崩货,怎么把家里弄得这样乱也不收拾?"

许久没有听柴奶奶这样骂人,我吃了一惊,惊愕地望着妈妈。妈妈叹口气说:"她已经骂了一早上了,以后你离她远点。"

接着,听见柴奶奶开门出来的声音,我赶忙躲了回来。

柴奶奶出了院子,大声骂起老天来,骂它瞎了眼劈了她家的枣树。骂起这些脏话来,她一下又回到了过去的样子。骂了半天,她才出去。

院子里到处都是水,枣树的主干被雷击得一片乌黑,地上到处都是青色的小枣。我们垒起一个个小坝,玩大坝冲二坝、二坝冲三坝的游戏。柴奶奶满身是泥,背着一捆柴,胳肢窝里夹着一个废纸箱回来了。

海军大概因为偷锅的事心虚,嘴甜甜地说:"柴奶奶没事了?我垒了个大坝,你玩吗?"

柴奶奶嘴一撇、脸一黑,回答说:"没头鬼,没看我正忙吗?"说完,她背着柴到窗台下摆弄去了。

中午,柴奶奶家的炉子里冒起了浓浓的黑烟,她烧了一条自行车外胎做饭,刺鼻的气味四处扩散。院子里的人们赶紧回了家,关上门窗。

不久,柴奶奶屋子里传来一阵歇斯底里的叫骂声,她发现自己包袱里的布头少了,抽屉里的铜钱少了,一根自行车废链条没有了。我庆幸海军把那口锅还了她,要不院子里所有的人都要跟着倒霉,不知道柴奶奶那难听话要骂多少天。我想到自己用柴奶奶的布头缝的沙包,把沙包藏起来。想到毽子上用了柴奶奶的铜钱,把毽子也藏起来……我怕柴奶奶想起哪些东西给了我,再要回,也怕挨骂,见了她就躲得远远的。

283

幸运的是,柴奶奶没有想起她给过我们东西,她也没有记起她叫香莲娘的事。她的肚子完全好了,没有再疼过。她像从前一样,每天早早起来出去拾破烂,经常烧橡胶塑料做饭。从她拾来的垃圾中,发现了那个阿托品瓶子,香莲找人问过,人家说它的剂量是她平时打的剂量的五倍,不知道是不是过量的药治好了她的病?

奶奶的!柴奶奶在骂。我们离她远远的。

香莲虽然六十多岁了,但是在柴奶奶面前仍然低眉顺眼像个孩子,不敢有违她半句话。人们见了柴奶奶都远远躲着,谁也不会想到前段时间那样善良、弱小的她又变成这样。

一次我们玩游戏,海军说:"不是你这个鬼,我会给她锅,让她喝西北风去!"

我说:"她会买新的啊!"

海军说:"呸!"一脚踢去。

脚踢过去之后,一只黑蚂蚁孤零零地含着一个瓜子仁在用劲儿爬,海军上去狠狠踏了一脚。

硬起来的刀子

1

天空像一床沤烂了的棉被,风一挤,就下雨。物资交流会开始的时候,天晴了些。往日破旧而缺乏规划的街道挤满了人,好像一个姿色较差的女人因怀上孩子而变得雍容华贵起来。王四和他的媳妇一早就切好肉,备好菜,揉好面,推着小车出去摆夜市。多日不见的阳光给一切捂上一层金色,坑坑洼洼的路上到处是水坑,暗灰色的水在阳光下也变得金灿灿的。

遇到几个常去他们小摊上吃饭的人,问王四:"出来了?"

王四说:"这天,保不准还下。"

王四和媳妇到了同心路十字街拐弯处,发现他们摆了半年多夜市的地方被两个外地人占了。

王四当时并没有多想,他只是觉得现在的人真会占便宜。王四和媳妇把小车推上路牙子。王四擦了一把汗,对那两个外地人说:"老朋友,我来了,你们腾一下地方吧。"外地人看了他一眼,不说话。王四只好又说:"这地方是我占下的,我每天都来这儿摆夜市,不信你们问他们。"王四用手比画了一下周围的人,外地人还是不说话。王四觉得这两个外地人好奇怪,怎么老不说话?一个雨点掉在他的后脖子上,王四哆嗦了一下,看看天空,太阳不清楚什么时候又不见了,大片大片黑色的云还没有连在一起,露出灰蒙蒙的网状的天空。王四又说:"这地方是我花钱租下的,你们另外找一个地方吧。"那个高个子外地人忽然说话了,声音很生硬:"你的话,我们听不懂。"王四十分生气,他想,你们常年做生意还能听不懂我的话?"你们等着。"王四说着进了路边的水果店,对老板说,"我的地方让两个外地人占了,你去说一下。"水果店的老板早知道外地人占了王四的地方了,前两天天气不好,王四没有出来,外地人就找准了这个地方。当时他觉得王四也没有出来,占就占了吧。现在王四出来了,外地人就该给人家腾了。王四一年出了两百块钱呢!再说,人家已经摆了多半年了。

水果店老板走过去对外地人说:"你们腾一下这地方吧,占这地方的人来了。"外地人说:"你们不要老是和我们说这些话了,我们还要做生意呢。"水果店老板感到十分诧异,心里想,你们怎么能这样呢？占了别人的地方还装傻。但他什么也没有说，他不想多惹麻烦。

王四跟在水果店老板后面，听见外地人这样说，再也忍不住火气了，他大声说："你们腾不腾，这是我的地方。"说完这句话，又有一个雨点落在他后脖子上，他的心里凉了一下。他觉得自己一个人的声音有点空，可是水果店老板不再吭声，周围越聚越多的人都不吭声。他媳妇倒是跟过来了，而且也帮着说。但媳妇显然觉得受了很大的委屈，声音里带着哭腔，说什么都听不清。

王四此时希望雨一下子下大，谁也干不成了，都回去。

可是，云还是一块儿一块儿的，好像又有些分散了。王四对外地人说："你们到底腾不腾？"外地人不说话，用扇子猛扇烤肉串的炉子。炉子里的木炭冒出一股股青烟，涩涩地聚成一团。上面本来趴着一只苍蝇，被扇子一扇飞了起来，那个高个子外地人用扇子猛地一抽，蝇子掉在地上不动了。王四伸出一只脚，可是不知道该往哪里踹去，对准外地人的炉子踢出一半，又收了回去。他的媳妇拉他，说："咱们今天不卖了，倒掉，白辛苦一天，明天早早出来。"王四用劲挣着，可是他的劲并不真正用上，所以被他媳妇拉得离外地人越来越远。旁边炸油条的人说："别和他们闹了，这些人打架不要命。"王四嘴里还很凶，可是不再用力挣了。

但王四不甘心走，他从车上拿下一条凳子，坐下，点了根烟，长长地吸了一口,然后把烟对准外地人的背用劲吐了出去。他对身边看热闹的人说:"这地方,是我花两百元钱租下的。你们说说。"旁边的人们小声议论:"要是咱们这地方的人去了外地,就是自己花了钱占的地方,人家本地人让走,也不敢在。"还有人说:"为了几个钱,闹出点事不值得,看人家多凶,忍忍吧。"王四不希望听到这些话,她的媳妇也不想听到这些话,他们希望周围的人给他们出气。他媳妇说:"给城建局打电话呀。给王局长打电话呀。"王四掏出一个很破的手机,开始拨号。每一次他向对方讲述现在发生的事情时,声音都很大,很理直气壮,可是不清楚对方怎样回话,他挂了电话的时候,神情越来越沮丧,像一个饱满的气球被针刺了一次又一次,越来越瘪。

现在王四就盼下雨,雨一下,他就回。可雨一时三刻仿佛下不了,周围的人倒是越来越多。王四希望在周围的人群中发现几个认识的人。

这时街对面走过一个穿红背心的人,胖乎乎的,大老远就喊姐。王四的眼睛一下亮了,声音也高了起来,他对媳妇说:"你别拉我,我今天一定要把我的地方要回来。"红背心过来之后,王四的媳妇边和他说刚才发生的事,边狠狠地指着两个外地人,说:"就是他们!"红背心听了她的话,说:"姐,走。"他从王四的车上搬下一张桌子,放在外地人后面,领着王四和他媳妇坐下,从口袋里掏出一百元钱,对两个外地人说:"一百元的羊肉串,辣椒大点儿。"周围的人都愣住了,两个外地人也愣住了。王四以为他疯了,想钱就是让风刮了也不能让他们挣呀!红背心说:"你不是想出气吗?咱们让他们给咱们烤肉串,累死他们。"王四便笑了,大大咧咧地对媳妇说:"给我开两瓶啤酒,要好的。"两个外地人低声嘟哝了几句,高个子推着小车走了,小车上仿佛没有什么东西。剩下那个矮个子,又瘦又小,眼皮耷拉着,慢腾腾地烤着肉串。穿红背心的人对王四说:"你再去问他,看他腾不腾。"王四愣了一下,笑了。周围的人们一下紧张了,说:"那个高个子是去叫人了。"

王四过去对这个烤肉串的外地人说:"你腾地方吧。"外地人不动声色地继续烤着肉串。王四推了这个外地人一下,外地人扔下肉串也重重推了王四一下。王四冲进旁边的五金店,拿了一把铁锹冲过来。外地人看到王四拿着铁锹过来,从身旁的篮子里掏出一把一尺多长的刀子。王四问:"你腾不腾?"外地人用刀子狠狠剁了一下桌子。王四的媳妇又去抱他,他一把甩开媳妇,用锹劈了下去,铁锹落下,离外地人还有一尺远时,外地人用刀迎上去,刀和铁锹撞出一个火花,又有一个雨点落下来,落在红红的木炭上,啪响了一下。王四媳妇又抱住他,把锹夺下,说:"算了吧,咱们顶多把今天准备好的饭菜都倒掉,喂了猪。"外地人见这样,把刀扔在炉子架上,用劲扇火。王四又把媳妇挣脱,冲到外地人面前,把外地人的刀子拿在手里。他挥舞着刀子,大声对外地人说:"你离不离开?"那把刀子拿在王四手里,好像一个小孩玩着一件与他不相称的大玩具,好多人都看出了危险,往后边闪。外地人用手指着王四说:"你别动我的东西。"王四扔下刀子,用手抓住外地人的领口。两个人很快扭成一团,滚在地上。红背心和王四媳妇都冲上去,外地人被他们压在身下,拳头和脚在外地人身上落下,王四媳妇还不知道从哪里找来把炭铲,朝外地人身上狠狠拍。旁边的人都喊,别打了,小心出人命。外地人被放开的时候,抓起地下扔的铁锹就朝王四头上劈去,王四赶忙转身跑,外地人追上去,王四的媳妇也跟上跑去。

过了一会儿,那个外地人独自回来了,手里还拿着锹,显然没有追上王四。他把头上的小帽狠狠拽下来,团成一团塞在口袋里,然后把衬衫脱下来,扔在一边,背上露出一片青紫色的瘀伤。他面对看热闹的人狼一样嚎了几声,拾起他的刀子,在桌子上猛砍。此时,那个穿红背心的人也不知道哪里去了。

又过了一会儿,那个高个子外地人回来了。矮个子哇哇说了几句。高个子抓起铁锹和拿刀子的矮个子背对背站在一起,嘴里大声说着脏话,用铁锹比画着看热闹的人们,大声说:"滚开。"高个子还用刀子指了一下水果店的老板,周围的人对他说:"你小心点。"水果店老板说:"关我什么事?"说完却溜回水果店去了。又过了大约半小时,王四一直没有再回来,看热闹的人群渐渐散了。两个外地人又烤起羊肉串来。

那天晚上,天一直阴着,始终没有下雨。因为是交流会,街上的人很多,刚过来的人根本不知道刚才这儿发生的打架事件,看到外地人烤羊肉串,爱吃的人都在那天晚上围过来买。那天晚上,两个外地人的生意一直不错,王四和他媳妇一直没有再出现。

第二天,街角拐弯处留下一大堆横七竖八的穿羊肉的竹签,又尖又锋利,上面泛着一层油光,而前几天王四摆夜市留下的痕迹被几日来的雨水冲刷得干干净净,仿佛这个地方一直就是卖羊肉串的。上午时分,下雨了,傍晚时也没有停。王四和卖羊肉串的外地人都没有出来。

2

第三天,太阳出来了,是几日不见的好天气。人像雨后的菌类一样从各种地方冒出来,连小巷里都是人。王四和他媳妇那天跑了之后到处讲那两个外地人的事,并给他们村里的亲戚打电话,说开交流会了,让他们来城里。王四和媳妇商量好了,今天去他们夜市摊上的熟人,一律不收钱。

下午,王四和媳妇却为什么时候去犯了点踌躇。应该说是越早越对,可是去得早了就暴露在明处了,毕竟前天打了人家了,人家要是报复呢?但去得迟了,让外地人先占上地方,又怎样赶走他们?打算了半天,时间也不早了。王四和媳妇又叮嘱几个特别要好的朋友和亲戚一定要早点儿去,等他们都答应了,他们才出去。快到摆摊地方的时候,王四让媳妇先过去看看情况。没几分钟,媳妇气喘吁吁地回来了,说:"地方又让外地人占了,人家已经卖开了。"王四后悔自己出来得迟了。他对媳妇说:"咱们等一等吧。"媳妇说:"我看咱们别做这生意了,钱挣得不多,净惹气。"王四说:"地方我一定要要回来。你去附近看看,看到咱们的人就叫住他。等人多了咱们一起过去。"王四找了一个熟识的门市在那儿等着,媳妇去看人。过了半个多小时,那些说好的人大部分来了,光男的就有十几个。王四说:"让女人、孩子也去,咱们不是去打架,咱们是去和他们讲理。"

王四领着这一大群人浩浩荡荡向他以前做夜市的地方走去,他感觉自己好像是一位要收复失地的将军。

到了街角拐弯处,王四果然看见那两个外地人在烤羊肉串,旁边围的人还不少。王四觉得心里很不是滋味。自己花钱租下的地方,别人占了挣钱,他想一定要把这块地方要回来。

这次,王四并没有直接过去和外地人吵,而是领着一群人从路牙子上上去,在水果店和羊肉串摊子中间放下他的东西。他说:"咱们今天先摆在这儿,看他们识不识趣。"媳妇听他的,跟他一起把东西摆下。外地人看见他们领着一大群人过来,而且在他们背后摆下摊子。两个人嘀咕了几句,那个高个子还在不动神色地烤着,矮个子冲进水果店,拿起电话用生硬的外地口音大叫。水果店老板不敢拦他,只好看他白打电话。

王四把摊子摆开,招呼他的人坐下。很大声地说:"今天我请客,大家随便吃。"王四的两个灶,一个架上锅烧水下面,一个锅油刺刺响着炒菜。

一些顾客过来,买了羊肉串见后面有炒菜和面食,便到王四摊子上坐下。王四见有顾客,心里有些意外,这些顾客又是先买了羊肉串的,他心里疙疙瘩瘩的。他想,再等等,外地人要是还不给他腾位置,他就动手把他们的东西搬走。

时间不长,炒菜的王四听到耳边到处都是外地话的声音,他一抬头,发现烤羊肉串的两个外地人旁边足足又来了十个外地人。王四的脸唰一下白了。水果店的老板也看到了这么多外地人,忙打110报警。谁都没有想到这个小城有这么多外地人,平时街上见一个,都是脸膛黝黑,高鼻子、深眼睛、络腮胡,不在一起比较,不知道哪个是哪个。这些外地人手里都拿着肉串,自己很随意地在炉子上烤着,很大声地说话,并不看王四,而是看街上过来的漂亮姑娘。

王四不再抬头,只是很用劲地炒菜,炒瓢里油火翻滚,香味一个劲儿地往外冒。王四觉得自己的菜真香,香得他直流口水,王四这时真想吃自己炒的菜,叫上媳妇一起吃。王四不清楚人们为啥爱吃羊肉串,那东西一股膻气,又容易致癌。

客人们吃饱了饭,男人们退到一个桌子上,围着打牌,女人们被孩子吵得跟着一个过来耍猴的去看了。王四真的给自己炒了一盘过油肉,打了个碗托,开了两瓶啤酒,招呼媳妇坐过来吃。王四边吃边看着街上来来往往赶交流会的人流,觉得自己为什么不去赶交流会呢?一年才一次,今年听说请来了赵本山,还有杂技、飞车、碰碰车、跳脱衣舞的。赵本山是多有意思的一个小品演员,每年只有在春节联欢晚会上出来才能看到,他本人就像那个傻样子吗?还有那些跳脱衣舞的女孩子,她们就不害羞吗?当着那么多的人一直跳,多累啊!她们肯定是被人骗出来的,有人还说是买来的,公安局就不管吗?王四觉得自己应该亲自看看去。以后别人再来他这儿吃饭的时候,他可以讲给别人听,肯定能多招徕些顾客。

王四为自己可惜完,又为那些外地人可惜。你们大老远来了,为什么不去看看呢?赵本山是东北的,也不是你们那里的,你们肯定也没有见过。再说,这座小城可是一座有历史的小城,那么多景点你们不看,走了会后悔的。

王四两瓶酒喝完了,那些外地人也没有过来找他麻烦。王四想,我前天打你了,谁叫你不讲理,你叫的人怎么不过来呢?王四觉得自己有必要再喝一瓶酒,等等这些外地人,看看他们有什么戏法。其实仔细想想,他们也挺可怜的,走南闯北,卖个羊肉串,挣不了大钱,也被人瞧不起。自己摆夜市是和媳妇在一起,他们一帮子男人出来,有什么意思?大街上的那些漂亮姑娘只能看看,谁吓唬谁呢?王四不知道自己怎么一点儿也不害怕,他觉得肚子里一片燥热,他希望那些外地人早点过来,砸了他的摊子,他好领着他的媳妇看赵本山去。那些外地人却没有一个看王四,他们把手中的肉串烤完,摸摸油光的嘴三三两两地走了。王四的那些亲戚朋友打完一局牌,看看王四没有动手的意思,也都三三两两地散了。

又有顾客过来吃饭,王四炒菜,媳妇开酒、下面。

王四本来今天抱着一定要把地方占住的打算,东西准备得不少。亲戚朋友们吃了半天,大概只吃去三分之一。现在有顾客吃,他就想卖完。而且王四发现,并不像他想的那样,摆在后边就没有人吃,交流会的人真是多,村里来的更多,是人就要吃饭。不愿回家吃,就在外面吃。尤其是村里来的,图便宜省钱,更喜欢在夜市的小摊上吃。好多人买了羊肉串直接就坐到他桌子边,吃菜、吃面;也有些人坐他这儿喝啤酒,要羊肉串。

那天晚上,到十一点半的时候,王四把准备下的东西都卖完了。他很后悔前天和外地人打了一架,又碰上第二天下雨,把东西放坏了。那天要是不打架,可能也把东西卖完了。

王四回去的时候,外地人还在卖他们的羊肉串,今天他们的生意真好,两个外地人的兴致特别高。王四想,这么晚了,他们还不回家,还没有吃饭,自己吃过肚子都隐隐约约有点饿,他们就这样一直站着,有六个多小时了吧?王四看前天和他打架的那个小伙子,虽然满脸胡子,顶多也就是十八九岁,在家里,还是个孩子呢!衣服也穿得不好,衬衫、裤子都是那种十几块钱一件的地摊货,脚上穿着一双蓝塑料拖鞋,前天和他打架的时候大概也是穿着拖鞋,要不怎么一下就摔倒了呢?王四觉得有些难为情,他觉得自己毕竟是一个有五岁孩子的父亲了,怎么和一个小孩子打架呢?这个外地人的脚,黑不说,上面还沾了些白色的泥巴,像那些人随处大小便又被小孩和卖假证件胡乱涂写的墙壁。王四想,做生意呢,又是卖吃的,怎么不弄得干净些?他又看那个高个子的脚,也是这样。王四还想,他们晚上去哪里住呢?旅店肯定是有,因为他们白天还要穿肉串,但一定是那种价钱很便宜的鸡毛小店。

王四觉得这些外地人尽管凶,但是他们出来也确实不容易。听说他们一出来就是一年,过春节时才回去一次。他觉得和他们打架真没意思,不就是两百元?再说,他们过完会就可能走,要是打出点儿事来就更不值得了。

3

第四天,王四出来的时候,争地方的念头不强了。他想世界上的钱多呢,哪能一人挣完?凑合着挣点能过日子就行了,他打算把摊子就摆在外地人的后面,反正他们烤肉串也占不了多大地方,自己多辛苦一会儿,也能把东西卖完。

当王四到了街角拐弯处的时候,他意外地发现外地人不在,他们烤肉串的东西也不在。王四又在他原来的位置摆上了他的摊子,他长长出了口气,但他心里有种怪怪的感觉,好像是自己占了外地人的地方。

开始有人过来吃饭,王四炒菜。有一个学生模样的人说:"昨天这儿不是有一个卖羊肉串的,怎么今天没有出来?"王四心里觉得有些不安,而且随着炒瓢的翻动,他心里越来越觉得不安。等一轮菜炒完了,他对媳妇说:"你看一下,我上厕所。"王四去了厕所,解开裤子却尿不出来。他抽了支烟,出来的时候心里还是不安。

等他到了摊子前,那两个外地人就站在她媳妇对面,他们的小车戳在他摊子前面。媳妇脸色苍白,一个劲地说着什么。王四一紧张,又觉得尿紧了。他跑过去,一把拉开媳妇,对那两个外地人说:"你们要干什么?"高个子外地人对矮个子外地人说:"就是他打的你?"矮个子外地人点了点头。王四还没有反应过来,脸上已重重挨了一下。他感觉不到疼,只听见自己媳妇的尖叫。然后他看见高个子外地人推起他们的小车,朝他的摊子上撞去。他往旁边一闪,他搭好的摊子散了,那些切好的凉菜洒了一地。外地人推着小车碾过他的凉菜。那些刚才还焕发着诱人光泽的菜刹那间失去了生命的颜色。紧接着他的汤锅倒了,满满的一锅开水洒了出来,在地上冒起一大片白汽。吃客像香港警匪片中那样,四散逃离。王四的媳妇喊:"你们还没有给钱呢!"

眼前的这一切,王四都不相信是真的,直到开水溅上了他的脚,他也像那些吃客那样逃到一边。他看见外地人砸了他的锅,砸了他的桌子和凳子。他的妻子站在中间跺着脚大哭大叫,然后滑倒,坐在一摊稀泥一样的烂菜上,像一只护窝的老母鸡。

直到值勤的警察过来,才制止了这两个疯狂的外地人。但警察并没有像王四媳妇希望的那样抓走这两个外地人。他们说:"你们砸了人家的摊子,得赔钱。"外地人说:"他们前些天还打了我们呢!"警察说:"你们是警察还是我们是警察?"外地人没有回答,推起他们的车子,临走的时候还说:"明天我们还来。"奇怪的是,警察并没有制止和阻拦他们的离开。他们一走,警察也就走了。周围的人群围上来,帮助王四他们收拾那些已经破破烂烂的东西。这时,王四的腿才抖了起来。他说:"这些人这么凶!"他把媳妇抱上小车,对那些收拾的人说:"那些破东西我们不要了!"

  王四和媳妇回了家,两个人想起刚才的事都很害怕。媳妇说:"咱们明天不出去了吧?"王四说:"东西都没了。"媳妇说:"那就这样了?"王四说:"我头疼。"

  这天晚上,王四和媳妇都没有睡着。他们想起自己自从摆开夜市摊,辛苦是辛苦了,但手中的钱多了,本来两人想摆上几年,手头攒些钱,开一个门市。现在地方却被外地人占了,两百元钱的地盘费白出了,东西也让外地人砸了。两人越想越气。王四说:"我豁出去了,明天我去找他们去。"媳妇马上抱住他说:"那些人命都不要,你也不要命了? 要不咱们雇个打手,去给咱们出口气。"王四说:"亏你想得出来,万一出点事,咱们还不是跟着受牵连。"媳妇说:"那咱们也得吓唬吓唬他们。要不,咱们打印些传单散发出去,谁能把这两个外地人赶走,咱们出一千元钱。"王四说:"你疯了,谁会帮你干这种事呢? 再说,这种传单能随便发吗?"媳妇说:"那你说怎么办?"王四说:"咱们明天再想办法。"

天亮之后,因为今天不出去摆摊,用不着准备东西,王四和媳妇都没有事干。王四说:"咱们去看赵本山的小品吧?"媳妇说:"贵了吧?"王四说:"再贵咱们这辈子不也就看一回?"媳妇便去换衣服。

交流会开了几天,孩子第一次跟着他们出来,很兴奋。到了影院门口,一张票八十元钱,媳妇又心疼了,说:"两人一百六,能给孩子买身衣服呢,别去看了。"王四也觉得有些贵,两人商量了一下,便决定不看了。交流会开几天了,还没有去看看呢,两人打算随便转转。

可是,他们一看到街上那些摆摊的红火的生意,两人的气就又起来了。媳妇说:"那些城建大队的,对咱们那么凶,可是也不管管这两个外地人。"王四说:"人都是欺软怕硬。"他们走到超市门前面时,看到有一个孩子跪在地上,前面摆一个小盆子,里面有些硬币和毛票。他说:"我有办法了。"

他们那天给孩子买了一身衣服,领着孩子坐了一次过山车,孩子喜欢那些用气吹起来的塑料玩具,他们给买了只老鹰。

傍晚,他们又要去那个摊位前。走时,孩子要跟他们,媳妇想领,王四说:"咱们这是和人去斗气,说不准会出什么事,别领孩子了。"媳妇想了想,也对。两个外地人在卖羊肉串,昨天晚上他们被砸烂的那些东西都不见了。王四叫过三个乞丐,对他们指了指那个摊子说:"我给你们每人十元钱,你们一看到有人去那儿买羊肉串,你们也过去买,肉串你们吃,最后,我再给你们每人十元钱,买肉串剩下的钱也归你们。"三个乞丐都很高兴。

王四和媳妇躲在一边看。

一会儿,有两个很时髦的女孩子过去买羊肉串了。三个乞丐马上也过去买。女孩子看见这三个乞丐,捏着鼻子走了。她们一走,乞丐也不买了。王四和媳妇乐得直笑。又一会儿,一个小孩嚷着要羊肉串,这次只过去一个乞丐,小孩的妈妈领着小孩离开了。这样几次,外地人发现了蹊跷,大声呵斥这几个乞丐让他们离开。乞丐们理直气壮地举着手中的票子让他们给烤羊肉串。外地人问他们要多少。一个说:"五毛的。"一个说:"一块的。"还有一个说:"我也要一块的。"外地人给他们烤,烤的过程中,没有一个人再来买。但是外地人很快把这几个肉串烤完了。乞丐们拿上羊肉串不走,就在他们摊子前边慢慢吃。外地人让他们走开,乞丐不走,大声嚷着说吃完要是好还要买。

但是外地人没有多大耐心,那个高个子胳膊一挥,大声说:"给我一边去,你们再买我也不卖了。"三个乞丐不走,他便下了路牙子来推搡,边推边说:"跟我玩这个,滚一边去。"乞丐们见他厉害,乖乖到一边去了。王四正想下一步该怎样,乞丐们都不见了。王四的三十元钱白花了。媳妇说:"我看咱们还是算了,交流会也快开完了,一完他们可能就要走了,别再惹什么事了。"王四一句话也不说,心里憋得难受。

媳妇说："走吧！"王四说："再看看。"他看见不一会儿，买羊肉串的人多了。有几个人手里拿着一把烤好的肉串，最少每人五元钱的，还有几个在那儿等。王四觉得这些钱本来应该都是自己挣的，可是都让该死的外地人挣了。最后，他走的时候，目光还粘在那个摊位上，恋恋不舍，恨恨不已。

他们回到家的时候，看孩子的奶奶在门口慌慌张张地等着，见他们回来，问："孩子呢？"王四说："我们没有领呀。"奶奶拍着大腿哭着说："糟了，孩子丢了。"王四媳妇一听身子软了。王四还算镇静，问："孩子什么时候走的？"奶奶说："你们前脚走，他后脚就跟去了，我还以为你们领上他了。"王四说："哭什么哭？咱们找去呀！"他们一家人到了大街上，街上都是人，媳妇和奶奶用带着哭腔的声音大声喊孩子的名字。他们先去以前摆摊的地方，没有孩子，那两个外地人在烤羊肉串。他们决定分头去找，这时，街上出现一股人流，往公园的方向走，嚷嚷着说一个小孩掉进公园的鱼池了。王四他们也随着人流往公园走，街上人太多，一下走不过去，王四急得直骂娘。

到了公园的时候，里面也都是人。王四他们急急往游泳池边赶，拨开围着的人群，王四的媳妇一眼看见游泳池的水泥栏杆边放着一个孩子，游泳池里漂着一只塑料充气老鹰，尖叫着倒了下去，奶奶也晕了过去。王四觉得满世界都是人，都往他脑子里挤。他浑身燥热，身子仿佛要炸开，他觉得自己要做些什么，一定要做些什么。

王四拨开人群，冲了出去。他觉得自己好像拿着一颗避水珠，街上水一样的人流从他两边分开。他冲进一家肉店，拿起他们的刀子。肉店老板什么也没有说，脸上露出惊恐的表情，王四没有想到自己也可以这样。他冲到自己摆了半年多的夜市摊前，从正面把刀子直直刺进了那个高个子外地人肚子里，然后又拔出来，冲那个矮个子外地人头上砍去，矮个子外地人惊恐地尖叫。王四看到太阳在他眼前炸开了，雨大点大点落下来，终于下雨了。他看见这两个外地人的脚，还是又脏又黑，一样的塑料蓝拖鞋，都开帮了。王四大声地哭："孩子，我的孩子。"

大风雪

一出雁门关,天莫名地高起来。广袤的原野上,零星的村落散落在树林、田野、山丘中间,像被簇拥着的小小弹丸,人顿时感觉渺小起来。

风很大,隔着车窗能听见呼呼的声音。一排排小老杨窝着身子在风中摇摆。王一平记得有人说过,因为风大,这些杨树一辈子都朝一个方向窝着身子。

他叹口气,打开车窗,吸了口清洌的空气,望见一只鹰在天空中缓缓划过。

厂子说是要搬到郊区,说了好多年,但一直没有行动。王一平以为一辈子就这样过去了,谁也想不到,上半年搬迁方案突然出台。

王一平1997年大学毕业来到厂子时,过了个把月,厂子就在深圳证券交易所上市,成为太原市首家上市公司,厂子里每位员工都很自豪。那时厂子真大,并州路、亲贤街、东岗路、建设南路、服装城、东山许多地方都建了分厂,公司的主导产品稀土永磁材料在业内口碑也很好,出口到欧美、韩国、日本、东南亚等许多国家和地区。

可是没过几年好日子,厂子就开始衰败、萎缩。先是并州路的分厂被卖出去,开发了楼盘。然后其他分厂的土地陆陆续续被卖出去,清一色都开发成了高档住宅楼。不到二十年,只剩下服装城总厂这块地盘了。每次王一平路过这些标着"龙城1号""檀香府邸"等气派名字的小区,望着里面郁郁葱葱的绿化树、漂亮的假山喷泉,总想起日渐荒凉、萧条的厂子,他的耳边不停地有机器声在轰鸣。

以前厂子里全部加起来有上万人,可是随着厂地的变卖,人数越来越少。那些可怜的工人打着条幅在省政府门口上访,可是厂地依然在减少,只是一拨上访的人换成另一拨上访的人。

其间许多人开始跳槽。与王一平大学毕业同时来到厂子里的两位高中同学,一位考研离开厂子,又继续读了中科院的博士,成为某高校的教授;还有一位离开厂子承包了一条长途客运线,辛苦几年,积累下不少的资产。王一平也想过跳槽,可觉得自己大学学的是材料专业,面儿比较窄,在厂子里搞的又是质检,出去不好找工作,一拖就是许多年,慢慢地觉得和时代也不合拍了,对外面有种恐惧的感觉,于是断了跳槽的想法。可是想在厂子里好好干,又没有什么好干的。

总厂院子里有个不错的篮球场,不仅场地宽阔,而且每隔几年就会更换篮板,重新油漆标志,最近几年,还铺了塑胶地面。王一平不清楚领导为什么这样做,多少年厂子里都没搞建设,而且也没有见过领导打篮球。这样簇新、标准的篮球厂出现在灰败、暗淡、听不见机器声、看不到工人劳作的工厂里,颇有些怪异。但王一平没有去多想,他喜欢打篮球,高中时就喜欢,那时他很瘦,个子也比较矮,除了成绩不错,没有什么值得骄傲的。打篮球在县城学校是最受欢迎的体育运动。每天下午活动时间,一有校队比赛,操场上便挤满了人,尤其是那些漂亮女生,几乎没有不喜欢篮球的,她们胳膊上搭着球员的衣服,拼命尖叫。王一平一接触篮球,马上喜欢上了它。它不仅可以吸引女生的注意,而且一个小小的球场,简直是人生的演绎,配合、冲锋、冲刺、抢篮板、看人、三分球……每一样动作都与生活紧紧合拍。打了三年篮球,王一平在高中那么大的学习压力下,没有生过病,个子还噌噌往上长,毕业时已经一米八二了。这使得他一入大学便成为系篮球队的队员。

王一平当年到总厂报到时,一看到篮球场就喜欢上了。二十年来,他不知道在篮球场上消耗了多少时间。厂子红火的那些年,厂子里也组建了篮球队,王一平荣幸地成为其中的一员,同在厂子里工作的妻子就是看打篮球时认识的。那些年,他们参加太原市的企业篮球比赛、高校与企业篮球赛,没少拿过名次。至今，到处布满灰尘，没有人再进去的厂史陈列室里还摆着他们的许多奖杯。

王一平一直打篮球，人到中年，竟然没有发福，还比高中、大学时那种豆芽菜式的身材强壮了许多。每次同学聚会，大胖子一扎一堆，这个同学"三高"，那个同学肩椎增生、腰椎间盘突出，唯有王一平什么毛病也没有，他竟然成了大家羡慕的对象。王一平觉得这样下去还能活，毕竟随着年龄的增长，健康似乎比什么都重要。况且大学毕业没几年，父亲就帮他在服装城这边买了房子，离厂子只有一站路的距离，他和妻子只有一个女儿。

没想到真的就要搬到郊区的阳曲县去了。这样一来，读小学三年级的女儿没有人接送。而且厂子能从市中心搬到郊区，业务能从四处出口萎缩成二道发包，根本让人看不到前途。每月两千左右的工资简直不如饭店里端盘子的。王一平一想到这里就愤怒。仔细想来，厂子里那些大佬似乎从一开始就谋划好了这几步棋。他们从沿海来到山西，似乎从来没有想过怎样发展业务，只是不断吞并小厂，把盘子做大，高层都安排了自己人。公司上市圈钱之后，又把厂子土地一块块开发成楼盘。二十年来，厂子基本没有在产品研发、科技创新和市场拓展上投入过多少钱，已经变得没有能力生产高科技产品了，以至于他们骄傲的业务变得可笑，产品出口不动，只是通过关系承包苹果、三星等手机部件里的永磁材料加工，再发包给江浙一带的小厂子，赚些中间的差价。厂子最辉煌的那几年，电视屏幕上不断出现省领导来厂子里视察，参加各种仪式的剪彩，其实死亡的阴影已经笼罩这里了。可惜人们看不到，还在欢呼、喝彩。王一平觉得招商引资来的这些王八蛋都是狼，他们追求的只是资本积累。

需要安置的职工们一起去省政府上访了几次，一次也没有见上领导，都是信访局的人接待他们。大家嚷嚷，信访局的人安抚，最后约个时间说是给答复。每次一等就半个月、一个月过去了，下次再来，还是这种办法。折腾几次之后，厂子限定的日期就到了，公司高层基本撤离了山西。王一平他们不知道这些人离开山西之后，又去哪里祸害了，想到以前分厂的人闹半天都不闹了，觉得他们闹下去也没个啥结果。于是王一平和妻子煎熬了几天，度过几个不眠之夜后，狠狠心把工龄买断了。

妻子很快在同学的公司找到了工作，收入比在厂子里时还高些。王一平跑了几个人才市场，投出许多份简历，却没有找到一家合适的。这时在村里收粮食的父亲说话了，城里不好发展，回来一起收粮食吧。

十年前，王一平想过回村里和父亲收粮食。那时厂子里的人们刚开始跳槽，他的高中同学还没有组建车队，王一平他们镇上收购粮食已经很有规模，许多人收上玉米用火车皮发往四川做饲料。王一平父亲他们收上瓜子发往安徽芜湖一带，给"傻子""洽洽"供货。还有些人专门收购红芸豆，从天津港出口到国外。王一平父亲属于动手早的一拨人，要不也不可能在王一平刚毕业就在寸土寸金的服装城给他买套房子。

王一平回了老家,人们谈论的都是粮食生意。镇上只要手头有点儿钱、头脑活泛的人都在搞粮食。有位邻居还找上门来,问王一平青岛、烟台一带有没有关系,如果有,他只要帮着联系,一斤给他一分钱。王一平威海有同学,联系半天,没有成,但他在铁路上工作的同学帮着联系了几个车皮,使王一平赚了几个月的工资。

那年正好女儿出生了。妻子说,城市里教育、医疗条件都好,折腾个啥?王一平也觉得好不容易从农村奋斗到城市里,而且安顿住了,放弃的话有些舍不得。

那一年,王一平父亲不满足于只做收瓜子、发瓜子这种小生意了,他想干大的。他想办法从外地引进了一种正在试验阶段的新品种向日葵,成熟后亩产量可以比以前翻几倍。

在王一平父亲的引导下,村民们把全村几千亩土地都种了这种向日葵。种子发芽后,长势极好,几千亩土地绿油油的,像吹着小号集结的士兵。王一平父亲不放心,每天骑着他的摩托车逡巡在这些土地上。春天时天气如他所愿,该下雨时下雨,该放晴时放晴,向日葵很快拔节,粗壮的秆子几天粗一环,结上盘子后,很是喜人,每一个都像脸盆那么大。

入夏之后,天气忽冷忽热,然后一个劲儿热起来,天气预报说是近三十年来最热的夏天。然后,遗憾的事情发生了,结上的"瓜子"都是瘪的,没有种子。王一平父亲马上疯了,到处打听。产地那儿的长得好好的,饱满的颗粒像要把盘子撑破。他请来种子公司的,请来省里的农业专家,谁也搞不清楚怎么回事。快立秋的时候,瓜子还是瘪瘪的,村民们都急了,不知道谁领的头,一起拥到王一平父亲家里讨说法。王一平接到母亲的电话赶紧赶回去,父亲已经被堵一天了。王一平永远忘不了父亲当时的模样,他的脸像放久了的柚子,皱巴巴的没有丝毫水分,以前收拾得干净的胡子像杂草一样长满了皱巴巴的脸。他的嗓子已经嘶哑得说不出话来,还在拼命地向乡亲们解释着。

十年过去,王一平真要返回农村了。他有些不甘心,与其这样,不如十年前回去,起码积累了不少人脉,发展好的话,在太原再买套房子也不在话下。而且收粮食,不需要多少文化,镇上那些挣了大钱的,没有一个读过大学,连个高中毕业生也没有,他们只是把当地的粮食收下,卖往需要的地方,差价就让他们成为先富起来的一部分人。王一平觉得不公平,但随着失去工作,生活没了保障,一家三口早上醒来张嘴就要花钱,女儿还要上舞蹈班、绘画班、钢琴班、学奥数、新东方英语……王一平觉得生活像个黑洞。一天晚上他睡不着,莫名地想起鲁迅一篇小说里关于蜂子、蝇子的对话,觉得自己现在就像只蝇子,可笑地绕了点儿小圈子,又要飞回去了。

王一平回去之后,庄稼已经快要成熟了,他开着车在县里面乱转。高中毕业那年,他们几个同学就骑着自行车在县里面乱转,从这个同学家跑到那个同学家,住几天,再到下一位同学家。一个假期他们几乎转遍了县里面所有的乡镇,也转完了当地的名胜古迹。现在没有这个心境,他一个人默默地开着车,走在曾经熟悉的道路上,感觉自己成了外乡人。许多路修得他不认识了,有些路明明觉得走对了,感觉却总像走错了,而且越走越狐疑。让他感到奇怪的是以前长满高粱、玉米、水稻、向日葵、麦子、胡麻、豆子等各种农作物的田野里现在几乎清一色的都是玉米,只有滹沱河沿线有点儿水稻,河里的水浑黄一片,他不知道大米的味道变了没有,向日葵也几乎看不到了。他不清楚为什么会变成这样。他想,父亲这些年收瓜子,去哪里收呢?

与父亲交流,他才知道这些年父亲收瓜子已经跑到了祁县、太谷、大同、朔州等地,他不禁惭愧起来。他只待在厂子那窟窿大的天空下,悄悄地活着。他第一次思考人生的价值,假如厂子不搬迁,他待到退休,不仅做的事情对社会没有任何价值,而且自己像长期生活在黑暗溶洞中的鱼,退化成盲鱼。他与父亲商量,今年他去外边收瓜子,父亲发货。

王一平经过一段时间熟悉情况后,确定自己能分清瓜子的种类和等级了,便先去太谷。路过乔家大院时,他特意去里面看了看。他最感兴趣的是古晋商的经商之道,比较起来,他们之前的那个上市公司太不堪了。

当王一平把第一车瓜子运回来时,父亲跑到村口来迎接他,秋风中,他的影子显得细长而孤独。王一平第一次觉得父亲真是老了。父亲不等大车开进院子,就抓起一把瓜子捏了半天,扔进嘴里嗑几颗,眼睛马上眯起来,然后他把胳膊伸进里面,抓起下面的。最后,父亲满意地拍着王一平的肩膀,大笑起来。长久以来笼罩在王一平心头的阴霾淡了,他看见天很蓝。

这一年,王一平收回的瓜子比父亲往年多了五车。他没有想到自己如此善于和农民交流,以前他一直觉得自己适合搞技术。年底计算利润的时候,几个月时间,居然比他上一年班的钱都多。王一平再次思考人生的价值,以前那种温暾水般的生活看似舒服,实则真是害人,自己没办法被逼得觉醒了,可是有多少人还在过这种生活,而且不出意外,会一直乐意过下去,一直到死?

第二年春天时,父亲说家里在河滩买的地应该盖起来。这块地父亲买来放了六七年,只是盖了个小屋,硬化了地面,作为堆放瓜子的地方。王一平觉得自己回来,父亲的底气足了。这次他主动挑起担子,父亲找来包工头后,设计样式、备料等都是他来干。他每天在建材市场和工地上奔波,感觉无比充实。三个月时间,一座五间瓦房的院子盖起来了。王一平有了种真正的成就感,发觉自己成熟了。

进入夏天,下了几场暴雨,麻烦来了。王一平家房子滴水,流出来的水流到了隔壁雨润家的院子里。

镇上的人都知道雨润,小时候非常英俊、腼腆的一个孩子。十八岁那年偷军用机场的飞机燃油坐了几年牢,出来之后据说去大同加入火枪队,做了打手。又过几年回到镇上,围壶、放账,俨然成了位人物。他有多厉害谁都不知道,但关于他的传说太多了，谁也不敢惹他。他放出的账从来没有收不回来的。不知道怎样运作的，他把王一平父亲那块地南边足有五六亩的地都拿了下来。王一平从来没有想过自己要和这号人打交道，更没想到突然就做了邻居。

雨润擂上门来的时候，王一平正在中国地图前站着。他想生意要想做大，光局限于在山西几个县收购根本不够，他想到内蒙古、新疆等地方去，可新疆有点儿危险。

父亲听到声音赶忙往外赶，王一平听到擂门声变了，好像什么东西在砸门。他跑出去时，雨润站在大雨中，拿着棒球棍砸门，雨浇在他的头发和衣服上，他毫不在乎。看到王一平父子俩时，他狠狠挥了下棍子，打在旁边的对板上，王一平听到木头碎裂的声音。雨润站在雨中，眼睛血红，狠狠地盯着他们。王一平像看到了野兽。他想，世界上怎么有这么暴躁的人？他问，发生什么事了？雨润骂出一串脏话，紧跟着又是一串。王一平呆了。父亲要上去理论，王一平拦住他。半天他才弄清楚是因为滴水的事情。他记得滴水没有问题，他和施工的人认真地商量过。父亲听明白，急了，伞也没打，往屋后跑，王一平也跟着跑。雨润把院墙直接垒在王一平家后墙上。王一平不知道谁会这样盖房子，这是公共出路呀。父亲气得手指着滴水战抖，说不出话来。王一平怕父亲气出病来，说他找人解决。拉着父亲回了屋子后，两人全都湿透了，父亲还在战抖。那天晚上，父亲发烧了，病了好几天。

王一平就这件事情问了好几个人,都说他家没问题。他不知道该去起诉,还是找人调解。找了村长反映,村长答应寻雨润谈谈。又一个大雨天来了,王一平听到有人用锤子砸门。他和父亲的脸顿时都白了。他拿起菜刀,父亲说,别去,不值得。然后丢给他一簸箕瓜子,说把它炒熟,别煳了。王一平打开煤气灶,砸门声继续响着,他拨拉着瓜子,猛地闻到煳味儿,火太大了。他沉着脸关了火,什么也没带,冒着雨走出去。走到门口时,砸门声猛烈地响了几下,忽然没声音了,他松了口气。

　　王一平想,这样下去不是个办法,他甚至有了劝父亲把房子卖掉的想法,可是刚一提出来,父亲就坚决不同意。王一平郁闷地想各种办法——继续找村干部调解,民事起诉,雇几个黑社会的以黑吃黑,给他几个钱了事……

　　所幸这年雨水少,后来那几次下雨天,雨润消失了。镇上传言他因为贩毒,正被公安局通缉,王一平希望这是真的。

　　快到中秋节的时候,晋北、晋中的向日葵熟了。像上年那样,王一平外出收购,父亲联系南方的客户。忙活到阳历十月中旬,田野里除了白菜,已经看不到其他庄稼了。以往这个时候,父亲都是把收下的瓜子烘干、装好,联系南方的买家,用火车给人家发走,每年他基本上都是忙这么几个月。今年,王一平决定去内蒙古碰运气,那儿的向日葵这个时候成熟,去了应该正好能赶上。

　　路上王一平想起小时候看过一部关于麦客的电视剧,那些割麦子的人拿着镰刀,从长江以北第一个麦子成熟的地方割起,一路往北。他想自己要是也像麦客那样,从向日葵成熟的地方收起,一路向北,一年就不仅仅像父亲那样只能忙活几个月了,那他们的利润可以翻几倍。

车进内蒙古后,气温骤然降下来。王一平想起朋友给他介绍的老刘。这个山东人,做学生教辅挣了钱,听老乡说在内蒙古承包土地挣钱,就带着老婆跑到集宁包地去了。他与老刘通过电话,感觉那是个实在人。前几天说要去时,老刘告诉他路上慢点儿,集宁下雪了。

王一平越往北走,地势越寂寥开阔。他想起自己在厂子里时,看到的都是被高楼和电线切割的不规则的天空,绿地、河流都被马路、楼盘包围起来,人像钟表里的指针,只能机械刻板地在固定的空间里摇摆,最后还都回到原点。他忽然羡慕起老刘来,在这儿,人烟稀少,一定很自由。他想自己要是也有一大笔钱,也在这里承包些地。想着,他踩大油门,车里面响起"敕勒川,阴山下,天似穹庐,笼盖四野"的声音。

到了集宁,一下车,风马上灌满王一平的衣服,耳朵里是风吹着电线的唰唰声,吹着旗帜的哗哗声,吹在玻璃上的啪啪声,吹在动物身上羽毛流动的细碎声……王一平从来没有听到过风吹出的这么多声音,也没有想到这儿的风这样大。四周都是白皑皑的雪,脚下的雪正在融化,湿漉漉的。

王一平在旅馆住下之后,给老刘打电话,没有人接。王一平想老刘大概在地里忙。他简单洗漱一下,打开电视,节目和在家里的一样,换了几个台,没有感兴趣的。关了电视,他看见风趴到玻璃上看他。

吃过午饭,老刘回过电话来,声音断断续续的。王一平好像看到信号像秋千一样被风吹着晃来晃去。王一平打开导航,向老刘说的地方驶去。又下雪了。

新雪压在正在融化的旧雪上,像给破了的袜子打上补丁。车驶上去有点暄,还不太滑,但风吹得车身晃来晃去,王一平感觉自己好像驾着小船在大海的风浪中行驶。一个多小时后,王一平看到大片的向日葵从路两边涌现出来,向更遥远的地方蔓延去,但这些向日葵的颜色没有像王一平想象的那样完全变成褐色,而是还泛着黄,有的盘子上还带着黄褐色的花。王一平心里有些不安,他稳着方向盘继续往前走。

在向日葵的海洋中,忽然冒出几间天蓝色的彩钢房,屋顶白色的雪像云朵压在蓝天上,王一平有种空间倒置的奇异感觉。

拨过老刘的电话,几分钟后,一个裹着黄大衣的人从彩钢房门里拱出来,王一平想到冬眠的狗熊。

王一平一进彩钢房,便被暖烘烘的气流包围了。五六个人围在火炉前,看见他进来,两个女人先站起来。门口有狗站起来嗅了嗅他的裤脚,又卧下。老刘给他介绍,儿子、媳妇、儿媳妇、媳妇弟弟,他们的眼神里藏着说不出的疲惫,看见王一平,里面有火花冒出来,疲惫像雪花落在水里消融了,脸上出现老实人特有的那种憨厚微笑。两个女人张罗着去倒水。屋子里乱糟糟的，一张大通铺上堆着乱七八糟的被子，好像摊开就再也没有叠上过。床单皱巴巴的，一本盗版的《盗墓笔记》反扣在上面，枕头下面露出颜色各异的内衣。这种原始、混沌的状态击穿了王一平几十年来关于家的概念。他端起水杯，热气透过杯壁传到手上，风雪顿时好像离他远了，他脑袋里乱哄哄的，说不上喜欢还是厌恶这里。几分钟之后，王一平闻到轻微的塑料燃烧的味道，他打量四周，炉子周围没有什么东西燃着，但这种气味好像越来越浓。接着白菜腐烂的甜腥味、脚汗味儿、铺上身体的气息，还有许多种说不出来的味道，冲进他的鼻腔，他打了个喷嚏，说，看看货吧。

老刘带头去开门，他儿子和小舅子跟上来。他儿子一往起站，一颗篮球从他屁股底下蹦出来。王一平才知道，原来他一直坐在篮球上。他打量着小伙子，小伙子脸上长满青春痘，浓密的胡子显示出这个年龄段小伙子特有的旺盛生命力，他想起自己大学刚毕业时的样子。

老刘说，以往这个时候瓜子都熟了，今年一场接一场地下雪，日期大的恐怕熟不了，要冻。

王一平问，那怎么办？

老刘摇摇头。

小伙子一出门，抓起一团雪攥了攥，扔在彩钢房的墙壁上。王一平发现那上面有个用红色油漆画的圆，刚好比篮球大些。

老刘的地共有四百亩,路南边一百亩是小日期的,褐色的盘子在大雪中像戴了顶白帽子,颗粒突出;路北边三百亩日期大的,看起来秆子粗、盘子大,但差些火候,籽粒还不够饱满。王一平从两边地里分别剥了些瓜子,雪落在他手上,冰凉。嗑了嗑,他指着路南的说,这一百亩我要了,剩下的拉着看。老刘从王一平手里捏起一颗瓜子掐了掐说,这鬼天气,要是再晴两三天,气温回升一下,路北的也长好了。

王一平说,我明天雇车来拉。说完这句话,他感觉自己身子已经冻木了,清鼻涕不住地往外流,赶紧跑回彩钢房。房间里热乎乎的,他感觉很舒服,忽然找到种幸福的感觉,王一平想在这乱七八糟的床铺上躺一躺,打个滚。

这时,老刘儿子抱着篮球冲出去,冷风吹进来,王一平打了个寒战。门被关上,墙壁上传来篮球打在上面砰砰的声音。老刘不好意思地说,这孩子在大学里就爱打篮球,来了这儿,没个玩的。你儿子是大学生?中国矿大毕业的。王一平一怔,他就是这个大学毕业的。没想到在这冰天雪地的地方,遇到学弟。他想,要是天气变好的话,可以和小伙子玩几手。

喝了两杯热水,王一平身子暖和过来,与老刘告别。

回旅馆的路上,前面下的雪已经化得差不多了,但新的还在下。王一平想地温还不低,天一晴,老刘剩下的瓜子就熟了。

回到旅馆,王一平洗了个热水澡,雇人、订车。

第二天,王一平带着几辆卡车往老刘那儿奔,晚上停了的雪又开始下。

老刘家人听到汽车声,都跑出来。等到王一平下了车,老刘把地指给大伙儿,众人还在准备工具,他儿子首先就扑到地里。老刘全家人和雇下的工人一起动手,可是干了没多长时间,人们就没法儿干了。风太大,吹得人辨不清东南西北,晕乎得简直连脑袋长在哪里也不知道。后来王一平才知道这里是个著名的风口,这个时节风力差不多是七级,风速达到每秒十四米,相当于时速五十公里的汽车速度。而且这天气温骤然降下来,上午十点多了,室外气温已有零下二十多度。

老刘说,等等吧,一般到十二点风就停了,到中午气温也会回升些。

一群人钻到彩钢房里,房间马上变得拥挤不堪。老刘家的人只好坐到铺上面。几把凳子不够坐,工人们有的坐到床头,有的蹲在地上,有人抽起烟来,很快屋子里烟雾滚滚。王一平透过炉盖上的火光,看见淡蓝色的烟雾随着火焰往上空飘,聚成一团,慢慢消失不见了。

老刘家儿子坐不住,抱上篮球跑出去。很快,王一平听到篮球打在彩钢房墙壁上咚咚的声音,大概因为风,每次都不在一个点上。王一平想,如果篮球比赛,遇上这种大风,怎样投篮呢?

快到十二点的时候,风渐渐小了。两个女人煮了一大锅挂面,人们匆匆吃完。到十二点时,风真的停了。人们欢呼起来,有人把帽子摘下来,往天上扔,还有人用手擂床板。

老刘带着十几号人走出去,那条狗也摇着尾巴跟着人们跑出去。淡蓝色的烟随着跑出去,屋子里一下清爽多了。

人们踏着雪干活儿,一说话嘴边就冒出一团白雾。但中午真的不是太冷,盘子上的雪化成水不断地滴滴答答往下掉。王一平想,要是老是这种天气,老刘剩下的那三百亩大日期向日葵也能熟了,他可以一起收购。他觉得自己运气还不错。

可是到了下午三点钟的时候,风又起来了,越刮越大,被人们踩在地里的枯枝败叶被风卷着一股股往天上飞,没有头的向日葵秆东倒西歪,发出咔嚓的折裂声。没几分钟,人们又坚持不下去了,把收下来的匆匆忙忙弄车上,逃回彩钢房里。

风呜呜响着,夹裹着沙子、石子打在彩钢房上,发出噼里啪啦的声音,王一平想起雨润的擂门声。他昨天给父亲打电话,他们那儿今年冬天还没有下雪。

风没有停下来的意思,气温也越来越低,天色渐渐黑下来。

王一平望着老刘,老刘叹口气说,这鬼天气每天都是这样,王一平只好带上车和人往回返。

第二天,王一平领着人过去时十一点多,老刘家人已经蒸好大米、炖好烩菜,还买了一盆雪白的馒头。

果然,十二点的时候,风停了,人们冲进地里干活儿。知道只能干几个小时,大家动作都很麻利。到三点钟起风的时候,大伙儿已经把瓜子收进车里。

连续几天,只能在上午十二点到下午三点这段时间干活儿,王一平如果不是亲自参与,打死他也不相信有这种怪事。在这期间,雪始终没有认真停过,它断断续续下着,旧的化了新的下,慢慢地融化不了了,新的旧的堆在一起,路上结了冰,车驶上去就打滑。而且雪越来越厚,到后来低洼处最深的积雪居然有一膝盖厚,有的工人不干了,王一平和老刘只好加工钱。

他们好不容易把一百亩地的瓜子收拾完之后,天气预报说第二天有暴风雪降临。

王一平与老刘告别。

风雪中奋战十多天,老刘脸上的沟壑更深了。三百亩向日葵耸立在白雪中像戴了孝的人。王一平问,你还在这儿等?等,总得等雪停了,把剩下的处理完,老刘回答。王一平说,我回去帮你联系一下,看能不能找个合适的客户。说这句话时,他自己也不相信能帮老刘找到客户,那些向日葵不仅没有成熟,恐怕还受冻了。

王一平发动车时,风大起来,彤云密布。

老刘说,要走赶快吧,路上慢点儿。

老刘家儿子抱着球冲出来,朝他使劲儿挥手。

王一平的鼻子有些发酸。

很快,老刘家蓝色的彩钢房消失在风雪中。王一平耳朵里传来篮球打在彩钢房上砰砰的声音,声音越来越密集,像极了元宵节威风锣鼓的声音。

风雪越来越大,路有点儿看不清楚,声音却更加激烈。王一平眼前出现那个红色的篮圈,火炉一样发出灼热的光。夏秋时,金色的向日葵铺满田野,像一个个燃烧的太阳。老刘一家人分成两队,运球、阻拦、抢篮板、投球,他们眼睛里满是希望。他想自己还打算和老刘孩子一起玩几手呢,只好等明年了。明年,老刘是不是都会种上小日期向日葵?或者明年会风调雨顺?

车打滑了一下。王一平踩稳离合器,握紧方向盘,打开车灯,一条白色的路铺向远方。他看见父亲站在村口等他,身上、脚上干干净净的,他们那儿还是没有下雪。河滩上,他家的房子和雨润家的房子连在一起,像一家人的两进院,王一平想离得这么近呢!回去得和雨润这小子好好谈谈,尽管他不讲理,但任何事情都有解决的办法。

耳朵里继续传来篮球砰砰的声音。王一平想回去后在院子里搭个篮球架子,得好好操练,明年来了内蒙古,不能输给那小子。

明年,他不仅要来这里,还要到新疆去!

你到底在巴黎待过没有

　　1532年,二十刚出头的阿累从一个叫伊讷的小镇出发到巴黎去,他准备了好长时间,但对巴黎还是一片模糊。

　　沿着官道往前走,开始偶尔能见到几个行人,后来行人少了,只有一些鸟从他头顶飞过,投向西天汹涌的火烧云去。到处都是烧毁的房屋,木头、土块和石头都是黑的,远远望去好像还在冒烟。有的村子在远处看见有人,进了村子连个影子都没有,连人的气息也没有。一些老鼠在废墟中间跑出来跑进去,见了人也不躲。白天和晚上一样孤独,阿累不知道巴黎还有多远。

　　他带的粮食已经发绿,散发出臭烘烘的味道。阿累觉得世界上好像只剩下他一个人,白天和黑夜都异常漫长。不知道是第几天,下了一场雨,雨势很急,阿累没有来得及躲藏,大雨便包围了他。他什么也看不到,像走在河流中,每一步都逆流而上,脚下的泥地都变成泥浆,到处都是混浊的水洼,阿累不知道自己能不能走出大雨。雨终于停了,天又开始亮起来。太阳好像赶场似的出来一下,便消失在地平线后。天空中残留的云像野兽一样互相追赶着厮杀,到了天边被汹汹的大火吞没了。阿累不想再走了,找块大石头坐下,石头上的水迹还没有干,阿累发觉它的样子像一个侧身躺着的裸体女人。阿累把衣服脱光,晾在大石头上,自己躺在那个女人身上。大石头很凉,但阿累很快就睡着了。阿累醒来的时候,太阳又挂在天上,大石头和阿累的衣服都干了,那个女人不见了。阿累穿好衣服,发觉地上长出许多嫩绿的草芽,那些树的枝干也变成青色。

官道上的人渐渐多了。

阿累到了巴黎,人流马上吞没了他,好像世界上的人都集中到巴黎了。华丽的马车、高高尖尖的屋顶、撑着很大裙子像公鸡一样骄傲的女人、戴礼帽拄拐杖的男人、食物的香味、热气腾腾的吆喝声,巴黎像一个万花筒。阿累长长出了一口气,他的气还没有出完,一大队士兵带着一股凛冽的气势走过来,刺刀闪着雪亮的光。人群乱了,阿累不由自主地跑了起来,他看到街边挂着橡胶轮胎的铺子和挂着洗脸盆的铺子,没有来得及斟酌,他的脚带着他进了挂着脸盆的铺子。他看到一群脸膛黑乎乎的男人坐在一个长长的椅子上,一个人手里拿着剃刀在另一个人脑袋上挥舞。

"剃头还是疗伤?"那个拿剃刀的人问他。

阿累慌乱地唔了一声,马上又摆手。拿剃刀的人看他,一排在椅子上坐的人也都扭过头来看他。阿累低下头,他听到拿剃刀的人鼻子长长吸了一口气,他的鼻子也不由自主地跟着吸了一口气,他闻到一股怪怪的气味,像从自己身上散发出来的。他抬起头来,屋子里的人都在看他,阿累的脸红了。

"倒水去吧。"拿剃刀的人说了一句话。说话的时候,他并没有看阿累,可阿累觉得就是在和自己说。他嗯了一声,眼睛朝四周张望,看到屋角有一桶泛着白沫的脏水。他提起水慌乱地出了门,脚在门槛上绊了一下,打了个趔趄,水晃了出来,溅湿了他的裤脚。他听到士兵踢踢踏踏的脚步声。

阿累成了这个门口挂着三个脸盆的剃头铺的学徒。每天他生炉子、烧热水,打扫干净屋子,把锋利的剃刀再磨一遍,然后和师傅等客人来。师傅动手的时候,他站在旁边仔细观察、揣摩,帮着把客人的头发弄湿,用冒着热气的毛巾捂在上面,打肥皂。头发剃好之后,阿累把客人的头洗干净。他摸着光溜溜、绵乎乎的头,一种成就感油然而生。闲暇时,他倚在门口,观察各种各样人的头颅,想象剃刀奔走在它们上面时痛快的感觉,手就觉得痒痒。师傅买菜,喜欢买一些上面有毛毛刺刺的回来,总是要求阿累用剃刀先把上面的毛毛刺刺弄干净,还不准把菜损坏。阿累知道师傅是在培养自己的基本功,他做起来总是认认真真。晚上,师傅回家,阿累留下来照看店铺,他在昏暗的油灯下,剃自己身上的毛,后来,就对着镜子给自己刮脸,再后来,对着镜子给自己剃头。他的手艺并不娴熟,常把自己头上弄得左一道伤口,右一道伤口。师傅见了不说什么,总是用一种药水给他洗洗,然后涂点药膏。

不久,阿累知道剃头铺不光是剃头,而且做外科手术。一次,一个士兵被抬了进来,嘀嘀大叫,满脸汗水。抬着他的人都说,快点快点。师傅让阿累快去滚一勺油,他用劲磨刀子。油滚好后,伤兵被绑在椅子上,师傅哧一下划烂那条中了子弹的大腿的裤子,用热毛巾仔细擦擦周围,又用剃刀把腿上的毛刮干净,然后叫阿累把油拿过来,嘱咐把士兵按好,滚油倒在士兵的伤口,发出一声爆响,然后冒起一股青烟。阿累的心几乎要跳出来,皮肉烧焦的味儿让他呕吐。接下来,师傅把伤口划开,找到子弹,弄出来,用大针把伤口缝好,抹上给他常抹的那种药膏。师傅的动作麻利而干脆,做这些像剃一颗头。伤兵走了之后,师傅让阿累收拾东西。剃头铺里那种皮肉的焦味儿似乎一直还在,挥发不去。过了好多天,阿累还能闻到这种气味。

师傅让阿累帮忙,剃客人脸颊上的胡子和脖颈上的毛。阿累拿起剃头刀,第一次在别人身上操作,心发慌,手却稳稳的,眼睛也盯得准准的。师傅说:"不要小看这些平滑的地方,有的人脸上有粉刺,有的人脖子上有疖子,一不小心弄破,客人会疼,就不高兴。"阿累小心翼翼,他觉得这好像自己来巴黎,走上官道了。

阿累剃的第一个头,他记得清清楚楚。那是一个学生模样的青年,长得腼腼腆腆,有一双羞怯的眼睛,像随时会飞走的一只蝴蝶。阿累帮他洗好头,他坐上椅子后,师傅说:"阿累,你来吧。"阿累没有丝毫心理准备,尽管他盼这一天很久了。他不由自主地说:"我?"师傅微笑着点了点头。客人的眼睛眨了一下,也满是疑问,仿佛那只蝴蝶马上要飞走。阿累大声哎了一声,赶忙用手按住青年,怕他拒绝。他有些紧张,小心翼翼,一丝不苟,他想他或许会出点小差错,但一定要完成。有些老顾客进来开玩笑说:"阿累师傅亲自上手了?"师傅笑眯眯的,阿累心里踏实了许多。头顶上剩下一点头发的时候,阿累舍不得下手,但他还是狠了狠心,把这点头发剃完。这颗头剃了好长时间了,比师傅慢许多。青年闭着眼睛,仿佛已经睡着,但阿累能感觉到青年的头皮一紧一紧的,还是有些紧张,不像那些老顾客在师傅手里,能惬意地睡着。现在,阿累望着这颗光光的头颅,不相信是自己干的。它像一件完美的艺术品,没有一点差错。阿累又用剃刀把青年发光的头皮逆刮了一下,头发楂子也没有了。阿累直起腰,拍拍手。师傅正在给另一个顾客剃着,目光里满是嘉许。

从那天起,阿累开始剃头了。

十个。

一百个。

一千个。

……

阿累没有想到这么神秘的工作自己就学会了，而且干得这么好。但他感觉到的不是巨大的兴奋，而是一种淡淡的惆怅和失望。巴黎的夏天已经过去，秋天已经过去，冬天已经过去，又一年夏天也来了，可阿累不知道巴黎是什么模样。他每天待在剃头铺，只看到顾客们的头发和胡子像韭菜一样，剃了一茬又一茬，衣服越来越厚，后来又越来越薄。每天倒水的时候，他会看到门口挂着的那三只脸盆，这是巴黎剃头铺的标志，兼做外科手术。那三只脸盆不知道挂了多久，拴它们的绳子在阿累手里已经断过一次。那三只脸盆掉在地上惊动了剃头铺的所有顾客，阿累跑出去时，它们还像鱼一样在地上乱蹦，有一只已蹦蹦跳跳滚得很远。阿累打算把它们擦干净挂起来，可是师傅说："就那样挂起来吧。"后来，阿累才知道脸盆越旧越烂，说明铺子的字号越老。阿累不知道自己会不会像这些脸盆一样，一直悬挂到老。可是，他看到师傅的腰已经不那么直了。

其间，也有几次来这儿处理外伤的，但都是小手术，远不及第一次来得惊心动魄。每当想起第一次外科手术，那种皮肉烧焦的味儿就在阿累鼻腔中出现，浓烈得像正在发生。

阿累问："师傅，治枪伤为什么要倒滚油呢？"

师傅说："师傅传下来就是这样，好得快吧！"

阿累不再说话，从敞开的门上望巴黎的天空，窄窄的长长的一条，从窗子上望巴黎的天空，方方正正一块。即使有云飘过，那些云也是长的或方的。阿累想起了乡下的云，婀娜多姿。现在在乡下,人们赤裸着屁股在河里游泳,树上的知了叫得一声比一声响亮。有时能见到成堆的蛇缠在一起,人们叫"蛇雾"。还有那些狗,公的和母的交媾在一起,用石头也砸不开。

阿累想家,想得想哭。

晚上,师傅回去后,阿累关好门,有时想去街上走走,可是口袋里没有一分钱。而且师傅说,那些军队在晚上乱抓人,抓到就得上前线。巴黎的流氓、强盗也多,喜欢晚上出来。阿累一想到这,没走几步就返回去了。返回去后他经常从镜子里看自己,越看越陌生,越看越遥远。但他还是忍不住和镜子里的人说话,他说那个人也动嘴,他停那个人也停下,一停下,阿累的泪就莫名其妙地流出来了。

巴黎是别人的巴黎,可是阿累也要巴黎成为自己的巴黎,他只有拼命剃头。没有头剃的时候,阿累磨刀子、擦椅子、琢磨头和头的差别、头发和头发的不同、胡子的软硬,他不能停下来,一停下来就想哭。门外就是巴黎,但阿累觉得自己离巴黎就好像他们的村庄离巴黎一样远。

一天,一个熟悉的顾客进来。师傅忙招呼,顾客说:"让阿累来吧。"师傅点了点头。阿累给顾客剃头的时候,心里禁不住狂喜,他想,难道我比师傅都剃得好?但马上又否定自己,觉得自己大逆不道,但还是有几分得意,这个头剃得轻松、利索。剃完之后,师傅端详了一下,说:"好。"阿累心里颤悠了一下,像鼓槌打在心窝上。

慢慢地,越来越多的熟客要求阿累来。师傅总是笑眯眯地点点头,说:"你学成了就可以自己开店了。"阿累心里一阵激动,觉得自己离巴黎近了一步。

　　阿累剃得更专心了。他剃过的头锃光瓦亮,刮过的胡子干干净净,脸上连一根茸毛也没有,让人觉得脸上好像开了一面窗户,亮堂不少,耳朵、鼻孔里也干干净净,走起路来脚步都轻了。阿累细心又肯琢磨,让人觉得安全放心。

　　这样,师傅有时反倒闲了下来,阿累一直忙。闲下来的师傅像一直扎口的气球跑气了,阿累看见师傅眼袋大大的,皮肤松弛下来,胡子、头发从他的毛孔眼里毫不费力地就钻了出来,软软的,像秋后的芦苇一样。而阿累的胡子也唰唰直长,又黑又硬,一天不刮就成刺猬了,硬得扎人。阿累和师傅有时自己刮胡子,有时闲下来互相帮忙刮。一次师傅给阿累刮时,刮着刮着走神了,剃刀架在阿累脖子上不动。阿累吓得一动也不敢动,出了一身冷汗。师傅好半天才回过神来,说:"阿累,你快学好了,快出师了,可以自立门户了。"阿累说:"我哪里能和师傅比呢?"但心里觉得自己剃头的手艺可能已经超过师傅。从这天开始,阿累知道师傅说的不是玩笑话,他开始等待那一天的到来。

　　不知道等了多长时间,师傅再没有提让阿累另立炉灶的事,只是师傅更闲了,处理外伤的小活儿也让阿累一个人干。闲下来的师傅像一个老人。阿累想,或许等师傅死了之后,会把这个铺子给他。阿累这样一想,就看见师傅太年轻。

有一天,阿累给顾客刮脸的时候,忽然闻到顾客嘴里有一股怪怪的臭味,阿累忍住恶心,刮完这个客人的脸。可是,渐渐地,他给顾客刮脸的时候,越来越频繁闻到各种顾客嘴里有臭味,就是那些打扮得整整齐齐很体面的顾客,阿累也觉得他们身上的味难闻。后来发展到阿累一站到顾客身边,剃头的时候也能闻到这种味道。更让阿累恐惧的是,有时他把手一放到顾客头上就难受,甚至身上起鸡皮疙瘩。阿累有些绝望,他想即使师傅死了把铺子传给自己,像这种情况,怎么办呢?

　　阿累开始心不在焉,但他努力克制自己。有时,他干脆装病。阿累觉得生龙活虎的自己开始虚弱,开始憔悴,他想人老也许就是这样开始的。

　　一个雨天,那个第一次主动让阿累剃头的人坐到椅子上。从第一次开始,这个顾客的头一直是阿累剃,他们有时还开开玩笑。像往常一样,顾客闭着眼睛,阿累开始。剃着,剃着,阿累的心情烦躁了起来,快剃完的时候,他烦躁到极点,后来实在控制不住自己了,刀子一倾斜,手腕稍一用力,客人猪一样尖叫起来。剃刀割伤了客人的耳朵。阿累看着汩汩流出的血液,多少天来积攒下的压抑消失了一些,他觉得好轻松。师傅一把推开他,给客人止血、抹药膏,然后不住地道歉。

　　这天,阿累再没有动手。师傅把所有的活儿都干完,天黑下来。

　　师傅招呼阿累到他身边。他说:"我知道有这一天的。"

阿累想解释一句,可是不知道该说什么,索性不开口。

"你很了不起,你比我晚了三个月零四天。当年我师傅说了让我另立门户,我也是过了一段时间发生了这样的事情,但比你早三个月零四天。"

师傅说完这些,阿累震惊不已。眼前这个他早感觉昏庸发聩的老头一下变得智慧聪明。阿累感觉到自己年轻、轻率、愚蠢,他对自己的行为开始痛恨。

"师傅,我错了。我只是难受,不是故意的。"

师傅摇摇头:"你早该自立门户了。明天出师。"

第二天,师傅没有营业,摆了一桌子酒席,邀请几个熟悉的顾客,一起祝贺阿累。吃完饭,师傅领阿累出了铺子。阿累第一次真正走在巴黎的大街上,但没有心情欣赏向往已久的巴黎的繁华与热闹。他心里忐忑不安,不知道师傅领他去哪里,下一步该怎么办。

师傅在一家门面房前停下,说:"给你看准这房子很久了。"他领阿累进去。屋子里收拾得干干净净。师父说:"房租我已交了三个月的,以后你自己干吧。"阿累一下子哭了,说:"不。"师傅出去买了三个脸盆,帮他挂在门头上,说:"咱们剃头铺除了做外科手术,还有一项神秘的工作。巴黎的宫廷贵妇们喜欢交际、幽会、偷情,她们要优雅、漂亮,经常请咱们剃头匠给她们绞脸上的汗毛,刮腋下的毛,偶尔也做做头发。这个活儿不难做,关键是有眼色,嘴紧。"阿累的血往上涌,他还从来没有和女人接触过,这些骄傲的巴黎女人假如邀请他,怎么办呢?他觉得自己还是出师早了些。

师傅给他留下一些钱、一些药膏,走了。阿累知道这个铺子属于自己了,留给他的有巴黎的天空、宫廷贵妇、伤员,还有那些剃不完的头。一想到剃头,阿累不舒服的感觉又涌上来。

师傅走后,阿累关好门,独自走在巴黎的大街上。他深深吸了一口气,巴黎的空气是甜丝丝的。他贪婪地盯着一切,他恨不得自己变成一幢房子、一块泥土、一粒尘埃,那样自己就永远属于巴黎了。他想买好多东西,可是捏捏口袋里的钱,只是吃了一盘沙拉、一个披萨。在吃饭的时候,阿累又习惯地观察人们的头颅,他猜想自己的生意会怎样,第一个邀请他刮腋毛的是年轻的女郎,还是年龄大些的?漂亮的,还是丑陋的?想到这,阿累有些脸红。

阿累的剃头铺开始营业了,阿累也自由了。可是阿累只干了几天,就明白自己只有拼命地干活,才能维持各种开销,才能在三个月后继续交房租。白天,他一会儿也不敢离开,怕顾客来了自己不在。晚上,他能出去,可是巴黎的晚上像一头吞钱的怪兽,有时一白天干活挣的钱都不够晚上一会儿花。阿累只好一人乖乖待在他的铺子里,白天等顾客,晚上等白天。顾客的气味他还是觉得厌恶,但他盼顾客来,只有顾客来了,他才有饭吃,巴黎才留他。

晚上,阿累喜欢迟迟关门,有时能碰上白天没时间剃头的顾客。大多时间,阿累坐在门口看街上的人群,看得人群渐渐稀了,少了,夜越来越浓了,他才关门,可是关上门还睡不着。他盼望有奇迹发生,最起码像师傅说的那样,有人请他去刮腋毛。

他开始做梦,做各种各样的梦。经常梦见下雨,巴黎的街头泥泞一片,行人很少,偶尔有几个,都是缩着身子匆匆赶路,他走在雨中,不知道去哪里,可是他不想回家。街头长得似乎没有尽头,他的衣服湿了,紧紧贴在身上,很冷。他一直走,他想走到阳光灿烂的地方,但雨似乎根本停不下来。

忽然有人敲门了,阿累一骨碌爬起来。门还在响,屋檐下唰唰流着水,果然下雨了。阿累开了门,一股凉气扑面而来,一只流浪狗从他腿缝间钻进屋里,转了个圈,紧紧贴住他的裤腿。阿累关好门,丢下一块白天吃剩的东西,又躺到床上,狗吃完东西贴着床腿睡了。

第二天早上,阿累被狗毛茸茸的大脑袋弄醒,他看到昨天进来的这只狗已经老了,眼光混浊,皮毛松弛,色泽暗淡,能看到一大块一大块裸露的皮肤,而且狗鼻子上长了一块癣。阿累觉得这只狗像自己乡下的亲人,也像自己,他决定收留它。

这天,一整天都没有顾客。阿累给狗洗了个澡,然后坐在门口看街上的人流,狗紧紧偎依着他,他们刚认识,却已经像一起待了好多年。阿累说:"不知道你的名字,就叫你狗吧。"狗点了点头,阿累拍拍它,它伸出舌头舔了舔阿累的手。阿累问:"狗,你在巴黎待了多少年?"狗摇了摇尾巴。阿累想象自己老了的样子,有没有这样一个人来收留自己。

生意断断续续,阿累想起在师傅那边时的忙碌。他厌烦这个活儿,但为了生活,他又不得不做这个活儿,而且,他希望活儿多点,多挣点钱,巴黎这个城市就多属于他一点。

日子和日子重叠,许多天过去竟然像一天。每天夕阳西下的时候,阿累看着太阳落到参差不齐的建筑中,感觉像一颗鸡蛋打碎,蛋黄也烂了。阿累回忆自己来了巴黎的日子,能想起来的只有几天。

刚来那天。

第一次剃头那天。

治疗枪伤那天。

顾客主动让自己剃头那天。

自己把顾客割伤那天。

还有另立门户那天。

许多的日子加起来竟然只有六天能回忆起来,一个礼拜还不到,而且肯定还有要忘记的。阿累不知道活一辈子有多少天可以回忆起来。他望望身边的狗,狗的眼神散淡,目光像夕阳一样。阿累忽然觉得自己老了,像师傅一样老,甚至比师傅都老。

找他剃腋毛的人终于来了,不是他想象过的种种女人,是一个盛气凌人的男人,脖子似乎有些僵,眼睛总是朝旁边看。他说:"晚上去给我家夫人弄头发!"说完,他不等阿累回答,看了一眼门口的狗说,"这样的狗还养?比我老爷家赶出去的都差劲。"阿累讨厌他说话的口气,讨厌他歪着的脖子,讨厌他斜视的眼睛,心里想,你还不如这条狗呢。男人似乎不需要阿累回答,继续说:"我家夫人从你剃头铺前走过,看见你这个小伙子不错,但谁知道你的手艺怎样呢?我先试试,你一定要拿出看家本领啊。"说完,就坐在椅子上,脖子歪着,脚一荡一荡逗着椅子下卧的狗。阿累强忍住内心的厌恶,走近他身旁,一股他从来没有闻到过的强烈的臭味让他扭了一下头。男人觉察到了他的动作,不高兴地说:"不就是一个小剃头匠吗?有什么骄傲的。"阿累没有吭声,给男人湿了头发,拿起剃刀磨了磨,剃起来。男人眯着眼睛,很享受的样子,很像阿累以前那些顾客。阿累看着男人享受的样子,很痛恨,他想象给女人剃腋窝的感觉,听说女人比男人更爱享受,而且大概每一个贵夫人都有这样盛气凌人的下人。以前是没完没了的头,从今天开始,还要加上没完没了的腋窝,还要受这些狗也不如的人的气,一辈子就是这样?阿累的思绪飞了。惬意中的男人醒了过来,他大怒:"妈的,想杀老子。快剃!""想杀老子"这句话冲进阿累耳中,被嗡嗡放大,像一句魔咒。他的脑袋在轰鸣,阿累的刀切了下去。男人大叫一声,挣扎一下,坐在地上,马上瘫倒了。剃刀嵌在男人的脑壳上,血从剃刀缝里渗出来。狗大吼一声,站在阿累身边。

过了一会儿,一群人进来,把男人弄走。紧接着,警察进来,把阿累带走。狗跟在后面狂吠,被一群穿大靴的踢开。

阿累被以蓄意谋杀罪编进将赴前线的军队。

阿累想起自己刚来巴黎时士兵们踢踢踏踏的脚步声,他想自己在巴黎过了七天,又仔细想,一天也没待过。

阿累甚至连巴黎的云也没有再顾上看一眼,就上了前线,他想自己连枪也不会开。但在巴黎积压的忧郁全部爆发成了力量,他勇敢地冲在最前面,还没有清晰地看到敌人的面容,就被一枪撂倒在地上。

他和从四面八方来的伤兵一起被送到野战医院,人们都叫他"巴黎来的",这几乎成了他的绰号。伤兵们交流各自的情况,轮到阿累时,大家想听听巴黎,阿累一句也说不上来。人们问他:"你到底在巴黎待过没有?"阿累不知道该怎样回答,有时点头,有时摇头,人们便笑他神经有问题。

治疗外伤的大夫一进来,阿累就从他们身上闻到剃头匠的味道。满满一大锅油滚了起来,阿累怕得要命,那种皮肉的焦味儿他终生难忘。他觉得烫伤比枪伤难受一百倍,尤其是他不想闻到那种难闻的味道从他身上发出。他想自己在巴黎压抑了那么久,现在需要一种尖锐的痛来让自己清醒,就像枪伤。

轮到治疗他时,阿累坚决不让往他身上倒滚油。他说:"你们要是往我身上倒滚油,我就开枪自杀。"伤兵们说:"这个巴黎来的人神经有问题,弄不好真的会自杀。"大夫们没办法,只好依了他,说:"这个死囚,这个巴黎来的人。"他们动刀子的时候,阿累感觉一点儿也不如自己利索,他哼了几声。人们说:"疼死他,谁让你不用滚油。"

奇怪的是，手术后，阿累的伤比其他伤员好得都快。人们说这个巴黎来的人说话莫名其妙，伤口好得也莫名其妙。不知道谁开始为什么用滚油治疗枪伤，阿累心里清楚，实际上滚油对治疗枪伤没有一点儿好处。

伤好之后，医院里缺大夫，知道阿累当过剃头匠，让他当了大夫。阿累坚持不用滚油治疗枪伤。经过认真揣摩、反复实验，他发明了治疗枪伤的最好方法，成了十六世纪最好的外科医生。巴黎后来写城市志的时候，把阿累和许多这个城市的伟大人物一样，单个列了条目，做详细介绍。现在一些偏僻、条件不太好的地方，还在沿用阿累的方法。